Goldboom un Sülverboom

AF187012

Klaus-Peter Asmussen, geboren 1946 in Handewitt, wuchs mit plattdeutscher Muttersprache auf. Nach Abitur am Alten Gymnasium, Flensburg, und sechssemestrigem Studium an der damaligen Pädagogischen Hochschule Flensburg (heute: Europa-Universität) trat er in den Schuldienst ein und war zunächst sechs Jahre lang als Grund- und Hauptschullehrer in Dithmarschen tätig. Ab 1976 arbeitete er als Realschullehrer für Englisch und Dänisch in Tarp, Kreis Schleswig-Flensburg, bis er 2010 in den Ruhestand trat. 2007 veröffentlichte er bei BoD – Books on Demand „Planten un Blomen", ein „Wörterbuch schleswig-holsteinischer Pflanzennamen" (ISBN 978-3-8334-8589-3). Seit 2005 befasst er sich mit dem Übertragen von Märchen unterschiedlichster Provenienz in die plattdeutsche Sprache und Kultur. Sein hier vorgelegtes achtzehntes Märchenbuch enthält ausschließlich Märchen, deren Ursprünge in Schottland liegen, vielfach in den Gälisch sprechenden Teilen. Klaus-Peter Asmussen wohnt heute in seinem Geburtshaus in Langberg, Gemeinde Handewitt.

Klaus-Peter Asmussen

Goldboom un Sülverboom

un anner Märkens,
nü vertellt up Sleswigsche Geestplatt

Märkens up Platt # 18

Herstellung und Verlag:
BoD – Books on Demand, Norderstedt
ISBN 9783749409655

Wat hier insteiht

Goldboom un Sülverboom

Dar is mal en König we'n, de hett en Fruu hatt, de hett Sülverboom heeten, un en Dochter mit Naam Goldboom. Mal gahn Goldboom un Sülverboom spazeern in en Siek[1], 'nem en Born is, un dar swümmt en Forell in.

Seggt Sülverboom: „Frelling, du feine Fisch, bün ik nich de smuckste Königin vun'e Welt?"

„Nee, dat büst du nich."

„Wokeen denn?"

„Na, Goldboom, din Dochter."

Do geiht Sülverboom na Huus un is splitterndull. Se leggt sik dal up't Bett un seggt, se ward nie nich wedder gesund, bet se dat Hart un de Lever vun Goldboom, ehr Dochter, to eten kriggt.

To Avend kümmt de König na Huus, un do vertellen se em, sin Fruu Sülverboom is bannig süük. Do geiht he hen na ehr un fraagt, wat ehr fehlen deit.

„Och, bloots een Deel — un dat kannst du afhelpen, wenn du man wullt."

„Oha, dat gifft nix, wat ik doon kann un nich doon wurr för di."

„Wenn ik Goldboom ehr Hart un Lever to eten krieg, denn geiht mi dat wedder guut."

Nu is dar, as de Tofall dat will, jüst en grote König sin Soehn ut en anner Land kamen un will geern Goldboom to Fruu hebben. Dar gifft de König nu sin Segen to, un do reisen se af.

---

[1] Siek = Niederung, Senke, Tal mit Quellen

Denn geiht de König hen un schickt sin Lüüd na de Barg, 'nem he ümmer jagen deit, se schoe'n en Zegenbuck schöten, un dat Hart un de Lever vun dat Deert gifft he sin Fruu to eten. Un do steiht se up un is fein toweg' un ganz gesund.

Een Jahr later geiht Sülverboom mal wedder na de dare Siek, 'nem de Born mit de Forell in is.

„Frelling, du feine Fisch", seggt se, „bün ik nich de smuckste Königin vun'e Welt?"

„Nee, dat büst du nich."

„Wokeen denn?"

„Na, Goldboom, din Dochter."

„Och wat, dat is doch al lang' her, dat se an't Leven weer. Dat is al en ganze Jahr her, dat ik ehr Hart un Lever vertehrt heff."

„Nee, nee, se is nich doot. Se is de Fruu vun en grote Prinz in't Utland."

Sülverboom geiht na Huus un seggt to de König, he schall doch dat Staatsschipp klaarmaken laten. Se seggt: „Ik will min leeve Goldboom besöken. Dat is al so lang' her, dat wi uns sehn hebben." Dat Staatsschipp ward klaarmaakt, un afste' geiht dat.

Sülverboom steiht sülven an't Roor, un se stüert dat Schipp so guut, dat duert gar nich lang', un se sünd dar.

De Prinz is up Jagd in'e Bargen. Goldboom ward ja ehr Vadder sin Staatsschipp kennen, as dat ankümmt. „O", seggt se to de Deensten, „min Mudder kümmt, se will mi um'e Eck bringen."

„Man dat schall ehr nich glücken. Wi sluten Ju in in en Kamer, 'nem se nich an Ju rankamen kann."

Dat ward maakt. Un as Sülverboom an Land kümmt, ward se ropen: „Kumm din Mudder in'e Mööt, wenn se bi di to Besöök kümmt!" Goldboom seggt, dat kann se nich, se is inslaten in en Kamer, dar kann se nich rut.

„Denn stek doch tominnst din lütte Finger dör't Sloetellock", seggt Sülverboom, „dat din Mudder dar en Söten updrücken kann."

Se stickt ehr lütte Finger rut, un Sülverboom kümmt bi un jaagt dar en vergift'e Nadel in, un do fallt Goldboom um un is doot.

As de Prinz denn na Huus kümmt, is Goldboom ja doot, un do fallt en grote Truer oever em. Un as he süht, wo smuck se is, do begraavt he ehr nich, he slütt ehr in in en Kamer, 'nem keeneen an ehr ran kümmt.

Mit de Tied nimmt he sik en Fruu wedder, un dat heele Huus is ünner de Hand vun de dare Fruu bet up de eene Kamer, un de Sloetel to de dare Kamer hett he ümmer sülven bi sik. Man mal vergitt he un nehmen de dare Sloetel mit, un do kümmt sin tweete Fruu rin in de dare Kamer. Un wat süht se dar? Dat smuckste Fruunsminsch, wat ehr jichens to Gesicht kamen is.

Do geiht se bi un dreiht ehr un versöcht un kriegen ehr waak. Dar ward se de vergift'e Nadel in ehr Finger bi wies. Se treckt de Nadel rut, un do steiht Goldboom up un is lebennig un so smuck, as se jichens we'n is.

As dat to Nacht geiht, kümmt de Prinz na Huus vun'e Jagd, un he kickt bannig bedripst.

„Wat giffst du mi", seggt sin Fruu, „wenn ik di to'n Lachen bring?"

„Och", seggt he, „mi kann nix to'n Lachen bringen. Höchstens wenn Goldboom wedder lebennig weer."

„Na, denn gah man dal in'e Kamer, dar finnst du ehr lebennig."

As de Prinz Goldboom lebennig vör sik süht, kann he sik gar nich wedder inkriegen, sodennig freut he sik, un he geiht bi un gifft ehr Sötens un Sötens un Sötens. Do seggt de tweete Fruu: „Se is ja din eerste, darum scha'st du di man an ehr holen, un ik gah weg."

„O, nee, nee, du scha'st nich weggahn, ik behol ju all beid!"

As wedder en Jahr um is, geiht Sülverboom wedder na de dare Siek, 'nem de Born mit de Forell in is.

„Frelling, du feine Fisch", seggt se, „bün ik nich de smuckste Königin vun'e Welt?"

„Nee, dat büst du nich."

„Wokeen denn?"

„Na, Goldboom, din Dochter."

„Och wat, de levt doch nich mehr! Dat is doch al en Jahr her, do heff ik ehr en vergift'e Nadel in'e Finger jaagt."

„O, man se is ganz un gar nich doot."

Sülverboom geiht na Huus un seggt to de König, he schall doch dat Staatsschipp klaarmaken laten. Se seggt, se will ehr leeve Goldboom besöken. Dat is al so lang' her, dat se sik sehn hebben. Dat Staatsschipp ward klaarmaakt, un afste' geiht dat. Sülverboom steiht sülven an't Roor, un se stüert dat Schipp so guut, dat duert gar nich lang', un se sünd dar.

De Prinz is up Jagd in'e Bargen. Goldboom ward ja ehr Vadder sin Staatsschipp kennen, as dat an- kümmt. „O", seggt se, „min Mudder kümmt, de will mi um'e Eck bringen."

„Och wat, dar kümmt nix na", seggt de tweete Fruu. „Laat uns ehr man in'e Mööt gahn."

Sülverboom kümmt an Land. „Kumm her, Goldboom, min Deern", seggt se, „din leeve Mudder is kamen mit wat Feines to drinken."

„In düt Land", seggt de tweete Fruu, „is dat Moo', wenn eener een wat to drinken anbütt, denn nimmt he dar eerst sülven en Treck vun."

Sülverboom sett de Beker an'e Lippen. Do geiht de tweete Fruu hen un stött dargegen, dat se dar wat vun in'e Hals kriggt. Un do fallt se um un is doot. Se bruken ehr bloots noch as Liek na Huus slepen un ehr inkuhlen.

De Prinz un sin beide Fruuns hebben darna noch lang' tohopen levt, glücklich un tofreden.

Ik heff se dar denn alleen laten.

De Radelridder

Dar is mal en König we'n, de hett en feine Fruu hei-
raad't, man se is dootbleven, as se ehr eerste Soehn
baren hett. Wat later hett de König denn en anner
Fruu heiraad't, un vun de hett he uck en Soehn kre-
gen. De beide Jungs sünd denn tohopen upwussen.

Do ward de Königin dar mal an denken, dat is ja
nich ehr Soehn, de mal dat Riek arvt. Un se nimmt
sik vör, se will de öllste Soehn vergiften. Un do
schickt se de Kock Bescheed, se woe'n Gift in de Arv
sin Gedränk doon. Man as dat Glück dat will, de
jüngste Broder hört, wat se seggen, un he seggt sin
Broder Bescheed, he schall de Kraam nich nehmen
un dar jo nich vun drinken. Un dat deit he denn uck
nich.

Man de Königin wunnert sik, dat de Jung nich doot-
geiht. Un se meent, dar is nich nugg Gift in'e Drunk
we'n, un se seggt to de Kock, he schall dar vunavend
mehr rindoon. Un dat doon se denn uck, un as de
Kock dat Gedränk ferdig maakt, seggt se, na de dare
Drunk ward he nich mehr lang' leven. Man sin
Broder hört dat uck wedder, un vertellt em dat. Do
deit de Öllste de Drunk in en lütte Buddel un seggt
to sin Broder: „Wenn ik hier in't Huus bliev, dat weet
ik wiss, denn bringt se mi up jichens en Aart um'e
Eck. Je gauer ik afhau, je beter. Ik will de Welt to
min Koppküssen maken, un wokeen weet, wat dat
Glück för mi praat hett." Sin Broder seggt, he will
mit em gahn, un do gahn se na de Perdestall, sadeln
sik twee Perde un glieden sik af.

Se sünd noch nich lang' ünnerwegens, do seggt de
Öllste: „Een kann ja nich weeten, um dar oeverhaupt
Gift in weer in'e Drunk, uck wenn wi utneiht sünd.

Laat uns dat man mal in dat Perd sin Ohr utprobeern'n, denn warrn wi dat wies." Dat Perd löppt bloots noch en lütte Stück, denn fallt dat um. „Dat weer ja liekers bloots en ole Krack", seggt de Öllste, un denn setten se sik beid up dat eene Perd un rieden wieder. „Man ik kann dat gar nich gloven", seggt he, „dat dar Gift in'e Drunk we'n schall. Laat uns dat mal bi düt Perd probeer'n." Dat doon se, un se sünd noch nich wied kamen, do fallt dat dare Perd uck um un is musendoot. Denn moeten se dat man affellen, denken se, so kann dat Fell se de Nacht warm holen, denn dat geiht ja al up'e Avend to. As se de neegste Morrn waak warrn, sehn se twölf Kreihen ankamen. De gahn dal up dat dode Perd, un se sünd noch nich lang' dar, do fallen se all um un sünd doot.

Se gahn hen un sammeln de Kreihen up un nehmen se mit. In'e eerste Stadt, 'nem se henkamen, geven se de Kreihen an en Bäcker. He schall se dar en Dutz Pasteten vun maken, seggen se. Se nehmen de Pasteten mit un reisen wieder. As dat Nacht ward, sünd se merrn in en grote, dichte Holt, un do kamen dar veeruntwintig Rövers ut dat Holt rut un verlangen se's Geldbüdels vun se. Ja, seggen se, Geldbüdels hebben se nich, man se hebben en beten to eten bi sik. „Wat to eten is uck guut", seggen de Rövers, un do gahn se bi un eten dar vun. Un se hebben noch nich allto dull rinhaut, do fallen se hier hen un dar hen. As de beiden sehn, de Rövers sünd doot, söken se se's Taschen dörch un kriegen dar en Barg Gold un Sülver rut. Denn maken se sik wedder up'e Weg un kamen toletzt na de Radelridder.

De Radelridder sin Huus steiht an'e beste Stä' in dat Land, un is sin *Huus* al smuck, is sin *Dochter* noch vel, vel smucker. So een as ehr gifft dat nich nochmal up'e Welt, so wunnerschön is se. Un keeneen kriggt ehr to Fruu as bloots de, de de dare Ridder en Fraag stellen kann, 'nem he keen Antwoort up weet. De Jungs denken, se woe'n man mal hen un versöken un stellen em en Fraag. Un de Jüngste schall för sin grote Broder de Deener spelen. Se kamen na de Radelridder sin Huus mit düsse Fraag: „Een hett twee dootmaakt, un twee hebben twölf dootmaakt, un twölf hebben veeruntwintig dootmaakt, un twee sünd so darvunkamen." Un bet he de Fraag rutkriggt, schoe'n se in hoge Anseh'n un Ehren holen warrn.

Sodennig sünd se en ganze Tied bi de Ridder, man een Dag kümmt dar mal een vun de Ridderdochter ehr Kamerdeerns an bi de Deener – wat ja de Broder is – un ward mit em ficheln un lett sik mit em in un seggt, he schall ehr doch man dat Radel verraden. He behollt ehr Hemd, un denn schickt he ehr wedder weg, man vertellen deit he ehr nix. Un sodennig kamen se all twölf Dag um Dag, un all setten se do se's Hemd bi to, un to de letzte seggt he, de Antwoort up dat Radel kennt keen anner as bloots sin Herr nedden in't Huus. Man eendoont. De Deener vertellt sin Herr allens, wat dar passeert.

Man de neegste Dag kümmt de Ridder sin Dochter na de öllste Broder, un se is so nett to em lett em sin Willen, un se seggt, he schall ehr doch man dat Radel verraden. Un do kann he ehr dat nich afslaan, un he vertellt ehr dat, man he behollt ehr Hemd. Un de Radelridder schickt na em, un he hett dat Radel nu ja rut. Un do seggt he to em, he kann sik dat utsöken: He kann de Kopp af kriegen, oder he ward utsett in en lecke Boot ahn Eten un Drinken, ahn Reemen un ahn Ööschfatt. Do seggt de Jung: Ik will

14

di noch en anner Radel upgeven, ehrer all dat passeert." – „Denn man to", seggt de Ridder. – „Ja", seggt he, „min Deener un ik sünd mal up Jagd we'n in't Holt. Min Deener hett up en Haas schaten, un do is 'n umfullen, un he hett 'n dat Fell aftrocken un 'n denn wedder lopen laten. Un sodennig hett he dat mit twölf Stück maakt, he hett se all dat Fell aftrocken un hett se lopen laten. Un toletzt is dar en grote, feine Haas kamen, up de heff ik sülven schaten un heff 'n dat Fell aftrocken un 'n denn lopen laten." – „Na, din Radel is ja nich swaar un kriegen rut, min Jung", seggt de Ridder. Un do kriggt de Jung de Ridder sin Dochter to Fruu, un se fiern en grote, feine Hochtied, de duert Jahr un Dag. De jüngere Broder reist denn na Huus, nu sin Broder so fein togang' kamen is, un de öllste Broder gifft em all Rechten oever dat Königriek to Huus.

Nich wied vun'e Grenz vun de Radelridder sin Königriek husen dree Riesen, un de sünd ümmerto bi un hau'n wecken vun de Ridder sin Lüüd doot un murksen se af un rövern se ut. Do seggt de Radelridder mal to sin Swiegersoehn, wenn he en Keerl is, denn geiht he hen un maakt de Riesen doot, denn se maken dat Land ümmer so vel Schaden. Un do geiht he hen un bemött de Riesen, un he kümmt na Huus mit de dree Riesen se's Köppe un smitt se de Ridder vör de Fööt. „Du hest würklich wat los", seggt de Ridder, „un vun nu an scha'st du Held vun'e Witte Schild heeten." Un de Held vun'e Witte Schild sin Naam geiht wied un sied rum.

De Held vun'e Witte Schild sin Broder is bannig stark un plietsch, un ahn dat he weet, wokeen de Held vun'e Witte Schild is, denkt he, he will sik mal mit em anleggen. De Held vun'e Witte Schild wahnt nu up dat Land vun de Riesen, un de Radelridder sin Dochter mit. Sin Broder kümmt un seggt, he will sik mit em faten. Do kriegen de Keerls sik faat un ringen mit'nanner vun morrns bet avends. Toletzt warrn se möö' un flau un henfällig, un do jumpt de Held vun'e Witte Schild oever en hoge Wall un seggt, he schall man morrn wedderkamen. De dare Sprung blameert de anner, un he seggt to em: „Kann we'n, dat du morrn um düsse Tied nich mehr so leifig büst."

De jüngere Broder geiht nu möö' un druselig na en armselige lütte Kaat in'e Neegde vun de Held vun'e Witte Schild sin Huus, un de neegste Morrn fangen se wedder vun Frischen an. Un de Held vun'e Witte Schild mutt bi lütten t'rüggwieken, un toletzt kümmt he trüggaars in en Au to gahn. „Dar mutt wat vun min Bloot in di sitten, dat du mi dat andoon kunnst." – „Vun wat för'n Bloot büst du denn?", fraagt de Jüngste. – „Ik bün de grote König Adrian sin Soehn." – „Denn bün ik din Broder." Nu warrn se sik denn kennen, un se fallen sik um'e Hals, un de Held vun'e Witte Schild nimmt em mit na sin Slott. Un wat de Radelridder sin Dochter is, de freut sik uck düchtig un seh'n em.

He blifft en Tiedlang bi se, un denn denkt he, he will man wedder na Huus na sin eegne Königriek. As he do an en grote Slott vörbikümmt, ward he twölf Keerls wies, de spelen dar Slagball. He denkt, he will man mal hengahn un en beten mitspelen. Man dat duert nich lang', do kriegen se sik vertürnt, un de flaueste vun se kriggt em faat un schüddelt em, as wenn he man so'n lütte Gör weer. Do denkt he, dat lohnt sik nich un böhren de Hand up gegen de dare twölf degte Keerls, un he fraagt se, wokeen se's

Soehns se sünd. Do vertellen se em, se sünd all Kinner vun een un desülve Vadder, de Held vun'e Witte Schild sin Broder, man keen vun se hett desülve Mudder.

„Denn bün ik ju's Vadder" seggt he. Un he fraagt se, um se's Mudders all noch an't Leven sünd. Ja, seggen se, dat sünd se. Do geiht he mit se mit, bet he na se's Mudders kümmt, un as dat so wied is, nimmt he de twölf Fruuns un de twölf Soehns mit na Huus. Un so wied, as ik weet, sünd sin Nakamen bet vundaag noch de Königs vun dat dare Königriek.

De dree kloke Mannslüüd

Dar is mal en Buer we'n, de is bannig riek we'n, man he hett nie nich na de Fruunslüüd keken, liekers he oold nugg we'n is un verheiraden sik. Do sadelt he denn een Dag sin Perd un ritt hen na en anner Buer sin Huus, de hett en Dochter, un he will mal seh'n, um se passlich is as Fruu för em. As he dar ankümmt, seggt de Buer, he schall man rinkamen, un he gifft em to eten un to drinken. Un do kriggt he ja de Dochter to seh'n un em dücht, se wurr fein to em passen. Do seggt he to de Vadder: „Mi dücht, dat ward bi lütten Tied för mi un verheiraden mi, ik mutt mi man mal en Fruu söken" – (un denn snacken se en ganze Tied, 'nem oever, dat heff ik vergeten).

Na, de Mann vertellt sin Fruu, wat de anner seggt hett, un do seggt se to ehr Dochter, se schall man gau bigahn un bringen dat Huus up Schick, denn de un de is kamen, un he söcht en Fruu, un se schall man tosehn un wiesen, wo düchtig se is. Na, eendoont, dat is de Dochter ja uck heel un deel mit, un so geiht se bi un bringen dat Huus up Schick, un dat eerste, 'nem se an denken deit, is, se will Füer maken. Un do löppt se rut na dat Torfschuur. Na, as se sik dar dalböögt un maakt ehr Schört vull mit Torf, do fallt dar en grote Bunk vun baven dal un ehr up Kopp un Schullern. Do denkt se bi sik: „Oha, wenn ik nu de dare Mann sin Fruu weer, un ik schull wat Lüttes hebben, un all de dare Torf fullen mi up'e Kopp, denn weer dat nu ut mit mi, un mit all min Nakamen uck." Un do ward se luud weenen un sett sik dal un huult un blarrt.

De Mudder luert ja, dat ehr Dochter wedderkamen schall, un do geiht se rut na ehr, un do sitt se dar in't Torfschuur to blarr'n. „Wat hest du denn?", fraagt se. Un de Dochter seggt: „O Mudder, de Torf sünd mi up'e Kopp fullen, un ik dach'e, wenn ik nu de dare Mann sin Fruu weer, un ik schull wat Lüttes hebben, denn weer dat nu ut mit mi, un mit all min Nakamen uck." Un do seggt de Mudder: „Dar hest du recht, min Dochter, dar hest du würklich recht." Un do sett se sik uck dal to blarr'n.

De Vadder ward bi lütten freer'n, un do geiht he na buten un will mal seh'n, wat de Fruunslüüd dar so lang' maken. Un as he se funnen hett, un se hebben em vertellt, wat passeert is, do seggt he: „Dat weer würklich en grote Mallöör", un denn ward he uck rohren un blarr'n.

Toletzt kümmt de Frier sülven rut un finnt se all an't Blarr'n in't Torfschuur, un as se em vertellt hebben, warum se dar rumjaueln, seggt he: „Laat man, vellicht passeert dat ja nie nich. Gah I man rin un hol up mit Blarr'n." Denn sadelt he sin Perd un ritt na Huus. Un ünnerwegens denkt he: „Wat bün ik doch för'n Torfkopp un blieven min heele Leven hier. Hier sitt ik nu un weet nich mehr vun'e Welt as en Haublock. Ik will afste' un wat seh'n vun'e Welt, un ik will eerst wedder na Huus kamen, wenn ik dree funnen heff, de so klook sünd, as de dree doesig weern, de ik jüst heff bi't Blarr'n in't Torfschuur t'rügglaten."

Un as he denn na Huus kümmt, bringt he allens up Schick, nimmt dat Perd un reist af. He reist männig en Dag dör Masch un Geest un frömde Länner un lehrt en Barg darto. Toletzt kümmt he een feine

Avend an en feine gröne Stück Land blangen en Stroom, un dar stahn dree Mannslüüd up. Se sehn sik bannig liek un sünd all eens antrocken up de Aart, as dat hier fröher begäng weer. He bütt se de Dagstied, man de dree Mannslüüd seggen nich een Woort. Se kieken em an, un denn steken se langsam de Köppe tohopen. Un dar stahn se denn tein Minuten lang mit dalböögte Köppe. Denn kriegen se de Köppe tohööcht, un een seggt: „Wenn dat rut weer, wat ik binnen heff, denn so wull ik di vunnacht upnehmen." De tweete seggt: „Wenn ik daan harr, wat ik nich daan heff, denn so wull ik di upnehmen." Un de drütte seggt: „Ik heff nich mehr as ümmer, denn kumm du man mit mi." Do geiht de Buer mit de dare Mann na Huus un wunnert sik, wat dat woll allens to bedüden hett.

As se ringahn sünd un hebben sik dalsett, wunnert he sik noch duller, denn de Ole bütt em nix to drinken an, bet he em allens vertellt hett vun sin Reis. Denn seggt he: „Drinken is gauer as snacken". Un de Ole lacht un kloppt mal up'e Disch, un do kümmt dar en feine Fruu rin un gifft em en grote Kroos Beer, un dat is guut. Un he drinkt un denkt: „Harr ik dat dare Fruunsminsch to Fruu, de weer beter as de, de ik mit Blarr'n in't Torfschuur laten heff." Do lacht de Ole wedder un seggt: „Wenn twee inverstahn weern, denn kunn dat sachs angahn." De Buer wunnert sik, dat de Ole weet, wat he denkt un dar up antern deit, man he hollt dat Muul.

Denn kloppt de Ole wedder up'e Disch, un en Deern kümmt rin, un he denkt: „Wenn ik de to Fruu harr, de weer beter as de Deern, de ik mit Hulen in't Torfschuur laten heff." De Ole lacht wedder en beten un seggt: „Wenn dree inverstahn weern, denn kunn dat sachs angahn", un de Deern sett en lütte Putt to Füer. De Buer kickt 'n an un denkt: „De dare Mann mutt ja nich vel Lüüd hebben." – „Och", seggt de Mann, „dat ward al langen."

„So", seggt de Buer, „nu will ik weeten, wat dat allens bedüden deit. Ik will in düt Huus nix eten oder drinken, wenn du mi dat nich vertellst. Ik heff ju de Dagstied baden, un I hebben de Köppe tohopenstaken un tein Minuten lang nix seggt. As I denn snackt hebben, kunn ik ju nich verstahn, un nu schient dat, as wenn du versteihst, wat ik denken do." Do seggt de Ole: „Sett di dal, un ik will di dat allens verklookfiedeln. Unse Vadder, dat weer en bannig kloke Mann. Wi hebben eerst markt, wo klook he weer, as he al lang' nich mehr dar weer. Wi sünd dree Bröder, un as he dootbleev, hett unse Vadder uns düsse feine Stä' vermaakt, un de hört uns tosamen to un noch allerhand bito. Wi hebben unse Vadder toswören musst, dat wi oever wichtige Saken bloots fluustern, wenn wi darvun snacken. As du kamen büst, hebben wi unse Köppe tohopenstaken un fluustert. Dat doon wi ümmer, denn een kann sik nich strieden, wenn een fluustert, un wi kriegen uns nie nich in'e Wull. Min eerste Broder hett sin dode Swiegermudder in't Huus, un he wull keen Frömde in en Truerhuus inladen. Se ward morrn inkuhlt – wenn dat rut weer, wat he binnen hett, harr he di vunnacht upnahmen. Min tweete Broder hett en Fruu, de deit keen Handslag, bet se dree mit'e Knüppel kriggt. Denn is se as anner Fruunslüüd uck, un is en gude Fruu. Nu wull he nich geern, dat en Frömde süht, wo se de Slääg kriggt, un he wusse, ahn dat dä se nix – wenn he daan harr, wat he nich daan harr, harr he di vunnacht upnahmen. Ik harr nich

mehr to doon as ümmer. Du hest din Geschicht ver-
tellt, un as min Fruu rinkeem, wusse ik, wat du
denken dä'st. Wenn ik doot weer un du un se weern
inverstahn, denn kunnen I heiraden. Un wenn ik, du
un min Dochter inverstahn weern, denn kunnen I
uck heiraden. So", seggt de Ole, „nu sett di dal un itt.
De lütte Putt ward langen, de is bloots för uns beide.
Min Lüüd eten buten."

De neegste Morrn seggt de Ole: „Ik mutt na't Gräff-
nis na min Broder sin Huus, bliev du man hier." Man
he seggt: „Ik bliev nich in en Huus, wenn de Mann
nich dar is. Ik kaam mit na't Gräffnis." As se wed-
derkamen, blifft he noch en Tiedlang in de Ole sin
Huus. He heiraad't de Dochter, un se bringt em
düchtig wat mit. Na, weer dat nich en richtige
Glückstorfschuur för de dare Buer?

Stummeltoss

Dar is mal up en Eiland en König we'n un en Königin, de hebben dree Döchter hatt. De König is dootbleven, un do hett de stackels Königin mit ehr Deerns flütten musst na en lütte Huus. Dar hebben se en Koh holen un en Kohlhoff hatt.

Mal ward de öllste Dochter morrns wies, dar fehlt wat vun'e Grönkohl in se's Kohlhoff. Do seggt se to de Königin, se will to Nacht en Dek umnehmen un sik hensetten un dar up luern, dat de Deev wedderkümmt. Ja, meent de Königin, dat is wiss dat Beste. As dat denn düüster ward, sett de Deern sik in'e Hoff, wickelt sik in en warme Dek un luert.

Dat duert nich lang', do kümmt dar en ganze grote Ries rin in'e Kohlhoff. He geiht bi un snitt de Grönkohl af un smitt 'n in en grote Kiep up sin Rügg. De Prinzessin is heel verbaast, as se dat süht, man se geiht doch hen un stellt de gewaltige Deev to Red.

„Warum klaust du min Mudder ehr Grönkohl?", fraagt se un stemmt de Hänne in'e Siet.

De Ries gluupt ehr bloots an. „Hol't Muul, ann's nehm ik di uck mit", gnurrt he un snitt wieder. Nich lang', un sin Kiep is meist vull.

„Ik heff di wat fraagt, Deev", röppt de Deern. „Warum klaust du min Mudder ehr Grönkohl?"

De Ries gnurrt nochmal, kriggt ehr bi een Been un een Arm un smitt ehr oever de Schuller in'e Kiep mit de Grönkohl. Denn schechelt he afste' mit de Kiep vull mit Grönkohl un een Prinzessin.

As he na Huus kümmt, kippt de Ries de Kohl ut up'e Del. Un mit rut fallt en natte un dingelige Deern.

23

Ehrer se anfangen kann un schimpen, böögt de Ries sik vör un gluupt ehr in'e Ogen.

„Hier is din Arbeit, de du doon musst", seggt he. „Du musst de Koh melken un 'n achterher rupbringen up'e Barg. Un denn musst du de dare Wull nehmen un de waschen, tucken[1], kaarden[2] un kämmen un denn spinnen un mi dar Tüüg vun maken. Deist du dat nich, denn warrst du al seh'n, wat du darvun hest."

Wat dat nu vör Angst is oder um dar en Riesentöver mitspelt, dat weet ik nich, man as de Ries weggeiht, deit de Deern jüst dat, wat ehr heeten is. Se melkt de Koh un bringt 'n up'e Barg. As se denn t'rüggkümmt na de Ries sin Huus, do hett se Hunger, un do sett se en Graap to Füer un kaakt sik wat Grütt.

As se bi is un eten de, kümmt dar en ganze Slarrs[3] lütte gelhaarige Keerls anlapen, de stahn um ehr rum un ropen, se woe'n wat afhebben. Man de Prinzessin grient se bloots höhnsch an un seggt:

> „För een man wenig, för twee vel to knapp,
> för ju fallt dar nich en Krömel bi af."

Do verswinnen de lütte Keerls, un de Prinzessin itt mit grote Aptit ehr Grütt. Man as se denn bi de Wull geiht, kriggt se vun de dare Arbeit nix t'recht. Wat se uck upstellt, dar ward nix vun.

To Avend kümmt de Ries na Huus un ward splitterndull, as he süht, se hett nich daan, wat se schull. He bölkt vör Raasch, kriggt ehr faat un fangt bi de

---

[1] tucken = zupfen
[2] kaarden = karden (Wolle kämmen)
[3] Slarrs = beträchtliche Anzahl

Kopp an un treckt ehr de Huut af oever de heele Rügg bet dal na de Fööt. Denn smitt he ehr rup up'e Hahnbalk mang de Höhner.

To Huus in de Königin ehr kloeterige Huusholen wunnern se sik all, wat de öllste Dochter tostött we'n mag. Do besluten se nochmal, dat een vun de Deerns to Nacht up'e Kohlhoff passen schall, un de neegste Dochter sett sik denn dal bi't Torfschuur mit ehr Dek un en lütte Lamp.

Ik will't kort maken, de tweete Deern geiht dat jüst so. De Ries kümmt in'e Kohlhoff to gahn un geiht bi un kriggt sik wat Kohl, ehrer he de Dochter, de dar uppassen deit, in sin Kiep smitt un na Huus geiht.

Bi de Ries to Huus kriggt de tweete Deern uck Bescheed un melken de Koh, un dat deit se uck, man ehrer se bi de Wull geiht, sett se sik uck dal bi en Fatt Grütt. De lütte Keerls kamen wedder an un woe'n geern wat afhebben, man de Deern lacht se wat ut un gifft se nix. Un wat se darvun hett, ward se bald wies: Dör jichens en Hexenkraam kann se mit de Wull nix upstellen.

As de Ries na Huus kümmt, ward he splitterndull, dat se ehr Arbeit nich daan hett. Un do kriggt he ehr faat un treckt en Striepen Huut af vun baven up'e Kopp an oever de heele Rügg bet na de Fööt, un denn smitt he ehr mit en argerliche Gnurren rup up'e Hahnbalk bi ehr Süster. Dar liggen se nu un koenen nich snacken un uck nich dalkamen.

Sodennig hebben wi denn en Königin mit bloots noch een Dochter – de jüngste.

De neegste Dag seggt de jüngste Prinzessin, se will de Avend rutgahn un kieken, wat dat is, wat ehr

Süstern weghaalt hett. Eerst will de Königin ehr dat ja nich verlöven, man ehr Dochter blifft bi un triffeleert, do gifft se na.

As dat Nacht ward, sitt de jüngste Dochter fein inmummelt in ehr Dek, do kümmt dar en Ries mit en grote leddige Kiep un en grote Mess un geiht bi un snieden de Grönkohl af.

„Gu'n Avend", seggt se fründlich. „Nu segg mi mal, warum klaust du min Mudder ehr Grönkohl?"

De Ries kehrt sik nich an ehr, do fraagt se em ganz ruhig nochmal.

„Ruhig!", blafft de Ries. As he denn sin Kiep vull hett, kriggt he ehr faat bi een Been un een Arm un kielt ehr bi de Kohl in sin Kiep.

Wat later, as he wedder to Huus is, lett he de Deern rut un gifft ehr desülve Updrääg as ehr Süstern.

De Deern hört nipp to, wat he ehr heeten deit, un nickt sachten. De Ries grunst mal un geiht wedder weg.

Do maakt de jünste Süster sik an'e Arbeit. Se melkt de Koh un bringt 'n denn rup up'e Barg. As se wedder in't Huus is, gnurrt ehr de Maag, do denkt se, se will sik man wat Grütt kaken, dat se wat Warmes in't Liev kriggt.

Knapp hett se de Grütt in ehr Fatt lepelt, do kamen de lütte gelhaarige Keerls hupenwies an un woe'n all geern en Mundvull vun ehr Grütt afhebben.

De Prinzessin grient de lütte Keerls fründlich an un seggt, se koenen geern wat kriegen, man bloots, wenn se mit wat kamen un doon dat rin. Do glieden se sik af un plappern ümmerto, man dat duert nich lang', do stahn se ehr wedder um'e Fööt rum, wecken mit tweie Foet, wecken mit holle Steens. Wecken bringen düt an, annern dat, man toletzt kriegen se all wat af vun ehr Grütt.

As se ferdig eten hebben, glieden se sik all af bet up een. Dat is en lütte gelhaarige Bengel, un he fraagt de Prinzessin, um se wat för em to doon hett.

Se grient em fründlich an. „Ik heff en Barg Arbeit, min lütte Fründ, aver ik kann di dar man nich för betahlen."

De lütte gelhaarige Bengel tuckst bloots mit de Schullern. „Maakt nix. Allens, wat ik as Lohn verlang, is, dat du mi bi min Naam nöömst."

Och, denkt de Prinzessin, dat is ja licht to, un gifft de lütte Bengel de Wull. Mit en Gnickern verswinnt he ut'e Dör mit de ganze Dutt Wull.

Bi lütten ward dat buten düüster, do kloppt dat mitmal luut an'e Huusdör. De Deern maakt de Dör up, un do steiht dar en ole Fruunsminsch.

„Um Vergevung, dat ik hier so rinplatzen do, junge Fruu", seggt de Oolsch, „man ik söök en Ünnerkamen för de Nacht; weerst du vellicht so fründlich un nehmen en ole, möö'e Fruu up?"

„Ik wull, ik kunn dat", seggt de Deern, „man düt is ja nich min Huus, un darum kann ik keen Ünnerkamen beeden. Man hier, nimm dat man mit för ünnerwegens." Un se gifft de Oolsch en Stück Broot un Kees.

De Oolsch bedankt sik bi ehr för ehr Fründlichkeit un will sik jüst umdreihn un annerwegens Schuul söken.

„Ehrer du rutgeihst in'e Nacht, weetst du jichens wat Nües vun't Eiland?", fraagt de Deern; se will ja geern weeten, wodennig ehr Mudder dat geiht.

„Nix, min Deern. Nix Nües, as dat et na en kole Nacht utsüht." Darmit geiht de Oolsch weg.

Nu is dar vör de Ries sin Huus, en lütte Stück de Anbarg rup, en gröne Barg. Dar geiht de Oolsch hen un sett sik dal in'e Schuul vun'e dare Barg. Dar dücht ehr dat arig warm un recht kommodig.

As se sik torecht leggt för de Nacht un ehr Schaal um ehr knakige Schuller tohopentreckt, hört se vun binnen in'e Barg en Stimm, de singt lustig:

„Tuck, Tuckers, tuck;
kaard, Kaarders, kaard;
spinn, Spinners, spinn,
denn Stummeltoss, Stummeltoss is min Naam."

De Oolsch kickt tohööcht un süht, dar is en Splet in'e Barg, un dar kümmt Licht rut. Se kickt dar rin un süht en ganze Masse lütte Lüüd ievrig bi de Arbeit. Wecken waschen Wull, annern tucken un kaarden. Ganz achtern in'e glemen Kamer sitt en Reeg Spinners, un de Spinnroed snurren as dull. Um de Arbeiders rum un mang se dör löppt en lütte gelhaarige Bengel un singt ümmerto dat dare lustige Leed.

Na, denkt de Oolsch, düt is ja vellicht en Ünnerkamen för de Nacht weert, un do geiht se gau de Anbarg wedder dal na de Ries sin Huus to. Se kloppt för dull an'e Huusdör, un as de Prinzessin upmaakt, roetert se ehr foorts vör, wat se jüst up'e Barg hört hett.

Do ward de Prinzessin vör Freud in Hänne klappen un bringt de Oolsch na en warme, dröge Schuur, 'nem se de Nacht blieven kann. Denn geiht se wedder in't Huus un seggt ümmer un ümmer wedder de Naam „Stummeltoss" vör sik hen.

De neegste Morrn schummert köhlig un hell. De Deern hett jüst dat Füer upraakt, do kümmt de lütte gelhaarige Bengel an mit all dat Tüüg, wat vun de Wull maakt wurrn is.

„O, velen Dank för de dare Arbeit, min Fründ ...", seggt de Prinzessin. „Dar hest du würklich wat ganz feine Tüüg maakt."

„O, nu man nich so gau", seggt de lütte Bengel un hoppt un danzt vör Freud. „Eerst musst du min noch bi min Naam nömen!!"

De Prinzessin deit verbaast un denn bang'. „Na guut", seggt se un deit, as wenn se deep nadenkt. „Du heetst Rippenbeest!"

„Nee!", kriescht de lütte Bengel un maakt en Luftsprung vör Freud.

„Denn heetst du Hamelwaad", versöcht se dat.

„Nee, nee, nee!", kriescht he un danzt in wille Krinken up'e Del rum.

„Heetst du denn Stummeltoss?", fraagt de Prinzessin un grient em an.

Do ward Stummeltoss vör Raasch luut uphulen, smitt dat Tüüg dal un rönnt as unklook ut'e Dör, wieldes de Deern luut achter em ranlacht.

As de Ries na Huus to geiht, bemött he en ganze Barg vun de dare lütte gelhaarige Keerls. Wecken vun se hebben de Ogen dalhängen up'e Backen, annern hängt de Tung bet up'e Bost.

„Wat is denn mit ju los?", fraagt de Ries.

„Dat will ik di seggen, wat mit mi un min Lüüd los is", seggt een vun de Lütten. „Wi moeten nootwennig Slaap hebben, denn wi hebben so dull arbeid't för un maken so'n feine Tüüg."

Do ward de Ries gewaltig lachen, he markt foorts, wodennig de Prinzessin mit de Lütte Lüüd ferdig wurrn is.

„Ik heff to Huus ja en gude Fruu", denkt he bi sik, „un wenn ehr dat guut geiht, wenn ik na Huus kaam, denn schall se nie nich wedder en Dagwark arbeiten."

Wi weeten ja al, dat geiht de Deern richtig guut, un as de Ries na Huus kümmt, wiest se em en ganze Masse Rullen feine Tüüg. Do freut de Ries sik gewaltig un behannelt de Prinzessin ganz fründlich.

De neegste Dag geiht de Ries wedder ut't Huus, un do finnt de Prinzessin ehr beide Süstern baven up'e Hahnbalk mang de Höhner. Se treckt se dal un kriggt dat t'recht un neih'n se se's Huut wedder up'e Rügg fast, mit en paar lütte Stichen sünd se wedder as nü. Denn seggt se to ehr öllste Süster, se schall sik in en grote Deckelkorv setten. Se deit dar so vel vun de Ries sin feine Kraam rin, as geiht, un denn deit se dar en dicke Lagg frisch meihte Gras oever.

As de Ries wedder na Huus kümmt, vertellt de Prinzessin em, se maakt sik Sorgen um ehr Mudder, un fraagt em, um he nich will de Korv mit Gras, de dar bi de Dör steiht, na ehr henbringen. Sodennig hett se doch tominnst Fudder för ehr Koh. De Ries freut sik ja ümmer noch to all dat Tüüg, wat de Deern kregen hett, un do is he inverstahn un glitt sik af mit de Korv up'e Rügg.

As he wedderkümmt, fraagt se em, wodennig ehr Mudder dat geiht, un he seggt „guut".

„Na, dat is ja fein. Man ik will ehr man liekers noch en Bunk Grass schicken. Dat Gras up düsse Deel vun't Eiland is ja vel beter as dat korte, gele Gras bi min Mudder ehr Huus", seggt se.

„As du wullt", seggt de Ries. „Wannehr hest du dat klaar för mi?"

„Morrn fröh. Man wenn de Sünn upgeiht, gah ik rup up'e Barg, un denn laat ik de vulle Korv bi de Dör stahn."

De neegste Dag verstickt de Prinzessin ehr tweete Süster deep in'e Deckelkorv, denn klarrt se dar sülven mit rin un passt fein up, dat se se beid guut mit frisch meihte Gras todeckt. As de Ries mit Snorken uphollt un waak ward, ward he de Korv bi de Dör wies, un do fallt em dat wedder in, wonem de Deern em um beden hett. He kriggt 'n up'e Nack un glitt sik dar af mit.

As de Ries bi de Königin ehr Huus ankümmt, fraagt he, wonem he dat Gras henkippen schall. De Königin wiest em en Stä' an't Finster.

Wat de Ries nich weet – de Königin un ehr öllste Dochter hebben en grote Ketel Water kaakt, un de kippen se oever em, as he an't Finster kümmt, un do is he foorts doot.

De beide Süstern kullern rut ut'e Korv un freu'n sik, se sünd wedder tosamen mit se's Mudder un se's öllste Süster.

Dat Märken vun de Suldaat

Dar is mal en ole Suldaat we'n, de is weglapen vun't Militär. Un do geiht he up en Barg an't Enne vun de Stadt un seggt: „De Düvel mag kamen un mi wegslepen up sin Rügg, wenn ik dat neegste Mal in Sicht-wiede vun düsse Stadt kaam."

Denn geiht he, bet he na en Herrenhuus kümmt, un do fraagt Hannes – sodennig hett he heeten – do fraagt he de Herr, um he kann in sin Huus Nacht blieven. „Na, guut", seggt de Herr, „du büst ja en ole Suldaat, un du sühst ut as een, de Kraasch hett, un din Gesicht wiest nix vun Angst oder Bangen. Dar blangen dat dare Holt, dar is en Slott, dar kannst du bet morrn fröh blieven. Du kriggst uck en Piep un Toback, en Buddel Koem un en Bibel to lesen."

As Hannes sin Avendkost weg hett, geiht he denn na dat Slott. He maakt en düchtige Füer an, un as dat Nacht ward, kamen dar twee brune Fruunslüüd rin, de hebben en Sarg mit. Dat smieten se dal bi't Füer un glieden sik af na buten. Hannes steiht up, un mit de Hack pedd't he dat Koppenne in, un denn treckt he dar en ole griese Keerl rut un sett em in'e grote Loehnstohl. He gifft em en Piep un Toback un en Glas Koem, man de Ole lett dat allens dalfallen up'e Del. „Stackels Keerl", seggt Hannes, „du büst ja heel un deel verklaamt." Denn leggt Hannes sik up't Bett un lett de Ole an't Füer, dat he sik wärmt. Man hen to de Tied, wenn de Hahn kreiht, is he weg.

De Herr kümmt fröh de neegste Morrn. „Na, wo weer de Nacht, Hannes?" – „Guut", seggt Hannes, „din Vadder hett mi nich bang' maken kunnt." – „Fein, min leeve Hannes, du scha'st tweehunnert Daler

33

hebben, wenn du di vunnacht wedder in dat Slott leggst." – „Dat geiht klaar", seggt Hannes.

De dare Nacht geiht dat jüst so. Do kamen dar dree brune Wiever un hebben en Sarg mit. Dat smieten se dal blangen dat Füer, un denn glieden se sik wedder af.

Hannes steiht up, un mit'e Hack pedd't he dat Koppenne vun't Sarg in, un he treckt dar de griese Ole rut. Un jüst so as de Nacht vörher sett he em in'e grote Loehnstohl un gifft em Piep un Toback, un he lett dat dalfallen. „O, stackels Kerl", seggt Hannes, „du büst ja heel verklaamt." Denn gifft he em en Glas Koem, un dat lett he uck dalfallen. „O, stackels Keerl, wat büst du koolt."

De Ole verswinnt jüst so as de Nacht vörher. „Aver", seggt Hannes bi sik, „wenn ik hier noch en Nacht blieven do un du kümmst wedder, denn scha'st du mi de Piep, de Toback un de Koem betahlen!"

De Herr kümmt ganz fröh de neegste Morrn, un he fraagt: „Na, wodennig hest du slapen, Hannes?" – „Fein", seggt Hannes, „de dare griese Ole, din Vadder, de kann mi doch nich bang' maken!"

„O", seggt de Herr, „wenn du vunnacht uck hier bliffst, denn scha'st du dreehunnert Daler hebben." – „Afmaakt", seggt Hannes.

As dat Nacht ward, kamen dar veer brune Wiever rin mit en Sarg, un dat stellen se blangen Hannes dal. Hannes steiht up, böhrt sin Foot tohööcht un pedd't dat Koppenne vun't Sarg in. Denn treckt he de griese Ole dar rut un sett em in'e grote Loehnstohl. He langt em de Piep un de Toback hen un dat Glas Koem, man de Ole lett dat allens dalfallen, un do is dat twei.

„Oha", seggt Hannes, „ehrer du vunnacht weggeihst, scha'st du mi allens betahlen, wat du tweimaakt hest." Man de Ole seggt keen Woort. Do kriggt Hannes sik de Reem vun sin Tornüster, binnt de Ole an sik fast un nimmt em mit to Bett. As de Hahn kreiht, seggt de Ole, he schall em gahn laten.

„Betahl eerstmal, wat du tweimaakt hest", seggt Hannes. „Denn will ik di man vertellen", seggt de Ole, „hier nedden ünner is en Wienkeller, 'nem rieklich to drinken, Toback un Piepen sünd. Un blangen de Keller is noch en lütte Kamer, un dar steiht en Ketel vull Goldstücken. Un ünner de Süll vun de grote Dör is en Kruuk mit Sülvergled. Du hest de Fruunslüüd sehn, de vunnacht mit mi ankamen sünd?"

„Heff ik", seggt Hannes.

„Na, de dare Fruunslüüd heff ik de Köh wegnahmen, un se weern in Noot. To Straaf gahn se nu elkeen Nacht sodennig mit mi um. Darum gah du hen un vertell min Soehn, wodennig ik lieden mutt. Segg em, he schall hengahn un de Köh betahlen, un he schall nich hart we'n gegen de Armen. Du un he, I koenen ju dat Gold un Sülver deelen, un du sülven kannst min ole Deern heiraden. Man denk an, giff düchtig vun dat Gold, wat dar na is, an de Armen, denn ik bün to hart we'n to se, un denn kann ik Ruh finnen in de anner Welt."

De Herr kümmt, un Hannes vertellt em, wat ik di jüst vertellt heff, man de Ole sin Deern will he nich heiraden.

Na een, twee Daag will Hannes nich mehr dar blieven. He maakt sin Taschen vull mit Goldstücken, un he seggt to de Herr, he schall rieklich vun dat Gold an de Armen geven. He kümmt na Huus, man dar ward em dat gau langwielig, un do will he leever wedder bi dat Regiment we'n. Un do maakt he sik een Dag up'e Weg, un he kümmt na de Barg oever de Stadt, 'nem he vun weggahn is. Un wokeen kümmt dar an? De Düvel.

„Höh, höh, Hannes, du büst wedder dar?"

„Sülven höh", seggt Hannes, „ik bün wedder dar. Wokeen büst du denn?"

„Ik bün de Düvel, de du di tolaavt hest, as du dat letzte Mal hier weerst."

„So, so", seggt Hannes, „ik heff lang' nix vun di hört, un sehn heff ik di al gar nich. Ik kann nich so recht kieken, un ik kann nich gloven, dat du dat würklich büst. Man maak di to en Slang, denn gloov ik di."

De Düvel deit dat.

„Nu maak di to en rohren Lööw."

De Düvel deit dat.

„Nu spie Füer dree Mielen vör di un dree Mielen achter di."

De Düvel deit dat.

„Na", seggt Hannes, „wo ik denn nu din Deener we'n schall, stieg man in min Tornüster, denn dräg ik di. Man du dörvst eerst rutkamen, wenn ik dat segg, anners gellt unse Afmaken nich mehr."

De Düvel seggt dat to un deit dat.

„So", seggt Hannes, „ik gah nu na min Broder, de is bi dat Regiment, man hol du di ruhig."

Do geiht Hannes denn to Stadt, un hier un dar is mal een, de röppt: „Dar is Hannes, de Dissentör!"

Do griepen se Hannes denn un stell'n em vör Gericht; un do schall he de neegste Dag to Middagstied uphängt warrn. Un Hannes seggt, se schoe'n em doch man een Gefallen doon un em dootschöten. Do seggt de Oberst, he is ja en ole Suldaat un is lang' bi de Suldaten we'n, dat schall em denn togestahn warrn.

De neegste Dag schall Hannes denn dootschaten warrn, un de Suldaten sünd to veert um em rum, do fraagt de Düvel: „Wat seggen se? Laat mi mang se, denn will ik se noch gau verdrieven."

„Psst! Psst!", seggt Hannes.

„Wokeen snackt dar mit di?" fraagt de Oberst.

„Och, dat is man en witte Muus", seggt Hannes.

„Swatt oder witt", seggt de Oberst, „laat 'n jo nich ut'e Tornüster rut, denn kriggst du en Friebreev, un denn woe'n wi di hier nich mehr seh'n."

Do geiht Hannes weg, un as dat Nacht ward kümmt he na en Schüün, dar sünd se mit twölf Mann bi un döschen.

„O, Jungs", seggt Hannes, „ik heff hier min ole Tornüster, nehmt ju de doch mal vör un dösch dar en Tiedlang up. De is so hart, de schüert mi rein dat Fell vun'e Rügg."

Ganze twee Stunnen timmern se mit de twölf Döschfloegels up de Tornüster los, un toletzt hoppt 'n bi elkeen Slag, de se 'n geven, bet ünner dat Schünendack, un af un an smitt 'n een vun de Döschers uck up'e Rügg. As se dat sehn, seggen se, he schall sik jo

37

afglieden mit sin Tornüster, se meenen, dar sitt ja woll de Düvel in.

Do maakt he sik up'e Padd, un he geiht na en Smä', 'nem twölf Smä'lüüd bi sünd mit se's grote Hamers.

„Hier, Jungs, hier is en ole Tornüster, un ik gev ju en Daler, wenn I dar en Tiedlang up hau'n woe'n mit jues grote Hamers. Dat Ding is so hart, dat schüert mi rein dat Fell vun'e Rügg."

Dat is ja wat för de Smä'lüüd; dar hebben se se's Spaaß an, an de Suldaat sin Tornüster. Man bi elkeen Hau, de 'n kriggt, springt 'n bet an't Dack vun'e Smä'. „Huul bloots af mit dat dare Ding", seggen se; „dar sitt ja woll Muusch Urian sülven in."

Do geiht Hannes denn wieder mit de Düvel up'e Rügg, un do kümmt he an en grote Brennaben.

„Wonem geihst du nu hen, Hannes?", fraagt de Düvel.

„Luer dat man en Ogenblick af, denn kriggst dat al to seh'n", seggt Hannes.

„Laat mi rut", seggt de Düvel, „denn will ik di uck in düsse Welt nie nich wedder verdwass kamen."

„Uck nich in de neegste?", seggt Hannes.

„Uck dat", seggt de Düvel.

„Denn tööv man", seggt Hannes, „bet du Rook marken deist". Un as he dat seggt, smitt he de Tornüster sammt de Deuster merrn rin in de Brennaben, un do jaagt de mitsammt de Brennaben as gröne Füerflamm rup na de Heven.

De König un de Daglöhner

Dar is mal en Daglöhner we'n, de is bi we'n un smieten Gravens ut. Do kümmt de König bi em an un seggt: „Na, du büst bi de Arbeit?"

„Bün ik", seggt de Daglöhner.

„Maakt sik de Arbeit denn betahlt?"

„Mitünner ja, mitünner nee", seggt he, „dat kümmt up'e Grund an."

„Büst du verheiraad't?", fraagt de König.

„Bün ik we'n, man nu bün ik Wittmann."

„Hest du en Familie?"

„Ik heff een Dochter."

„Wo oold is se denn?"

„Se is twölf."

„Ik heff en Fraag för di" seggt de König.

„Dat bringt nix un stellen mi Fragen, Fragen rutkriegen heff ik noch nie nich kunnt", seggt de Daglöhner. „Wat is dat denn för'n Fraag?"

„De Fraag, de ik di stellen will, is düt: Wo lang' bruuk ik un kamen eenmal um'e Welt?"

„Dar weet doch keen Minsch en Antwoort up", seggt de Daglöhner.

„Wenn du dat bet morrn Middag Klock twölf nich rut hest, warrst du uphängt."

„Na, denn helpt dat nich", seggt de Daglöhner.

Denn seggt de König: „Ik gah nu na Huus, man ik bün morrn um Klock twölf wedder hier; seh to, dat du denn uck hier büst."

As he dat seggt hett, bütt he de Daglöhner de Dagstied un geiht weg. De geiht to Avend na Huus un is trurig un daldrückt. Do seggt sin Dochter to em: „Is dar wat los, Vadder? Du büst ja nich so munter as anners."

„De König is vundaag bi mi we'n un hett mi en Fraag stellt", seggt ehr Vadder.

„Wat hett he di denn för'n Fraag stellt?"

„He hett mi wat fraagt, 'nem keen Minsch en Antwoort up weet, meen ik."

„Du kannst 'n mi ja man mal seggen", seggt se.

„Wat bringt dat denn, wenn ik di dat vertell?"

„Dat kannst ja nich weeten."

„De Fraag", seggt de Vadder, „de he mi upgeven het, is, wo lang' he bruken deit un kamen eenmal um'e Welt."

„De Fraag bruukst du di keen Koppwehdaag um maken", seggt de Dochter. „Itt du man din Avendbroot, un ik löös de Fraag för di, wenn du morrn up Arbeit geihst."

De neegste Morrn na't Fröhstück fraagt he ehr: „Wat schall ik denn nu vundaag to de König seggen?"

„Segg em man", seggt se, „he kümmt rund um'e Welt in veeruntwintig Stunnen, wenn he so plietsch is un setten sik as Rieder up'e Sünn oder de Maand."

As he dat hört, geiht he to Arbeit un is heel vergnöögt. Klock twölf kümmt de König bi em an un seggt: „Na, du büst bi de Arbeit?"

„Bün ik, mit Verlööv, König", seggt de Daglöhner.

„Hest du de Fraag rutkregen?"

„Ik heff dat versöcht", is de Antwoort.

Do seggt de König to em: „Wo lang' bruuk ik un kamen eenmal um'e Welt?"

„Wenn I dat so maken woe'n, as ik Ju dat segg", seggt de Daglöhner, „denn so kamen I eenmal um'e Welt in veeruntwintig Stunnen."

„Meenst du würklich, ik kann in veeruntwintig Stunnen eenmal um'e Welt kamen?", fraagt de König.

„Wenn I Ju as en Rieder up'e Sünn oder de Maand setten", seggt de Daglöhner, „denn so kamen I in de Tied eenmal um'e Welt."

De König swiggt, kickt up un dal un oeverleggt. Denn seggt he to de Daglöhner: „Ik bün bang', nich du noch ik kann sik as en Rieder up'e Sünn oder Maand setten. Man", seggt de König denn, „dat hest du doch nich sülven rutkregen."

De Daglöhner seggt: „Dat is doch eendoont, wokeen dat rutkregen hett, denn I hebben doch Ju's Antwoort kregen."

De König seggt: „Du hest di guut holen, denn du hest de Fraag rutkregen; man du musst mi vertellen, wokeen dat för di daan hett, anners warrst du morrn Klock twölf uphängt."

As he dat hört, ward de Daglöhner bang', un he seggt: „Min Dochter hett de Fraag lööst."

De König seggt: „Wo du de dare Fraag so fein rutkregen hest, will ik di vundaag en anner een stellen."

„Dat bringt doch nix un stellen mi noch mehr Fragen, denn, wenn ik de letzte uck rutkregen heff, en anner een kann ik vellicht nich rutkriegen. Wat is dat denn vundaag för'n Fraag?"

„De Fraag is", seggt de König, „wo groot is de Afstand twüschen Eerde un Heven?"

„Dat is ja noch swarer as de letzte Fraag. Dat kann ja keen Minsch rutkriegen."

De König seggt: „Wenn du dat nich rutkriggst, warrst du morrn Klock twölf uphängt." Denn seggt de König adjüs to de Daglöhner un seggt: „Ik bün morrn Klock twölf wedder hier."

As dat Avend ward, geiht de Daglöhner na Huus, un wenn he de Dag vörher al bedripst we'n is, nu is he noch vel bedripster. Sin Dochter fraagt em, wodennig he klaarkamen is mit de König. He seggt, he is guut klaarkamen, man nu hett he em noch en vel swarere Fraag upgeven.

„Wat is dat denn för'n Fraag?", will de Dochter weeten.

„Ik schall em de Afstand twüschen Eerde un Heven seggen", seggt de Vadder.

„Laat du di man keen graue Haar wassen um de dare Fraag. Wenn du morrn afste' geihst up Arbeit, denn segg ik di de Antwoort."

Do faat't de Ole wedder düchtig Moot. As he de neeg-ste Morrn praat is un gahn up Arbeit, fraagt he sin Dochter: „Wat schall ik de König denn nu vundaag seggen?"

„Nimm dat Biel", seggt se, „un maak twee Pinnen. Denn geihst du na de König sin Slott, treckst din Jack ut un kloppst de Pinnen mit'e Hamer in'e Grund. Denn ward de König rutkamen un di fragen: ‚Wat hest du hier denn nu vör?' Un denn seggst du: ‚Mit Verlööv, o König, ik will de Afstand twüschen Eerde un Heven utmeten; un wo I doch König sünd un en Barg Gold un Sülver hebben, koop mi doch man en Tau, wat vun'e Eerde bet na de Heven reckt, denn will ik de Afstand woll utmeten'.""

He deit, wat sin Dochter em raden hett. He geiht na de König sin Slott, treckt de Jack ut un geiht bi un kloppen de Pinnen in'e Grund. De König süht em dör't Finster, geiht rut na em un fraagt: „Wat hest du hier denn nu vör?"

De Daglöhner seggt: „Mit Verlööv, o König, ik will de Afstand twüschen Eerde un Heven utmeten, as I dat verlangt hebben, un mi dücht, düt hier is dar de bes-te Stä' för; un wo I doch de König sünd un en Barg Gold un Sülver hebben, koop mi doch man en Tau, wat vun'e Eerde bet na de Heven reckt, denn will ik de Afstand woll utmeten."

De König kickt up un dal un oeverleggt en Stoot. Denn seggt he: „Ik bün bang', nich du noch ik heff Geld nugg un kopen so'n Tau, denn woe'n wi de Saak man nalaten. Dat hest du ja guut maakt, man wo-keen hett de Fraag för di lööst?"

„Dat heff ik sülven rutkregen", seggt de Daglöhner.

„Hest du nich", seggt de König, „un du musst mi vertellen, wokeen dat daan hett, anners warrst du morrn Klock twölf uphängt."

De Daglöhner ward bang', un he vertellt de König, dat is sin Dochter we'n, de dat rutkregen hett. Do fraagt de König em: „Wo oold is se?"

„Twölf Jahr."

„Se is klook un hett en plietsche Kopp", seggt de König. „Du musst ehr Verlööv geven un kamen na mi to Huus un putzen Messen un doon anner lichte Arbeit."

„Man wat schall ik denn maken?", fraagt de Daglöhner. „Ik heff doch keen anner un holen min Huus rein, kaken min Eten un waschen min Tüüg."

„Ik mutt ehr hebben", seggt de König, „un ik will di denn en gude Fründ we'n."

Do geiht he denn hen un bringt sin Dochter na de König, un se fangt ehr Arbeit in'e König sin Huus an. Se wasst ran to en grote un staatsche junge Fruu. Man de anner Deensten kieken ehr man minnachtig an un nömen ehr bloots de Pracherdeern. Dat argert ehr bannig. Do bemött se mal de König vör dat Slott, un se seggt to em, se will weg.

„Warum dat denn?", will de König weeten.

„Ja", seggt se, „de anner Deensten kieken mi minnachtig an, un in't Huus nömen se mi bloots ümmer de Pracherdeern."

Do seggt de König to ehr: „Tööv man, dat schall en Enne hebben. Ik maak din Vadder to en Ridder, un

44

ik will wetten, denn nömen se di bloots noch de Ridderdeern."

He lett ehr Vadder kamen un maakt em to en Ridder. Un he schickt de Dochter to School un lett ehr wat lehren. As se mit de School ferdig is, bedeent se en Tiedlang an'e König sin Tafel. Un do mag de König ehr so bannig geern lieden un will ehr heiraden, un he snackt dar oever mit ehr. Man se seggt: „Dar ward sachs nix vun, König, denn I kriegen mal en Fruu ut en Königsfamilie, un vellicht finn ik en Mann, de to mi passt."

„Man sodennig schall dat nich we'n", seggt de König, „du musst mi heiraden."

„Na ja, wenn ik mutt, denn mutt ik dat ja man doon", seggt se.

„Een Deel will ik di seggen", seggt de König, „wenn wi verheiraad't sünd, dörvst du in keen Saak en Ordeel afgeven, wat min towedder is."

„Dat is guut seggt; dat steiht mi ja uck nich to un geven in jichens en Saak en Ordeel af, wat Ju's towedder is."

„Denk an", seggt de König, „de Dag, wenn du dat deist, büst du keen Königin mehr."

Do seggt se: „Verget nich, wenn ik wegschickt warr, denn krieg ik de Dag, wenn ik afgah, de dree Armsvull, de ik mi utsöök, un dar will ik vun Ju en schreven Schrift oever hebben."

„De scha'st du hebben", seggt de König.

Do is de Saak denn afmaakt. Se heiraden, un ik denk, se hebben uck en feine Hochtied hatt. Un ehrer noch een Jahr rum is, kriegen se en lütte Prinz.

Nich wied vun't Slott wahnen twee Mannslüüd; de eene het en Toet mit en Fahlen, de anner hett en ole Schimmel. Nu hett dat Fahlen dat so an sik, dat löppt ümmer mit de ole Schimmel mit. Un do seggt de Keerl mit de Schimmel, dat Fahlen hört em to. Dar liggen de beiden in Striet um, un se gahn na de König, dat se se's Recht kriegen. De Mann mit de Toet vertellt de König, de anner will em sin Fahlen wegnehmen. De König seggt: „All beid seggen I, dat Fahlen is ju's. Denn schall de Saak sodennig afmaakt warrn: Sett de Perde up en Weid un maak dat Heck up. Un mit de sin Perd dat Fahlen mitgeiht, de kriggt dat Fahlen."

Wat de König seggt hett, ward daan. As de Perde up'e Weid bröcht sünd, geiht dat Fahlen denn mit de Schimmel ut dat Heck – un do waagt de Mann mit de Toet dat nich mehr un seggen, dat Fahlen is sin. Man em fallt in, de Königin hört doch to sin Fründschop, un do denkt he, he will man na ehr hengahn un ehr de Saak vörleggen. He geiht na dat Slott un lett ehr Bescheed seggen, he will geern mal mit ehr snacken. Do ward he vörlaten, un he vertellt ehr, wodennig an em hannelt is.

„Ik seh", seggt de Königin, „di is Unrecht daan wurrn. Man ik dörv in keen Saak en Ordeel afgeven, wat de König sin towedder is. Denn wenn ik dat do, bün ik keen Königin mehr. Man ik will di seggen, wat du doon musst. Krieg di en lütte Ammer vull Arften. Kaak de Arften un do se wedder in'e Ammer. Denn geihst du mit de Ammer vull Arften hen un seist se ut, wenn du de König langkamen sühst. Denn ward de König di fragen, wat du dar denn sei'n deist. Denn seggst du: ‚Ik sei kaakte Arften.' Denn ward de König to di seggen: ‚Wat büst du doch för'n Torfkopp! Meenst du denn, de wassen?' Un du seggst denn to em: ‚Ik denk, de koenen jüst so guut wassen, as en ole Schimmel kann en Fahlen kriegen.' Denn ward de König di groot ankieken."

He deit, wat de Königin em raden hett. As he bi is un sei'n de Arften, kümmt de König dar lang un fraagt: „Wat seist du hier vundaag?"

De Mann seggt: „Ik sei kaakte Arften."

Do seggt de König: „Wat büst du doch för'n Torfkopp! Meenst du denn, de wassen?"

„Dat denk ik doch", seggt de Mann to de König.

„Woso meenst du dat?", fraagt de König.

„Ik denk", seggt de Mann, „de koenen jüst so guut wassen, as en ole Schimmel kann en Fahlen krie-gen."

„Ik segg ja nich", seggt de König, „dat du nich Recht hest; man de dare Infall kümmt doch nich ut din eegne Kopp! Ik weet al, wonem du dat her hest." Ver-grellt löppt de König weg un hen na de Königin. He kriggt ehr bi de Schuller un seggt to ehr: „Du flüggst vundaag hier rut!"

„Warum dat denn?", fraagt se.

„Du hest en Ordeel afgeven, wat min towedder is, in de Saak vun de Mann mit dat Fahlen."

„Dat mag woll angahn, König, dat ik dat daan heff", seggt de Königin, „denn din Ordeel weer nich gerecht."

Do kriggt he ehr faat un seggt: „Nu flüggst du rut!"

„Is guut", seggt se, „man denk dar an, ehrer ik gah, krieg ik de dree Armsvull, de du mi toseggt hest."

„Kriggst du", seggt de König un is splitterndull.

„So", seggt se, „denn treck nu man din Königsmantel an, dat ik di adjüs segg."

De König steiht up, haalt sin Königsmantel un treckt 'n an. Denn seggt se: „Nu sett di dal in din Königsstohl." He deit dat. Do kriggt se em sammt de Stohl faat, böhrt se hooch un stellt se buten de Dör hen. „So", seggt se, „min eerste Armvull heff ik buten de Dör." Se geiht wedder rin in't Slott, kriggt de lütte Prinz faat un leggt em de König up'e Schoot. „Nu heff ik twee Armsvull buten, nu fehlt bloots noch een." Se geiht nochmal rin in't Slott, kriggt sik de Staatspapier'n her un leggt se de lütte Prinz up'e Schoot. „So, König", seggt se, nu heff ik min dree Armsvull, un mit de Rest mag passeern, wat dar will."

Do seggt de König to ehr: „O, du beste vun all Fruunslüüd, du un ik, wi woe'n nie nich ut'nanner gahn, bet de Dood uns scheeden deit!" Un he nimmt ehr wedder mit rin in't Slott. Un en Deener ward vun de König henschickt na de Mann, de nu dat Fahlen hett, mit Order, he schall dat t'rügggeven an de, de dat vun Rechts wegen tohören deit.

De Seejumfer

Dar is mal en arme, ole Fischer we'n, de hett een Jahr mal knapp wecke Fisch fungen. Mal, as he bi is un fischen, dükert dar en Seejumfer up blangen sin Boot un fraagt em, um he uck wat fangen deit. Nee, seggt de Ole, deit he nich. „Wat giffst du mi, wenn ik di en Barg Fisch henschicken do?" – „Och", seggt de Ole, „ik heff ja nich vel oever." – „Wullt du mi din eerste Soehn geven?", fraagt se. – „Wull ik di ja geern geven, harr ik man en Soehn. Man ik heff keen Soehn, un ik krieg uck keen", seggt he, „so oold, as min Oolsch un ik al sünd." – „Denn vertell mal, wat du hest." – „Ik heff bloots en ole Toet, en ole Köter, mi sülven un min Oolsch. Dat is allens, wat up düsse grote Welt levt un mi tohören deit." – „Denn kumm her, hier hest du dree Saatkoorns, de giffst du noch vunavend din Fruu, nochmal dree för de Hund, düsse dree giffst du de Toet, un denn nochmal dree, de plantest du achter din Huus in, un bitieden kriggt din Fruu dree Soehns, de Toet dree Fahlens un de Hund dree Welpen, un achter din Huus wassen dree Böme tohööcht. Un de Böme sünd en Teeken, wenn een vun de Soehns dootblifft, verdröögt een vun de Böme. So, nu gah na Huus, un denk an mi, wenn din Soehn dree Jahr oold is. Un vun nu af an fangst du en Barg Fisch."

Allens kümmt so, as de Seejumfer dat seggt hett, un he fangt en Barg Fisch. Man as de dree Jahr bi lütten to Enne gahn, do ward de Ole trurig, sin Hart ward em swaar, un he ward Dag för Dag ringer. As de afmaakte Dag denn dar is, fahrt he rut to fischen as ümmer, man sin Soehn nimmt he nich mit.

De Seejumfer kümmt blangen dat Boot tohööcht un fraagt: „Hest du mi din Soehn mitbröcht?" – „Och nee, heff ik nich. Ik heff ganz vergeten, dat vundaag de Dag is." – „Ja, ja", seggt de Seejumfer, „denn behol em man nochmal veer Jahr, vellicht fallt di dat denn ja lichter un geven em her. Kiek, hier is een, de is jüst so oold", seggt se un hollt en grote, kräftige Gör tohööcht. „Is din Soehn uck so'n feine Jung?"

He geiht na Huus un freut sik bannig, dat he sin Soehn nochmal veer Jahr hett, un he geiht wieder to Fischen un fangt en Barg Fisch. Man an't Enne vun de neegste veer Jahr kriegen em wedder Sorg un Elend faat, un he mag nich mehr eten, un he deit nix, un sin Fruu kann sik gar nich denken, wat mit em los is. He weet nich wat he maken schall, man he nimmt sik fast vör, he will sin Soehn uck dütmal nich mitnehmen.

He fahrt rut to fischen as vörher, un de Seejumfer kümmt blangen dat Boot tohööcht un fraagt: „Hest du mi din Soehn mitbröcht?" – „Och herrje! Ik heff em al wedder vergeten", seggt de Ole. – „Denn gah man na Huus", seggt de Seejumfer, „un bi soeven Jahr, denn denk aver an mi! Man denn ward di dat för wiss nich lichter un geven em her. Man du scha'st so vel Fisch fangen as ümmer."

De Ole geiht vull Freud na Huus. He kann sin Soehn noch soeven Jahr beholen, un he denkt, bi soeven Jahr, denn is he sülven sachs al doot, un he kriggt de dare Seejumfer nie nich wedder to seh'n. Man eendoont, de dare soeven Jahr gahn uck bi lütten to Enne, un do maakt de Ole sik grote Sorgen un sware Gedanken. He finnt Dag un Nacht keen Ruh. De öllste Soehn fraagt em mal, um he hett Arger mit jichens een. Ja, seggt de Ole, dat hett he, man dat geiht em nix an un uck anners keen. De Jung seggt, he *mutt* dat weeten, wat dar los is. Toletzt vertellt de Ole em denn, wodennig de Saak steiht twüschen em un de Seejumfer.

„Dar laat du di man keen griese Haar um wassen", seggt de Soehn, „wat mutt, dat mutt." – „Nee", seggt de Ole, „dat scha'st du nich. Du scha'st dar nich hen, un wenn ik in alle Ewigkeit keen Fisch mehr fangen do." – „Wenn du mi nich mitnehmen wullt, denn gah na de Smä', un laat mi vun'e Smidt en grote, starke Swert maken, un denn will ik gahn un min Glück söken."

Do geiht sin Vadder na de Smä', un de Smidt maakt em en düchtige Swert. As sin Vadder mit dat Swert na Huus kümmt, nimmt de Jung dat faat un swunkt dat een-, tweemal, do geiht dat in hunnert Stücken. Do seggt he to sin Vadder, he schall na de Smä' gahn un em en anner Swert kriegen, wat dubbelt so swaar is. Sin Vadder deit dat, man mit dat tweete Swert geiht dat nich beter, dat brickt in twee Stücken. Nochmal geiht de Ole na de Smä', un de Smidt maakt en grote Swert, as he noch nie nich een maakt hett. „Dar hest du din Swert", seggt de Smidt, „un dat mutt al en degte Fuust we'n, de de dare Kling regeert."

De Ole gifft dat Swert an sin Soehn, un de swunkt dat een-, tweemal. „Düt deit et sachs", seggt he; „nu is dat denn uck hööchste Tied un glieden mi af." De neegste Morrn leggt he dat swatte Perd, wat de Toet kregen hett, en Sadel up un maakt sik up'e Padd, un sin swatte Hund löppt blangen em an. As he en Stück reden is, liggt dar en dode Schaap blangen de

Straat, un en grote Hund, en Falk un en Otter sünd dar bi togang'. He stiggt vun't Perd un deelt dat dode Deert mang de dree up: Dree Deele kriggt de Hund, twee Deele de Otter un een Deel de Falk. „To Dank hierför", seggt de Hund, „wenn flinke Fööt oder scharpe Tähns di mal helpen koenen, denn denk man an mi, denn bün ik bi di." Seggt de Otter: „Wenn Swümmfööt up'e Grund vun en See di mal ut'e Kniep helpen koenen, denk man an mi, denn bün ik bi di." Seggt de Falk: „Wenn du mal in Noot büst, 'nem flinke Flünken oder scharpe Krallen to bruken sünd, denk man an mi, denn bün ik bi di."

Darna ritt he wieder, bet he na en König sin Huus kümmt. Dar ward he annahmen as Kohharder, un sin Lohn richt't sik darna, wovel Melk de Köh geven. Do treckt he afste' mit de Köh, man de Weid is man wat ring. As dat Avend ward un he bringt se na Huus, do geven se nich vel Melk, de Stä' is ja so kahl, un darför is sin Eten un Drinken de Avend uck man wat knapp.

De neegste Dag treckt he en Enne wieder mit se, un toletzt kümmt he an en Stä' mit feine, fette Gras in en gröne Slunk, so een hett he noch nie nich sehn.

Man hen to de Tied, as he de Köh na Huus drieven mutt, wokeen schull dar anners kamen as en grote Ries mit sin Swert in'e Hand. „Höh! Hoh!! Hoarrgh!!!" bölkt de Ries. „Min Tähns sünd al meist inrust't, so lang luern se al up din Fleesch. De Köh sünd min, se stahn up min Weid; un du büst en dode Mann." – „Dat wull ik sodennig nich seggen", seggt de Harder, „dat kann een nie nich weeten, un dat is vellicht lichter seggt as daan."

Do gahn se up'nanner dal, he un de Ries. He markt, mit de anner is nich guut Kassber'n eten. He treckt sin grote Swert un geiht an'e Ries ran. Un bi dat Handgemeng' springt de swatte Hund de Ries up'e Rügg. De Harder haalt ut mit sin Swert, un in Null Komma nix hett de Ries de Kopp af. Denn springt he up sin swatte Perd un söcht na de Ries sin Huus. He kümmt an'e Dör, un in'e Iel hett de Ries all Dören un Poorten apen stahn laten. Do geiht de Harder rin, un do finnt he dar bargenwies Gold un Geld un in't Kleederschapp all Slag'en feine Tüüg mit Gold un Sülver an, un dat eene feiner as dat anner.

As dat Nacht ward, geiht he wedder na de König sin Huus, man he nimmt nich een Stück mit ut de Ries sin Huus. Un as de Köh de Avend melkt warrn, do geven se mal rieklich Melk, un do kriggt he de Avend düchtig wat to eten un to drinken, un de König freut sik gewaltig to so'n gude Harder. Up de Aart drifft he dat en ganze Tied wieder, man toletzt is de Slunk kahlfreten, un de Weid is man wat minn.

Man he denkt, he will man mal en beten wieder ringahn up de Ries sin Land, un he ward en grote Graskoppel wies. Do dreiht he wedder um un haalt de Köh un bringt se up de dare Graskoppel.

Se sünd noch nich lang' bi un freten, do kümmt dar en grote, wille Ries anbeesten, vull Raasch un splitterndull. „Höh! Hoh!! Hoarrgh!!!", bölkt de Ries. „Vunavend lösch ik min Dörst mit din Bloot!" – „Dat kann een nie nich weeten", seggt de Harder, „man dat is lichter seggt as daan." Un do gahn de beiden up'nanner dal, un do warrn de Klingen krüüzt. Toletzt schient dat, as wenn de Ries de Harder sin Oevermann ward. Do röppt de sin Hund, un mit een

Sprung kriggt de swatte Hund de Ries bi de Hals to packen, un flink haut de Harder em de Kopp af.

As he an de Avend na Huus geiht, is he bannig möö', man de König sin Köh geven düchtig Melk, un dat is ja uck keen Wunner. De heele Familie freut sik, dat se so'n Harder furnen hebben.

Up de Aart wahrt he de Köh en ganze Tied. Man as he een Avend na Huus kümmt, do kriggt he keen „gu'n Avend" un „willkamen" vun de Melkdeern, all sünd se an't Hulen un Blarrn.

Do fraagt he, wat dar denn mitmal los is. De Melkdeern vertellt em, dar huust en grote Undeert mit dree Köppe in'e See, un de mutt elkeen Jahr en Fruunsminsch kriegen, un düt Jahr is de König sin Dochter an'e Tour. „Un morrn Middag schall se hen na dat ole Beest an dat anner Enne vun'e See; man dar is en düchtige Frier, de will ehr retten."

„Wat is dat denn för'n Frier?", fraagt de Harder. — „Oh", seggt de Melkdeern, „he is en Generaal un en grote Kriegsmann, un wenn he dat Beest dootmaakt, denn heiraad't he de König sin Dochter, denn de König hett seggt, de sin Dochter retten kann, de kriggt ehr to Fruu."

De neegste Dag, as dat bi lütten Tied ward, gahn de König sin Dochter un ehr Ridder hen för un bemöten dat Undeert, un se kamen na de swatte Kuhl an't anner Enne vun'e See. Se sünd noch nich lang' dar, do roegt sik dat Undeert merrn in'e See. Man as de grote Kriegsmann dat dare gresig Beest mit de dree Köppe süht, do ward he bang' und neiht ut un verstickt sik. Un de König sin Dochter is gresig bang' un bevert an't heele Liev, wo nu keeneen mehr dar is för un retten ehr.

Upmal ward se en degte, staatsche Jungkeerl wies up en swatte Perd, un de kümmt hen na ehr. He is prächtig utstaffeert in vulle Wapen, un sin swatte Hund kümmt achter em ran. „Du kickst so trurig, Deern", seggt de Jungkeerl. „Wat maakst du hier?" – „Och, dat is ja eendoont" seggt de König sin Dochter, „ik bün ja doch nich mehr lang' hier." – „Dat is ja nich seggt", seggt he. – „Dat is nich lang' her, do is hier een Held utneiht, un dat deist du sachs uck." – „En Held is de, de de Kamp upnehmen deit", seggt de Jungkeerl. He leggt sik dal blangen ehr un seggt, se schall em wecken, wenn se dat Beest na't Över to kamen süht. „Wodennig schall ik di denn wecken?", fraagt se. „Wecken deist du mi, wenn du mi de gollne Ring vun din Finger an min lütte Finger steken deist."

Dat duert nich lang', do süht se dat Undeert na't Över to kamen. Do treckt se en Ring vun ehr Finger un stickt 'n de Jung an sin lütte Finger. He ward waak un geiht dat Beest in'e Mööt mit sin Swert un sin Hund. Do ward dat mang em un dat Beest mal een Platschen un Spritzen! De Hund deit allns, wat 'n kann, un de König sin Dochter is stiev för Angst alleen vun de Larm vun dat Undeert. Mal sünd sünd se ünner Water, mal oever. Man toletzt kriggt he dat Beest een vun de Köppe afhaut. Do ward et gresig bölken, un vun'e Bargen hallt dat Kriesching t'rügg, un de See pülscht in Küsels vun een Enne na't anner, un in Null Komma nix is dat Undeert verswunnen.

„Dat Glück un de Sieg sünd up din Siet we'n, Jung!", seggt de König sin Dochter. „För een Nacht bün ik nu in Sekerheit, man dat Beest kümmt ja man wedder un ümmer wedder, wenn't nich uck de beide anner Köppe afkriggt." He kriggt sik de Kopp vun dat Beest her un treckt dar en Wichelrood dör, un he seggt, se schall 'n de neegste Dag wedder mitbringen. Do geiht se na Huus mit de Kopp up ehr Schuller, un de Harder geiht wedder na sin Köh. Man se is noch nich wied kamen, do ward de dare grote Kriegsmann ehr wies, un he seggt to ehr, he bringt ehr um'e Eck, wenn se nich seggt, *he* hett dat Undeert de Kopp afhaut. „O", seggt se, „dat will ik woll seggen. Wokeen schull anners woll dat Beest de Kopp afhaut hebben, wenn nich du." Se kamen na de König sin Huus, un de Generaal hett de Kopp vun dat Undeert up'e Schuller. Do gifft dat ja eerstmal grote Freud, dat se heel un gesund na Huus kümmt, un de dare grote Kriegsmann hett de blöddige Kopp vun dat Undeert in'e Hand. De neegste Morrn gahn se wedder afste', un dat is ja oeverhaupt keen Fraag, de dare Held ward de König sin Dochter al retten.

Se kamen wedder na desülve Stä', un se sünd noch nich lang' dar, do ward sik dat gresige ole Beest in'e Mitt vun'e See roegen, un de Held knippt ut jüst so as de Dag vörher. Man dat duert nich lang', do kümmt de Mann up dat swatte Perd, man nu mit anner Tüüg an. Liekers weet se, dat is desülve Keerl. „Ik freu mi un seh'n di" seggt se. „Ik will hapen, du bruukst din grote Swert vundaag jüst so as güstern. Kumm man eerstmal her un verpuust di." Man nich lang', do sehn se dat Undeert merrn in'e See dampen.

De Jung leggt sik dal blangen de König sin Dochter, un he seggt to ehr: „Wenn ik inslaap, ehrer dat Beest kümmt, denn weck mi." — „Wodennig krieg ik di denn waak?" — „Waak kriggst du mi, wenn du de Ohrring ut din Ohr in min Ohr setten deist." He hett nich lang' slapen, do röppt de König sin Dochter: „Waak up! Waak up!" Man he will nich waak warrn. Do nimmt se de Ohrring ut ehr Ohr un sett 'n in de Jung sin Ohr. Foorts ward he waak un geiht dat Beest in'e Mööt. Do gifft di dat een Ramentern, een Hau'n un Steken, dat Beest blubbert un platscht, kriescht un bölkt. Sodennig blifft dat en ganze Tied bi, un as dat up'e Nacht togeiht, do haut he dat Undeert noch en Kopp af. De treckt he uck up'e Wichel, un denn springt he up sin Perd un geiht wedder an sin Wark as Harder. De König sin Dochter maakt sik up'e Weg na Huus mit de dare Köppe. Do bemött se de Generaal, un de nimmt ehr de Köppe af un seggt to ehr, se schall seggen, *he* is dat we'n, de uck vundaag dat Beest de Kopp afhaut hett. „Wokeen schull anners woll dat Beest de Kopp afhaut hebben, wenn nich du", seggt se. Se kamen denn na de König sin Huus mit de Köppe, un dar is ja grote Freud. Hett de König de eerste Avend Hapen hatt, denn is he sik nu wiss, de dare grote Held ward sin Dochter retten. Morrn kriggt dat Beest uck noch de letzte Kopp af, dat is ja klaar.

De neegste Dag gahn de beiden um un bi to desülve Tied afste'. De Off'zeer verkrüppt sik so as ümmer, un de König sin Dochter geiht an't Över vun'e See. De Held mit dat swatte Perd kümmt un leggt sik bi ehr dal. Se maakt de Jung waak un sett ehr anner Ohrring in sin anner Ohr, un he geiht up dat Beest dal. Man hett dat Undeert de Daag vörher al ramentert un spluttert un kriesch un bölkt, vundaag is dat rein gresig. Man dat helpt et allens nix, he haut dat Beest de drütte Kopp af, man dat geiht nich ahn vel Mars. He treckt 'n bi de annern up'e Wichelrood, un se geiht na Huus to mit de Köppe.

As se na de König sin Huus kamen, sünd se all froh, un de neegste Dag schall de Generaal de König sin Dochter to Fruu kriegen. De Hochtied fangt an, un all luern se bloots up'e Preester, dat de kümmt. Man as he denn dar is, seggt se, se will bloots de heiraden, de de Köppe vun de Wichelrood nehmen kann, man dar de Rood nich bi twei maakt. „Och", seggt de König, „wokeen schull de woll anners afnehmen as de Mann, de se dar uptrocken hett?"

Do geiht de Generaal dar bi, man he kann se nich af-kriegen, un toletzt is dar keeneen mehr in't heele Huus, de dat nich versöcht hett un kriegen de Köppe vun de Wichelrood, man keeneen kümmt dar t'recht mit. Do fraagt de König, um dar noch jichens een bi't Huus is, de dat probeern will un kriegen de Köppe af. Do seggen se, de Harder hett dat noch nich ver-söcht. Un do schicken se na de Harder, un dat duert man *so* lang', do hett he se vuneen. „Man tööv mal en beten", seggt de König sin Dochter, „de Mann, de dat Beest de Köppe afhaut hett, de hett noch min Finger-ring un min beide Ohrringen." Do langt de Harder in'e Tasch un smitt se up'e Disch. „Denn büst du min Mann", seggt de König sin Dochter.

De König is dat ja nich recht na de Mütz, as he süht, dat is man en Harder, de sin Dochter kriegen schall, man he gifft Order, se schoe'n em betere Tüüg geven. Man do mellt sin Dochter sik un seggt, he hett sül-ven en Antog, en betere gifft dat nich in't heele Slott. Un do geiht dat denn los. De Harder treckt de Ries sin gollne Antog an, un se heiraden noch desülve Avend.

Nu sünd se denn ja verheiraad't, un allens is fein in'e Reeg. Do gahn se mal spazeer'n an'e See, un do kümmt dar en Undeert rut, dat is noch vel gresiger as dat anner, un dat is nich bang' un fraagt uck nich eerst lang', dat kriggt em faat un slept em rin in'e See. Do ward de König sin Dochter denn ja blarrn un klagen um ehr Mann, un hett ehr Oog ümmer up'e See. Do bemött se en ole Smidt, un se vertellt em, wodennig ehr dat gahn hett mi ehr Mann. Do raad't de Smidt ehr, se schall man all ehr kostbare Kraam dar utspreeden, 'nem dat Beest ehr Mann weghaalt hett, un dat deit se. Do stickt dat Undeert de Näs rut un seggt: „Feine Dinger hest du dar, Königsdochter." – „Man vel feiner is dat Ding, wat du mi wegnahmen hest", seggt se. „Laat mi min Mann bloots eenmal seh'n, un du kannst di hier een Deel vun utsöken." Do haalt dat Beest em tohööcht. „Giff em mi wedder, un du kriggst allens, wat du hier sühst", seggt se. Un dat Undeert deit dat, dat smitt em heel un lebennig an't Över vun'e See.

Nich lang' darna gahn se wedder an'e See lang, un do kümmt dat Beest wedder un haalt sik de König sin Dochter. Do is dar grote Truer in'e Stadt, un ehr Mann blarrt un klaagt un geiht Dag un Nacht an'e See rum. Do bemött he uck de ole Smidt. De Smidt vertellt em, dat dare Beest kann een bloots up een Aart doot kriegen, un dat geiht sodennig: „Up dat Eiland, wat dar merrn in'e See liggen deit, levt Wittfoot, de Hirschkoh mit de slankste Beens un de flinkste Loop, un wenn een de faat kriggt, denn springt dar en Kreih ut 'n rut. Un kriggt een de Kreih faat, denn springt dar en Forell rut, un de hett en Ei in't Muul, un in dat dare Ei, dar is de Seel vun dat Undeert in, un geiht dat Ei twei, denn is dat Beest doot."

Man dar is nich un kamen roever na dat dare Eiland, denn dat Undeert lett elkeen Boot oder Flott[1] up'e See afbuddeln. He denkt, he will versöken un springen dar roever mit sin swatte Hingst, un dat deit he uck. De swatte Hingst springt dar richtig roever, un de swatte Hund mit een Satz achterran. He ward de Hirschkoh wies un hisst sin Hund up 'n, man wenn de Hund up een Siet vun'e Insel is, denn is Wittfoot up de anner. „Nu weer dat guut, wenn de grote Hund vun dat dode Schaap hier weer!" Knapp hett he dat seggt, do is de Hund al dar un jaagt achter Wittfoot ran, un de beide Hünne hebben ehr bald an'e Grund. Man knapp is 'n faat, do springt dar en Kreih rut. „Nu kunn ik guut de griese Falk mit sin scharpe Oog un flinke Flünk bruken!" Knapp hett he dat seggt, do is 'n al dar un jaagt achter de Kreih ran. Un dat duert nich lang', do hett he 'n an'e Grund, un as de Kreih up dat Över vun'e See fallt, do jumpt dar de Forell rut. „Wenn du nu man bi mi weerst, Otter", seggt he, un do is 'n uck al dar un jumpt in'e See un haalt de Forell dar rut. Knapp kümmt de Otter an Land mit de Forell, do fallt de dat Ei ut't Muul. He springt foorts to un sett dar sin Foot up. Do ward dat Undeert bölken: „Maak dat Ei nich twei, du kriggst uck allens, wat du wullt!" – „Denn giff mi min Fruu wedder!" In Null Komma nix is se bi em. As he ehr Hand in sin beide Hänne hett, drückt he sin Foot dal up dat Ei, un dat Undeert is doot.

Un nu dat Beest doot is, kann een sik dat mal richtig ankieken. Un dat is rein gresig un kieken an. De dree Köppe sünd ja af, man darför hett et Köppe baven un nedden, un Ogen un fievhunnert Fööt. Man

---

[1] Flott = Floß

eendoont, se laten dat dar liggen un gahn na Huus, un de Avend is dar grote Freud un Lachen in de König sin Huus. Un darbi hett he de König noch gar nich mal vertellt, wodennig he de Riesen dootmaakt hett. De König hollt grote Stücken up em un he is bi de König en grote Mann.

Mal geiht he mit sin Fruu spazeern, do ward he blangen de See in en Holt en lütte Slott wies. He fraagt sin Fruu, wokeen dar wahnen deit. Se seggt, dar geiht keeneen ran na dat dare Slott, denn de dar hengahn sünd, sünd nie nich wedderkamen un hebben wat vertellen kunnt.

„Dat geiht ja nich", seggt he, „vunavend noch will ik seh'n, wokeen dar in wahnen deit." – „Do dat nich", seggt se, „gah dar nich hen, dar is noch keen Minsch hengahn un is wedderkamen." – „Wat mutt, dat mutt", seggt he un maakt sik up'e Weg na dat dare Slott. As he an'e Dör kümmt, kümmt em en lütte Glattsnackersche vun Oolsch in'e Mööt. „Ik wünsch di allens Gude un vel Glück, Fischersoehn", seggt se. „Ik freu mi un seh'n di. Dat is ja en grote Ehr för düt Königriek, dat dar so een as du rinkamen is. Un dat du kümmst, is en grote Ehr för düsse Kaat. Gah du man eerst rin, de Vörnehmen mutt een ehren. Gah man rin un verpuust di." Do geiht he rin, man as he vör ehr geiht, treckt se em een oever de Achterkopp mit ehr Hexenküül, un boots! liggt he platt.

De Nacht is dar Truer in de König sin Huus, un de neegste Dag is dar grote Klagen in de Fischer sin Huus. Se sehn, de Boom is bi un verdrögen, un do seggt de Fischer sin tweete Soehn, sin Broder is doot, un he will afste', dat he to weeten kriggt, wonem sin Broder sin Liek liggen deit. He sadelt sin swatte

Perd un ritt achter sin swatte Hund ran. (De Fischer sin dree Soehns hebben elk en swatte Perd un en swatte Hund.) Un he büggt nich na links af un nich na rechts, he ritt liek up sin Broder sin Spoor, bet he na de König sin Huus kümmt.

Nu süht düsse sin öllere Broder so liek, de König sin Dochter meent al, dat is ehr Mann. He blifft denn in dat Slott, un se vertellen em, wodennig sin Broder dat gahn hett. Do mutt he ja hen na de Oolsch ehr lütte Slott, um dat nu guut geiht oder leeg. He denn ja hen na dat Slott, un so as dat de öllste Broder gahn hett, jüst so geiht dat uck de tweete, un mit een Slag mit de Hexenküül leggt se em lang blangen sin Broder.

De Fischer sin jüngste Soehn süht ja, de tweete Boom is uck verdröögt, un do seggt he, nu sünd sin beide Bröder doot, un he mutt to weeten kriegen, wat mit se passeert is. He rup up sin swatte Perd un denn jüst so as sin Bröder achter sin swatte Hund ran, un he hollt nich an, bet he bi de König sin Huus is. De König freut sik un seh'n em, man na dat Swatte Slott – sodennig heet dat – dar woe'n se em nich henlaten. Man hen mutt he dar, un do kümmt he dar denn an. „Ik wünsch di allens Gude un vel Glück, Fischersoehn", seggt se (de Oolsch). „Ik freu mi un seh'n di. Gah man rin un verpuust di." – „Nee, nee, gah du man vör mi rin, Oolsch", seggt he. „So'n Glattsnackerie vör de Dör kann ik nich utstahn. Gah du man rin, un denn snack." Do geiht de Oolsch rin, un as se em de Rügg todreiht, do nimmt he sin Swert un haut ehr de Kopp af; man darbi flüggt em dat Swert ut'e Hand. Un flink kriggt de Oolsch ehr Kopp faat un sett 'n wedder up'e Hals, as 'n vörher we'n is. Do springt de Hund de Oolsch an, man se gifft 'n een mit de Hexenküül, un dar liggt 'n denn. Man dat maakt de Jung nich traag, he ward sik mit de Oolsch faten, un do kriggt he de Hexenküül faat, un as se dar een mit baven up'e Kopp kriggt, liggt se foorts platt.

He geiht en lütte beten wieder rin, un do ward he sin beide Bröder wies, de liggen dar een blangen de anner. Do gifft he elk vun se een mit de Hexenküül, un do kamen se foorts up'e Beens. Un dar is düchtig wat to halen in de Oolsch ehr Slott, Gold un Sülver, een Deel kostbarer as de anner. Do kamen se denn wedder na de König sin Huus, un do is dar mal grote Freud!

De König ward bi lütten oold. Do ward de Fischer sin öllste Soehn nüe König, un sin beide Bröder blieven noch Jahr un Dag in de König sin Huus. Denn reisen de beiden wedder na Huus mit de Oolsch ehr Gold un Sülver un all de feine Kraam, de de König se schenkt hett. Un wenn se intwüschen nich dootbleven sünd, denn leven se sachs vundaag noch.

De beide Schäpers

Dar sünd mal twee Schäpers we'n, twee Navers, un de eene hett de anner faken mal besöcht. Een vun se is up'e Oostsiet vun en Au we'n, de anner up'e Westsiet. Een Avend besöcht de vun'e Westsiet mal de vun'e Oostsiet. He blifft dar tämlich lang, un dat is al recht laat, do will he na Huus. „Dat ward Tied för mi un gahn na Huus", seggt he. – „Dat scha'st du man nich doon", seggt de anner, „bliev man leever hier, so laat, as dat al is." – „Kümmt nich in'e Tüüt, dat will ik nich. Wenn ik man bloots eerst oever de Au weer."

De Huusmann hett en Soehn, dat is en düchtig starke Bengel, un de seggt: „Denn will ik man mitgahn un di oever de Au bringen, man du schu'st man leever hier blieven." – „Dat will ik up gar keen Fall." – De Huusmann sin Soehn röppt een vun sin Schäperhünne, un de kümmt mit. As he de Mann denn na güntsiet de Au bröcht hett, seggt de: „Nu gah du man wedder na Huus, ik stah deep in din Schuld."

Do geiht de starke Bengel wedder t'rügg un de Hund mit. As he up'e T'rüggweg an'e Au kümmt, ward he oeverleggen, schall he de Trittsteens bruken oder de Steveln uttrecken un dörwaden? Do treckt he sin Steveln ut – he is bang' un nehmen de Trittsteens – un as he merrn in'e Au is, do springt sin Hund em achtern up'e Kopp. He smitt 'n dal, un de Hund springt nochmal, un he smitt 'n nochmal dal. As he roever is oever de Au föhlt he mal mit'e Hand up sin Kopp, un do is sin Mütz nich mehr dar. Schall he nu wedder umdreih'n un sin Mütz söken, oder schall he ahn Mütz na Huus gahn? „Dat is doch Schiet un gahn na Huus ahn Mütz", seggt he, „ik will man wedder umdreihn un na de Stä' gahn, 'nem ik de Steveln uttrocken heff. Dar heff ik 'n bestimmt verlaren." Do geiht he denn wedder t'rügg güntsiet de Au.

Do ward he dar en grote Keerl wies, de sitt an de Stä', 'nem he vörher we'n is, un de hett sin Mütz in'e Hand. He kriggt de Mütz faat un ritt em de ut'e Hand. „Wat geiht di min Mütz an, wa'? Dat is min, un de geiht di en Dreck an, wenn du 'n uck funnen hest." Denn gahn se oever de Au, keeneen seggt wat, se kieken bloots dull un füünsch. As se merrn in'e Au sünd, grippt de grote Keerl de Schäper ünner de Arm un ward em na en See to trecken, de is dar wat wieder lang, um he dat nu will oder nich un sik to Wehr sett. Do stahn se sik gegenoever, stuur un fast, elk up sin Siet. Un so'n Knoev, as de Schäper sin Soehn uck hett, de grote Keerl ward em bi lütten oever. Do kriggt de Schäper sin Soehn en Eekboom faat, de steiht dar jüst. De grote Keerl deit allens, wat he kann, dat he em mit sik treckt, un de Boom büggt sik un dreiht sik. Toletzt ward 'n los in'e Grund. All de Wuddeln kamen los bet up een. Man as de letzte Wuddel vun'e Boom nagifft, do warrn de Hahns dar in't Holt kreih'n. As de Schäper sin Soehn de Hahns kreih'n hört, versteiht he, dat ward nu Dag. Un de grote Keerl seggt: „Du hest di guut holen, un dat harrst du uck bitter nödig, anners weer di dat en düre Mütz wurrn." Un do lett de grote Keerl em stahn, un se hebben nie nich wedder wat vun em sehn bi de dare Au.

De Smidt un de Ünnereerdschen

Vör Jahren is dar mal en Smidt we'n, de hett een Kind hatt, en Jung vun en Jahrener dörtein oder veertein, munter, stark un risch. Man upmal ward de süük, leggt sik to Bett un droemelt dagelang bloots so vör sik hen. Keeneen weet, wat de Jung fehlen deit, un he sülven kann oder will nich seggen, wodennig he sik föhlen deit. Dat geiht gau bargdal mit em, he ward mager, oold un gel utsehn, un sin Vadder un all sin Frünnen sünd bang', he blifft doot.

Sodennig liggt he en lange Tied, un dat ward nich beter mit em, man uck nich ringer, ümmer mutt he to Bett liggen, man eten deit he as en Schüündöscher. Mal steiht de Smidt trurig an sin Ambolt rum un lett sik de ganze Kraam dör de Kopp gahn, do kümmt dar en ole Mann rin in sin Warkstä'. Do freut he sik, denn de dare Mann kennt he as een, de en Barg weet oever allerhand ungewöhnliche Saken, un he vertellt em, wat em sin Leven so verdreetlich maakt hett.

De Ole kickt bannig eernsthaftig, as he tohört, un as he en ganze Tied seten un oever allens nadacht hett, wat de anner em vertellt hett, do seggt he: „Dat is nich din Soehn, de du dar hest. Din Jung is wegslept wurrn vun de Ünnereerdschen, un se hebben di dar en Kielkropp[1] för darlaten." – „Och du leeve Gott! un wat schall ik nu maken?", fraagt de Smidt. „Wodennig krieg ik min Soehn wedder?" – „Dat will ik di seggen", seggt de Smidt. „Man eerst, dat du di uck wiss büst, dat dat nich din eegne Soehn is, nimm so vel leddige Eierschellen, as du man kriegen kannst,

---

[1] Kielkropp = Wechselbalg

66

gah dar in'e Stuuv mit un spreed se vör sin Ogen ut. Denn gah bi un haal dar Water mit, ümmer twee un twee in'e Hänne, as wenn se bannig swaar sünd, un wenn se vull sünd, stell se ganz eernsthaftig rund um't Füer up." Do söcht de Smidt denn so vel tweie Eierschellen her, as he man finnen kann, geiht in'e Stuuv un deit allens, wat de Ole em seggt hett.

He is noch nich lang' bi, do kümmt dar vun't Bett her en lude Lachen, un de Stimm vun de Jung, de süük lett, röppt: „Nu bün ik al achthunnert Jahr oold, man sowat heff ik noch nich sehn!"

Do geiht de Smidt wedder hen na de Ole un vertellt em dat. „Sühst woll", seggt de kloke Mann, „heff ik dat nich seggt, dat is nich din richtige Soehn? Din Soehn is in dat un dat Dörp in de Odinsbarg. Seh to un warrn de dare Spöök los so gau as't geiht, un ik gloov, ik kann di toseggen, denn kriggst du din Soehn wedder.

Du musst en ganz grote un helle Füer anfengen vör dat Bett, 'nem de dare Frömde up liggen deit. Denn ward he di fragen: ‚Wat schall dat mit so'n Füer?‘ Denn seggst du: ‚Dat scha'st du foorts gewahr warrn!‘ un kriggst em faat un smittst em dar merrn rin. Wenn dat din Soehn is, denn ward he ropen, du scha'st em retten; man is he dat nich, denn so ward dat dare Ding dör't Dack fleegen."

De Smidt hollt sik wedder nipp an de Ole sin Raat. He fengt en grote Füer an, antert up de Bengel sin Fraag, as em dat raden wurrn is, kriggt dat Gör faat un smitt dat ahn Toegern rin. De „Kielkropp" ward gresig krieschen un springt dör't Dack, un dar blifft en Lock, 'nem de Rook ruttreckt.

Een bestimmte Avend, seggt de Ole, denn is de runne gröne Barg, 'nem de Ünnereerdschen de Jung in fastholen, denn is de apen. Un an de dare Avend schall de Smidt dar hengahn, un he schall en Bibel mitnehmen, en Pook[1] un en Hahn. Denn ward he dar Singen un Danzen un allerhand Hopphei hör'n. De Bibel, de he mit hett, wahrt em vör all Gefahr vun de Ünnereerdschen. Wenn he in'e Barg ringeiht, schall he de Pook in'e Süll steken, denn kann de nich wedder togahn. „Un denn", seggt de Ole, „wenn du dar rinkümmst, denn sühst du en grote Saal, fein rein, un dar, wied binnen, sühst du denn uck din Soehn in'e Smä' arbeiden. Wenn du fraagt warrst, denn seggst du, du wullt em halen un du geihst nich weg ahn em."

Nich lang' darna is de Tied dar, un de Smidt maakt sik up'e Weg mit de Kraam, de he bruken deit. As he an de Barg rangeiht, is dar en Licht an en Stä', 'nem een nich faken Licht süht. Un denn kümmt up'e Nachtwind de Klang vun Fiedeln, Danzen un fröhliche Hopphei an de besorgte Vadder sin Ohr.

Man de Smidt lett sik nich bang' maken, he geiht stüttig na de Süll to, stickt dar de Pook rin, as de Ole em dat seggt hett, un geiht rin. He driggt de Bibel vör de Bost, un do koenen de Ünnereerdschen em nich anfaten. Man se fragen em heel vergrellt, wat he dar to söken hett. Do seggt he: „Ik will min Soehn wedderhebben, de ik dar achtern seh, un ik gah nich weg ahn em."

As se dat hör'n, ward de heele Sellschopp luud lachen. Dar ward de Hahn waak vun, de up de Smidt

---

[1] Pook = Dolch

sin Arms vör sik hen doest, springt em up'e Schuller, klappt lustig mit de Flünken un kreiht luud un lang'.

Do warrn de Ünnereerdschen splitterndull, se kriegen de Smidt un sin Soehn faat un smieten se rut ut'e Barg un de Pook achterher, un denn is allens düüster.

Jahr un Dag deit de Jung keen Handslag, un knapp, dat he mal wat seggen deit. Man denn, een Dag, do sitt he bi sin Vadder un kickt to, wo de en Swert t'rechtmaakt, dat maakt he för jichens en Eddelmann, un dar is he bannig eegen mit. Do röppt de Jung mitmal: „Sodennig ward dat doch nich maakt!" Un denn nimmt he sin Vadder dat Warktüüg ut'e Hand un geiht sülven bi, un nich lang', do hett he en Swert t'recht, so een hett een noch nie nich sehn in't Land.

Vun de Dag an arbeid't de Jungkeerl ümmerto mit sin Vadder tohopen un erfinnt en ganz afsünnerlich feine un harde Wapen. Un so'n Dinger to maken, dar hebben de beide Smidten, Vadder un Soehn, ümmer rieklich mit to doon un warrn wied un sied beröhmt. Un dar verdeenen se so vel mit, dat se – as se dat vörher uck al an sik hatt hebben – tofreden mit de Welt un glücklich mit'nanner leven koenen.

Aschpaddel un de Grote Lindworm

Vör lange, lange Tied is dar in'e Noorden mal en Buer we'n, de hett soeven Jungs hatt un een Deern. Un de jüngste vun de dare soeven Jungs hett en gediegene Naam hatt: Em hebben se Aschpaddel nöömt, dat schall heeten: „een, de in'e Asch kleit".

Vellicht hett Aschpaddel düsse Naam uck verdeent hatt, denn he is en tämliche Fuuljack we'n un hett up'e Hoff nie nich wat daan so as sin Bröder. He is bloots rumrönnt mit plünnige Tüüg un tußelige Haar un hett nix in'e Kopp hatt as dwatsche Geschichten vun Trollen un Riesen, vun Dwargen un Ünnereerdschen.

Wenn up en Sommernamiddag de Sünn brennt hett, wenn de Immen möö' summt hebben un dat meist so laten hett, as wenn sogar de Flöhen inslapen weern, denn hett he sik geern dalsmeten up'e Aschhupen mang de Asch un hett dar legen un de Asch dör de Fingern lopen laten, as een woll an'e Strand mit'e Sand spelen deit, hett sik de Sünn up't Fell schienen laten un hett sik sülven Geschichten vertellt.

Un sin Bröder, de up't Feld hart arbeid't hebben, hebben mit Fingern up em wiest un em utlacht un seggt, sin Naam passt to em, un he döcht to nix up'e Welt.

Un wenn se vun'e Arbeit na Huus kamen sünd, denn hebben se em rumstött un triezt, un sin Mudder hett em de Footborm fegen laten un Water vun'e Soot halen un Torf ut't Torfschuur, un hett em all so'n lütte Arbeiten maken laten, de anners keeneen hett doon wullt.

Sodennig hett Aschpaddel dat recht swaar hatt, un he weer sachs faken schiet toweg' we'n, wenn sin Süster nich we'n weer, de hett sik ümmer heel gedüllig all sin Geschichten anhört. Se hett em nie nich utlacht oder seggt, he lüggt, so as sin Bröder.

Man denn passeert dar wat heel Truriges — tominnst trurig för Aschpaddel.

Denn de König dar hett bloots een enzige Dochter, Prinzessin Goldensööt, un he hett ehr bannig leev un kann ehr nix afslaan. Un Prinzessin Goldensööt hett en Kamerdeern nödig, un se hett mal Aschpaddel sin Süster an'e Gaarnpoort stahn sehn, as se dar vörbireden is, un hett ehr geern lieden mucht, un nu fraagt se de König um se ehr nich beden kann, dat se na't Slott treckt un ehr deent.

De König is foorts inverstahn — so as ümmer, wenn se em um wat beden deit. Un do schickt he foorts een hen na de Buer sin Huus för un fragen, um sin Dochter nich up't Slott kamen un de Prinzessin ehr Kamerdeern we'n will.

De Buer freut sik natürlich, dat sin Deern so'n Glück hett, un ehr Mudder uck un ehr Bröder, bloots stackels Aschpaddel, de freut sik nich. He kickt ehr trurig achterna, as se vun'e Hoff rieden deit, stolt up ehr nüe Tüüg un de Schoh, de hett ehr Vadder ehr ut Kohfell maakt. De schall se up't Slott antrecken, wenn se de Prinzessin bedeent, denn to Huus löppt se ja bloots barfoot rum.

De Tied vergeiht, do kümmt dar mal en Rieder drievens dör't Land rieden mit en ganz gresige Naricht. De Avend vörher hebben wecke Fischerslüüd buten in se's Boot de Grote Lindworm up Sicht kregen, un dat is, as elkeen weet, de eerste un gröttste vun all

Seeslangen. Dat is dat Beest, wat in'e Schrift Leviathan nöömt ward, un wenn een dat vundaag meten wull, denn leeg de Steert sachs bi Island un de Snuut up't Noordkap.

Un de Fischerslüüd sünd wies wurrn, dat dare gresige Undeert hett de Kopp na Land to dreiht, un hett dat Muul upreten un gresig huujahnt, as wenn 't wiesen wull, dat hett Hunger, un wenn dat nix to freten kriggt, denn so maakt dat allens an Land doot, Minschen un Deerten, Vageln un Kruuptüüg. Denn, as elkeen weet, sin Aten is so giftig, dat 'n allens tonicht maakt, 'nem 'n up drapen deit. Un darum, wenn dat gresige Beest dat infallen wull un kriegen de Kopp hooch un laten sin Aten as so'n giftige Damp rut oever't Land, denn so weer de feine Gegend bi en paar Wuchen nix as Wööst.

I koenen ju ja vörstellen, elkeen is meist stiev vör Angst vör dat dare Gresige, wat se vellicht bevörsteiht. Un de König röppt all sin Raatgevers tohopen un fraagt se, um se jichens wat infallt, wodennig de dare Gefahr afwennt warrn kann.

Dree heele Daag sitten de dare eernsthaftige Keerls mit se's lange Baart tohopen, un dar warrn en Barg Vörslääg maakt, un en Barg kloke Wöör warrn seggt. Man och je! keen is klook nugg un denken wat ut, wodennig de Grote Lindworm kann t'rüggdreven warrn.

Toletzt, as de drütte Dag um is un se dat al upgeven hebben un finnen en Middel, do geiht de Dör vun de Raatskamer up un de Königin kümmt rin.

Nu is dat de König sin tweete Fruu, un in't Königriek moegen se ehr nich geern lieden, denn se is en stolte un grootsnutige Fruu, un se is nich nett to ehr

Steefdochter, de Prinzessin Goldensööt. Un se verbringt mehr Tied mit en grote Hexenmeister, 'nem se all bang' vör sünd, as mit ehr Mann, de König.

Darför kieken de nadenkern Raatslüüd ehr uck scheef an, as se driest in'e Raatskamer rinkümmt, sik blangen de König sin Thron henplantet un mit klare, lude Stimm seggt:

„I meenen, I sünd Keerls mit Knoev un Plie, I Herrn, un de richtige Lüüd för un wahren dat Volk. Un dat mag ja uck we'n, wenn I dat mit wat to doon hebben, wat een dootmaken kann. Man mit de Fiend, de nu up unse Land tokümmt, koenen I dat nich upnehmen, dar sünd jues Wapen man as Stroh gegen. De is nich un kriegen ünner mit Knoev, dar helpt bloots Hexerie. Un darum hör up min Wöör, wenn se uck man vun en Fruunsminsch kamen, un laat ju raden vun de grote Hexenmeister, vör de nix verborgen is, de all de Geheemnissen vun'e Eerde un de Luft un de See kennt."

De dare Raat dücht de König un sin Raatgevers gar nix um, denn se koenen de dare Hexenmeister up'e Dood nich utstahn; se dücht, he hett bi de Königin vel to vel to seggen. Man se sünd mit se's Klook an't Enne un weeten nich, wokeen se noch um Hülp fragen koenen, darum moeten se man doon, wat se seggt un de Hexenmeister kamen laten.

Un as de denn würklich vör se kümmt, koenen se em noch weniger utstahn, sodennig as he utseh'n deit. He is lang un dünn un unheemlich, mit en Baart, de geiht bet dal na sin Kneen, un sin Haar liggt um em as en Mantel. Un sin Gesicht is gries as Zement, as wenn he ümmer bloots in Düüstern levt hett un bang we'n is un kieken na de Sünn.

Man dar is ja anners keen Hülp to finnen, un do leggen se em de Saak vör un fragen em, wat se doon schoe'n. He seggt ganz koold, he will sik dat dör de Kopp gahn laten un de neegste Dag wedder in se's Versammeln kamen un se sin Raat geven.

Un sin Raat, as se de hör'n, de is darto andaan, dat se witte Haar kriegen vör Gresen. Denn he seggt, dat gifft bloots een Weg un maken dat Undeert tofreden, dat et dat Land verschoont: Elkeen Sünnavend moeten se dat fuddern mit soeven junge Deerns, un dat moeten de smucksten we'n, de se finnen koenen. Un wenn dat een-, tweemal versöcht wurrn is un de Lindworm nich begööscht un darto bröcht hett un glieden sik af, denn gifft dat bloots noch een Middel, wat he vörslaan kann, man dat is so gresig, dat will he se leever noch nich vertellen.

Se koenen em ja up'e Dood nich utstahn, man se sünd uck bang' vör em, un do moeten se sik man leever an sin Wöör holen, un se spreken dat gresige Ordeel.

Un sodennig kümmt dat denn, dat elkeen Sünn-avend soeven feine, unschüllige Deerns an Hänne un Fööt bunnen un up en grote Steen leggt warrn, de dar an'e See liggt, un denn reckt dat Undeert sin lange, tackerige Tung ut un raakt se sik in't Muul. Wieldes kieken de anner Lüüd vun en hoge Barg to mit steenern Gesicht — tominnst de Mannslüüd kieken. De Fruunslüüd versteken se's Gesicht in'e Schört un warrn luud weenen.

„Gifft dat denn keen anner Weg", blarrn se, „keen anner Weg as düsse för un retten dat Land?"

Man de Mannslüüd günsen bloots un schüttkoppen. „Keen anner Weg", seggen se, „keen anner Weg."

Do lett sik dar upmal en Jung sin argerliche Stimm mang de Lüüd hör'n. „Is dar denn keen utwussene Keerl, de sik truut un gahn gegen dat dare Undeert an un maken dat doot un retten de Deerns? Ik wurr't doon. Ik bün nich bang' vör de Grote Lindworm."

Dat is Aschpaddel, de dat seggt hett, un all kieken se em verwunnert an, as he dar steiht un de grote Seeslang angluupt. Sin Fingern tucksen vör Raasch, un sin grote blaue Ogen sünd glöhnig vör Mitleed un Arger.

„De stackels Bengel is tumpig; de dare Anblick hett em de Kopp verkielt", fluustern se sik to. Un se harrn sik sachs um em versammelt un em begööscht, man sin grote Broder kümmt un neiht em düchtig een an'e Doez.

„Du un gegen de Lindworm angahn!", röppt he minnachtig. „Du hest doch een an'e Hack! Gah na Huus na din Aschlock un snack hier keen Dummtüüg!" Un denn kriggt he em bi de Arm un treckt em hen, 'nem sin anner Bröder al luern, un denn gahn se mit'nanner na Huus.

Man de heele Tied blifft Aschpaddel bi, he will de Lindworm dootmaken; un toletzt kamen sin Bröder sodennig in'e Brass, se kriegen sik Steens up un smieten em dar so dull mit, dat he se toletzt utneiht.

De dare Avend sünd de söss Bröder in'e Schüün bi un döschen, un Aschpaddel liggt so as ümmer mang de Asch un maakt sik sin eegne Gedanken. Do kümmt sin Mudder rut un seggt, he schall henlopen un de annern Bescheed seggen to Avendbroot.

De Jung deit, wat em heeten is, denn he is man eenmal willig; man as he in'e Schüün kümmt, gahn sin Bröder up em los, wiel dat he se namiddags weglapen is, un se rieten em um un smieten so vel Stroh up em rup, wenn se's Vadder nich ut't Huus kamen weer för un seh'n, wo se noch up luern, denn so weer he sachs stickt.

Man as bi't Avendbroot sin Mudder de öllere Jungs darför utschimpt, wat se daan hebben, un seggt, bloots Bangbüxen gahn up Kinner los, de lütter un jünger sünd, do kickt Aschpaddel hooch vun sin Fatt Grütt, 'nem he jüst bi is.

„Reg di nich up, Mudder", seggt he, „wenn ik wullt harr, harr ik licht gegen se angahn kunnt; ja, un ik harr se uck oever kunnt."

„Warum hest dat denn nich daan?", ropen se all upmal.

„Ik bruuk ja doch all min Knoev, wenn ik mi mit de Grote Lindworm anleggen do", seggt Aschpaddel heel eernsthaftig. Un as I ju denken koenen, lachen de annern noch duller as vördem.

De Tied vergeiht, un elkeen Sünnavend kriggt de Lindworm soeven Deerns vörsmeten, man upletzt ward dat uck de Letzte klaar, sodennig kann dat nich wiedergahn. Anners duert dat nich lang', un dat gifft gar keen Deerns mehr in't Land. Do kümmt de Raat denn nochmal tohopen, un na dat se de Kraam lang un breet besnackt hebben, kamen se oevereen, de Hexenmeister schall nochmal rapen warrn, dat se em fragen, wat sin anner Middel is. „Denn, weet Gott", seggen se, „leeger as dat, wat wi nu maken, kann't ja nich we'n."

Man wat se nich ahnen: Dat nüe Middel is noch vel, vel gresiger as dat ole. Denn de verdreihte Königin kann ehr Steefdochter Goldensööt up'e Dood nich utstahn, un dat weet de leege Hexenmeister, un uck, dat ehr dat nich leed doon wurr un warrn ehr los. Un sodennig, as de Saak nu steiht, denkt he, dat weer en Weg un we'n ehr to Gefallen. Un do stellt he sik hen in'e Raat, deit so, as wenn em dat bannig leed deit, un seggt, dat eenzige, wat se noch maken koenen, is, se geven de Lindworm de Prinzessin Goldensööt, denn treckt 'n ganz bestimmt af.

As se dat hör'n, ward dat dodenstill in'e Raat, un all holen se sik de Hänne vör't Gesicht, denn keeneen truut sik un kieken de König an.

Nu is sin leeve Dochter ja sin Oogappel, man he is uck en gerechte König, un darum dücht em, dat is nich recht, dat anner Vadders se's Deerns hebben hergeven musst för de Versöök un retten dat Land, un sin eegne Kind schall verschoont warrn. Do geiht he hen un snackt mit de Prinzessin, un denn stellt he sik vör de Raat hen un seggt mit bevern Stimm, he un se sünd dar praat to.

„Se is ja min eenzige Kind" seggt he, „un de letzte vun ehr Stamm. Man uns dücht all beid, dat is richtig un geven ehr Leven her, wenn se dar dat Land mit retten kann, 'nem se so vel vun holen deit."

Solte Tranen lopen oever de grote Herrn mit de lange Baart se's Backen, as se hör'n, wat de König seggt, denn se weeten ja all, wo leev he de Prinzessin Goldensööt hett. Man se dücht uck, wat he seggt hett, is klook un wahr, un de Saak is gerecht un richtig. Denn dat is beter, wenn een Deern dootgeiht, wenn se uck en Königsdochter is, as wenn en Barg anner Deerns Wuch för Wuch to Dode kamen för nix.

Do steiht denn ünner grote Klagen de ole Minister – he is de Boeverste in'e Raat –, de steiht up un will dat Ordeel spreken. Man ehrer he darto kümmt, kümmt de König sin Strietmann – de boeverste Ridder – na vörn.

„De Natur lehrt uns", seggt he, „dat to elkeen Beest en Steert tohört; un dat dare Ordeel, wat de Minister jüst spreken will, is würklich en bannig giftige Beest. Un wenn't na mi geiht, denn is de Steert, de 'n achter sik ranslept, düt: Wenn de Grote Lindworm sik nich foorts afglieden deit, wenn he de Prinzessin oeversluckt hett, denn schall he as neegstes keen söte junge Deern kriegen, man de dare tage, magere, ole Hexenmeister."

Un as he dat seggt, gifft dat so'n grote Bifall, de leege Hexenmeister schrumpelt rein in sik tohopen, as't schient, un sin bleeke Gesicht ward noch blasser as vörher.

Na, dree Wuchen Respiet warrn togestahn vun wenn de Prinzessin ehr Ordeel spraken is bet wenn dat vullstreckt warrn schall, dat de König doch noch Baden utschicken kann na all de Königrieken rundum un utropen lett, wenn jichens en Ridder kümmt un de Grote Lindworm wegjagen un de Prinzessin retten kann, denn kriggt he ehr to Fruu. Un darto schall he dat Königriek hebben un uck noch en beröhmte Swert, dat hört nu de König to, man fröher hett dat de grote Gott Odin tohört, un dar hett de all sin Fienden mit ünnerkregen un doothaut. Dat Swert heet Grimmbieter, un keen Minsch kann dar wat gegen utrichten.

De Naricht vun all düt geiht wied un sied in't Land rum, un all jammern se dar oever, wat de Prinzessin Goldensööt bevörsteiht. Un de Buer un sin Fruu un sin söss Soehns, de jammern uck – all bet up Aschpaddel, de sitt mang de Asch un seggt nix.

As de König sin Bott in'e Königrieken rundum be-
kannt ward, is dar düchtig wat los mang all de junge
Ridders, denn dar is doch nix bi, dücht se, un hau'n
so'n See-Undeert doot; un en smucke Fruu, en feine
Königriek un en gude Swert kriggst uck nich elkeen
Dag baden.

Un do kamen dar sössundörtig Ridders na de König
sin Slott, un all meenen se, se koenen de Pries win-
nen. Man de König schickt se all eerstmal rut, dat se
sik de Grote Lindworm ankieken, wo 'n dar in'e See
liggt mit dat gewaltige Muul apen. Un as se 'n sehn,
warrn twölf vun se upmal schiet topass, un twölf vun
se warrn so bang', se neihn foorts ut un blieven eerst
stahn, as se wedder to Huus in se's eegne Land sünd.
Un sodennig kamen dar bloots twölf wedder na de
König sin Slott, un de sünd so bedripst, wenn se dar
an denken, wat se sik oevernahmen hebben, se heb-
ben gar keen Kraasch mehr in sik.

Un keen vun se truut sik un versöken dat un maken
de Lindworm doot. Sodennig vergahn de dree Wu-
chen bi lütten, bet to de Avend vör de Dag, wenn de
Prinzessin dar an gloven schall. De dare Avend
dücht de König, he mutt wat doon för un ünnerholen
sin Gäste, un he lett tostellen to en grote Eten. Man
I koenen ju ja denken, dat is en bannig trurige Fest,
denn se denken ja all an dat Gresige, wat de neegste
Dag passeern schall, un keeneen kann eten oder
drinken.

Un as dat allens vörbi is, un all sünd se to Bett gahn
bet up de König un sin ole Strietmann, geiht de Kö-
nig wedder t'rügg na de grote Saal un geiht hen na
sin Thron hooch baven up't Podium. Nu is dat nich
so'n Thronsessel, as wi se vundaag kennen; dat is nix

as en gewaltige Kist, 'nem he all de Saken in up-wahrt, 'nem he an meisten vun holen deit.

Mit bevern Fingern treckt de König de ieserne Bol-tens t'rügg un böhrt de Deckel hooch, un he haalt dar dat wunnerbare Swert Grimmbieter rut, wat mal de grote Gott Odin tohört hett. Sin true Strietmann hett woll en hunnertmal in'e Kamp blangen em stahn, man nu kickt he em an mit Ogen vull Mitleed.

„Wat haalst du dat Swert dar rut för", seggt he sachten, „wo din Kampdaag doch vörbi sünd? Fröher, Herr, as din Arm noch stark un wiss weer, do hest du in männig en Slacht bestahn. Man wenn een söss-unnegentig Jahr oold is, so as du, denn is't an'e Tied un oeverlaten dat anner un jüngere Lüüd."

De ole König dreiht sik füünsch na em um, un dar is wedder wat vun dat ole Füer in sin Ogen. „Hol't Muul", bölkt he, „oder du kriggst düt Swert to föhlen! Meenst du, ik kann tokieken, wo min Deern vun en Undeert oeversluckt ward, un röhr keen Finger för un retten ehr, wenn dat anners keeneen will? Ik will di wat seggen – un dar do ik en Eed up mit min Dumens oever Krüüz up Grimmbieter – eerst gahn düt Swert un ik ünner, ehrer min Dochter uck man bloots een Haar anroegt ward. Darum, wenn du mi leev hest, min ole Macker, gah hen un laat min Boot klaar maken, Seils setten un de Boog na See to. Ik gah sülven gegen de Lindworm an. Un wenn ik nich wedderkaam, denn legg ik dat in din Hänne un passen up min leeve Dochter. Vellicht kann ja min Leven ehr Leven retten."

De dare Nacht gahn se up'e Buernhoff al bitieden to Bett, denn de neegste Morrn will de heele Familie fröh afste' un rup up'e Barg an'e See un tokieken, wo de Prinzessin upfreten ward vun'e Lindworm. All bet up Aschpaddel, he schall to Huus blieven un de Göös wahren.

Dar is de Bengel so vertürnt oever – denn he hett grote Plaans in'e Kopp –, he kann keen Oog toklappen. Un as he dar in sin Eck liggt un sik mang de Asch rumwöltert, hört he sin Vadder un Mudder in dat grote Kastenbett snacken. Un as he so tohört, markt he, se sünd sik uneens.

„Dat is so'n lange Weg na de Barg an'e See, ik bün bang', ik schaff dat nich", seggt sin Mudder. „Ik mutt man leever to Huus blieven."

„So wied kümmt dat noch", seggt ehr Mann, „dat weer ja woll en Stück ut'e Dullkist, wo doch dat heele Land dar is. Du kannst achter mi up min gude Toet Loop-Flink rieden."

„Och, ik will di dar nich mit to Last fallen, dat du mi achter di sitten lettst", seggt sin Fruu, „denn mi dücht liekers, du hest mi nich mehr so leev as fröher."

„De Oolsch spinnt", röppt de Buer vergrellt. „Wo kümmst du dar denn up, dat ik di nich mehr leev heff?"

„Ja, du vertellst mi ja nich mehr din Geheemnissen", seggt sin Fruu. „Nimm bloots mal düt Perd, Loop-Flink. Fiev lange Jahren be' ik di nu all, du scha'st mi vertellen, wo dat togeiht, wenn *du* ehr rieden deist, flüggt se gauer as de Wind, man wenn sik dar anners een upsett, tüffelt se dar lang as so'n ole, lahme Krack."

De Buer ward lachen. „Dat is nich ut Mangel an Leev, Fruu", seggt he, „man vellicht ut Mangel an

Vertruu'n. En Fruu ehr Tung geiht ja faken as so'n Lämmersteert, un ik wull nich geern, dat anner Lüüd min Geheemnis kennen. Man wo di dat so argert hett, dat ik nix seggt heff, will ik di dat man vertellen. Wenn Loop-Flink stahn schall, klapp ik ehr eenmal up'e linke Schuller. Wenn se lopen schall as jichens en anner Perd, klapp ik ehr tweemal up'e rechte Schuller. Man wenn se fleegen schall as de Wind, denn blaas ik dör de Schraffel[1] vun en Goos. Un wo ik ja nie nich weeten kann, wannehr se sodennig galoppeer'n schall, heff ik ümmer so'n Schraffel in min linke Jackentasch."

„Och, sodennig regeerst du dat Deert", seggt de Buer sin Fruu tofreden; „un dar blieven all min Goosschraffeln af. Oha, du büst aver uck en plietsche Keerl, Buer. Un wo ik dat nu weet, kann ik ja ruhig slapen."

Aschpaddel wöltert sik nich mehr in'e Asch rum. He sitt piel up in Düüstern mit glöhnige Backen un funkeln Ogen. Dar is sin Schangs, un he weet dat.

He luert gedüllig af, bet se's sware Aten em seggt, se sünd inslapen. Denn sliekert he sik roever, 'nem sin Vadder sin Tüüg liggt, un kriggt sik de Goosschraffel ut sin Jackentasch, un denn witscht he ganz liesen ut't Huus. As he buten is, rönnt he as en Blitz na de Perdestall. He sadelt un töömt Loop-Flink, smitt ehr en Halter um'e Hals un bringt ehr na de Stalldör.

De gude Toet is ehr nüe Stallknecht ja nich wennt un ward danzen un stiegen un utkielen. Man Aschpaddel kennt ja sin Vadder sin Geheemnis, klappt ehr eenmal up'e linke Schuller, un do steiht se boom-

---

[1] Schraffel oder Schrachel = Luftröhre von Gans oder Huhn

still. Denn stiggt he up, klappt ehr tweemal up'e rechte Schuller, un dat gude Perd draavt munter afste' un wrinscht dar luud bi.

Dat is ja anners to de Tied nich to hör'n, un do ward dar dat heele Huus waak vun, un de Buer un sin söss Jungs kamen de holten Trepp dal daltummeln un ropen sik dör'nanner to, dar is een bi un klau'n Loop-Flink.

De Buer is as eerste bi de Dör. In't Steernenlicht süht he, wo sin leevste Toet vun'e Hoff löppt, un röppt all, wat he kann: „Holt, Deev, holt! Brr, Loop-Flink, brr!"

As Loop-Flink dat hört, blifft se boots stahn. Do schient dat, as wenn allens verlaren is, denn de Buer un sin Soehns koenen bannig gau lopen, un Asch-paddel, de up Loop-Flink ehr Rügg sitt un sik nich roegt, dücht, dat ward nich lang' duern, un se hebben em faat.

Man to'n Glück ward he an'e Goosschraffel denken, kriggt 'n ut'e Tasch un blaast dar dör. Do jaagt dat Perd foorts afste' gau as de Wind, un ehrer de, de achter ehr ran sünd, uck man tein Schre' maakt hebben, is se oever alle Bargen un nich mehr un kriegen faat.

Dat ward al Dag, as de Jung de See in Sicht kriggt. Un dar, vör em in't Water, liggt dat gresige Undeert, dat will he dootmaken, darför is he vun so wied her-kamen. Elkeen wurr seggen, he is nich klook un drö-men dar uck man vun un versöken so wat, denn he is man en fleedige Bengel ahn Wapen, un de Grote Lindworm is so groot, de Lüüd seggen, de langt een Viddel um'e Welt. Un sin Tung is an't Enne tackerig as en Fork, un mit de dare Fork kann 'n sik allens in't Muul raken, wat 'n will, un denn mackelich oeverslucken.

Man liekers is Aschpaddel nich bang', denn ünner sin schetterige Plünnen sleit dat Hart vun en Held. „Ik mutt mi vörseh'n", seggt he to sik sülven, „un mit Plie doon, wat ik nich mit Knoev doon kann."

He klarrt dal vun Loop-Flink ehr Rügg un tüdert de Toet an en Boom. Denn geiht he wieder un süht sik guut um, bet he na en lütte Kaat an'e Kant vun en Holt kümmt. De Dör is nich toslaten, un do geiht he rin un finnt de Oolsch, de dar wahnt, in't Bett, deep in Slaap. He maakt ehr nich waak, man he kriggt sik en ieserne Graap vun'e Riech un kickt 'n nipp an.

„De deit et ja sachs", seggt he. „Un de Oolsch harr dar sachs uck nix gegen, wenn se weeten dä, dat is för un retten de Prinzessin." Denn haalt he sik en glöhnige Torfsood vun'e Füerstä' un glitt sik wedder af.

Nedden an'e Waterkant liggt de König sin Boot vull uptakelt un mit'e Boog na de Grote Lindworm to, un een Matroos passt up.

„Bannig koold vunmorrn", seggt Aschpaddel. „Du büst doch sachs meist fastfraren, wo du de heele Tied dar sitten deist. Wenn du mal an Land wullt un en beten rumlopen, dat du wedder warm warrst, denn will ik noch in'e Boot gahn un uppassen, bet du wedderkümmst."

„Ja, dat harrst woll hatt", seggt de Mann. „Un wat seggt de König, wenn he kümmt – un dat deit he sachs gliek – un he süht, ik dalver an'e Strand rum un heff dat Boot so'n Snottlappen as di oeverlaten? Dat kunn mi ja de Kopp kosten!"

84

„As du wullt", seggt Aschpaddel lichthen un geiht bi un söcht mang de Steens rum. „Ik mutt mi ja man wecke Muscheln söken, dat ik mi de to Fröhstück braden kann." Un as he de Muscheln sammelt hett, kümmt he bi un maakt en Lock in'e Sand för sin glöhnige Torfsood. De Matroos kickt nieschierig to, denn he kriggt bi lütten uck Hunger.

Upmal ward de Bengel bölken as mall un hoppt hoch in'e Luft. „Gold! Gold!", röppt he. „Mein Zeit, wokeen harr dat dacht un finnen hier Gold?"

Dat is to vel för de Matroos. He denkt nich mehr an sin Kopp un an de König, he jumpt rut ut'e Boot, stött Aschpaddel bisiet un ward nu in'e Sand klei'n all, wat he kann.

Wieldes grippt Aschpaddel sik sin Graap, jumpt in'e Boot, stött af un is al wied buten up See, ehrer de stackels Keerl – de natürlich keen Gold finnen deit –, ehrer de mitkriggt, wat dar spelt ward.

Un klaar, dat he füünsch is. Un noch mehr in Raasch is de ole König, as he dalkümmt an'e Seekant, mit sin Lüüd un mit dat feine Swert Grimmbieter an'e Siet, un vergevs hapen deit, dat he stackels Keerl, oold un flau as he is, dat mit dat Undeert upnehmen un sin Dochter retten kann. Man so'n Versöök kann he vergeten, nu sin Boot weg is. He kann bloots an't Över stahn mit all de Lüüd, de dar bi lütten tohopen-kamen, un tokieken, wat dar passeert.

Un wat dar passeert, is düt:

Aschpaddel seilt langsam oever de See un kickt nipp na de Grote Lindworm hen, un do ward he wies, af un to huujahnt dat gresige Undeert, as wenn dat up sin Festeten luern deit, wat et elkeen Wuch kriggt.

Un wenn dat huujahnt, geiht dar en ganze Floot vun Seewater de Hals dal un kümmt bi de gewaltige Keven wedder rut.

Do nimmt de Jung dat Seil dal un dreiht de Boot sodennig, dat de Boog liek up dat Undeert sin Muul wiest. Un as dat denn dat neegste Mal huujahnt, ward he mit sin Boot mit insuugt un geiht as Jonas liek de Hals dal in'e Düüsternis vun'e Rump. Ümmer wieder drifft de Boot, man bi lütten löppt dat Water ut de Lindworm sin Keven un ward ümmer weniger, un toletzt sitt 'n up't Dröge. Un Aschpaddel jumpt rut mit sin Graap in'e Hand un ünnersöcht de Gegend.

Nich lang', un he kümmt na de Lever vun dat grote Deert, un he hett mal hört, de Lever vun Fisch is vull vun Öl, un do maakt he dar en Lock in un packt dar de glöhnige Torfsood rin. Mein Zeit, gifft dat en Gloes! Un Aschpaddel kümmt jüst to rechte Tied wedder na sin Boot. De Grote Lindworm geiht bannig tokehr un tuckt un winnt sik un spiggt de Boot liek wedder ut, un 'n flüggt hooch un dröög up't naakte Land.

De Uprohr in'e See is so gresig, dat de König un sin Dochter – se is nu uck an'e See kamen, in Witt as en Bruut un praat för un warrn dat Undeert vörsmeten – dat de un de Hofflüüd un all de annern sik rupflüchten moeten up'e Barg, 'nem se nix passeer'n kann, un denn stahn se un kieken, wat denn passeert.

Un dar passeert wat!

Dat stackels Deert in sin Pien – denn nu kann een dat meist leed doon, wenn dat uck en gewaltige, wille, gresige Grote Lindworm is – dat smitt sik hen un her un winnt un dreiht sik.

Un as dat mit'e gresige Kopp ut't Water kümmt, fallt et de Tung ut't Muul un haut mit so'n Gewalt up'e Eerde, dat 'n en grote Kuhl sleit, 'nem de See rinlöppt. Un de dare Kuhl is dat krumme Fahrwater, wat nu Dänemark vun Sweden un Norwegen scheeden deit.

Denn fall'n et wecke Tähns ut un blieven in'e See liggen, un dat sünd de Inseln, de wi nu Orkney nömen, un wat later noch wecke Tähns, un dat sünd vundaag de Shetland-Inseln.

Denn rullt dat Deert sik tohopen to en grote Klump un blifft doot. Un de dare Klump is de Insel Island, un dat Füer, wat Aschpaddel mit sin glöhnige Torfsood anfengt hett, dat brennt dar ümmer noch ünner, un darum gifft dat dar Bargen, de Füer rut-smieten in dat dare kole Land.

As dat denn düütlich to seh'n is, de Grote Lindworm is doot, do kann de König sik knapp wedder inkrie-gen, sodennig freut he sik. He fallt Aschpaddel um'e Hals un drückt em een up un nöömt em sin Soehn. Un he nimmt sin Königsmantel af un leggt 'n de Jung um un snallt em sin feine Swert Grimmbieter um. Un denn röppt he sin Dochter Goldensööt ran un leggt ehr Hand in sin un seggt, wenn de rechte Tied dar is, denn so schall se sin Fruu warrn, un he schall dat heele Riek regeer'n. Denn klabastert de heele Sellschopp wedder up se's Perde, un Aschpaddel ritt up Loop-Flink blangen de Prinzessin. Un sodennig kamen se mit grote Freud wedder na de König sin Slott.

Man as se neeg an't Door kamen, kümmt Aschpaddel sin Süster – se is ja de Prinzessin ehr Kamerdeern –, de kümmt rutrönnt un gifft de Prinzessin en Teeken, dat se sik dalböögt, un fluustert ehr wat in't Ohr.

De Prinzessin ehr Gesicht verdüüstert sik, un se dreiht ehr Perd um un ritt t'rügg darhen, 'nem ehr Vadder is mit sin Lüüd. Se vertellt em, wat de Deern seggt hett, un as he dat hört, ward sin Gesicht uck so düüster as en Gewitterwulk.

Dat is nämlich sodennig: De verdreihte Königin hett sik ja gewaltig freut, dat se ehr Steefdochter nu een för alle Mal los is, un se hett de heele Morrn, as de König nich dar weer, mit de Hexenmeister in't Bett legen.

„He schall foorts doot!", bölkt de König. „So'n Benehmen laat ik mi nich beeden!"

„I warrn arig Mars hebben un kriegen em faat, Majestät", seggt de Deern, „denn vör mehr as en Stunn is he mit de Königin utneiht up de flinkste Perde, de se in'e Stall finnen kunnen."

„Man ik kann em faatkriegen", röppt Aschpaddel, un he jaagt afste' as de Wind up sin gude Toet Loop-Flink.

Dat duert nich lang', do kriggt he de Utkniepers up Sicht, un do treckt he sin Swert un röppt, se schoe'n stahn blieven.

Se hör'n em ropen un dreih'n sik um, un se lachen em beid luut ut, as se seh'n, dat is man bloots de Bengel, de in'e Asch kleit, de dar achter se is.

„So'n utverschaamte Bengel! Ik hau em de Kopp af! Ik will em dat woll wiesen!", bölkt de Hexenmeister.

Un he ritt driest t'rügg, Aschpaddel in'e Mööt. Denn wenn he uck keen Kriegsmann is, he weet, gewöhnliche Wapen koenen sin verhexte Liev nix anhebben, darum is he nich bang'.

Man he rekent dar ja nich mit, dat Aschpaddel dat Swert vun'e grote Gott Odin hett, 'nem de all sin Fienden mit dootslaan hett. Un gegen dat dare Töverswert kann uck de Hexenmeister nix utrichten. Un mit een Stoot jaagt de junge Keerl em dat dör't Liev, as wenn he bloots en ganz gewöhnliche Minsch weer, un do fallt he vun't Perd un is doot.

Denn kamen de König sin Hofflüüd, de uck achter se ranreden sünd, man nich so'n flinke Perde hebben, un kriegen de Königin ehr Perd an'e Toegel faat un bringen dat sammt sin Riedersche t'rügg na't Slott.

Dar ward se vör de Raat bröcht, un dar ward Gericht holen, un se ward verordeelt un sitten inspunnt in en hoge Toorn för de Rest vun ehr Leven. Un dat geiht uck foorts los.

Wat Aschpaddel angeiht, as de rechte Tied dar is ward he mit Prinzessin Goldensööt verheiraad't mit grote Festivitäten un Stahoi. Un as de ole König dootbleven is, hebben de beiden vele lange Jahren dat Königriek regeert.

De tossige Hamel

Kumm, treck ju's Stöhle wat dichter an't Füer ran un hör to, wat ik ju vertellen will. Man legg mi eerstmal dree Snuuvdöker up'e Disch blangen mi, nich mehr un nich weniger, un verget nich wecken för ju sülven. Denn dat is en ganz, ganz trurige Vertellen, un dat Enne vun'e Geschicht is vull Tranen, un wi schoe'n geern för elkeen Nootfall praat we'n. –

„Wat rüükt dat hier na Braden!", seggt de ole Fruu, as se ut't Dörp na de Barg t'rügg kümmt. „Bi Buer Nissen mutt ja vunavend sachs en grote Fest we'n!"

Nee, tööv mal. Ik fang ja an't verkehrte Enne vun de Geschicht an. Laat uns man richtig vun vörne anfangen. Anners verstahn I dat ja nich, uck wenn I all bannig plietsch sünd, as ik weet.

Dar is mal en tossige[1] Hamel we'n, de is een Sommerdag achter de Flock t'rüggbleven un is up'e Weg verbiestert. Dar hett keen anner Schuld to as he sülven, nich de Schäper un nich de Schäperhund koenen dar wat för. Dat dare verfretene Aas, as de Flock oever de Heid dreven ward, do ward he mitmal wat feine, leckere Gras blangen de Weg wies, un do will he dat hebben, eendoont wat dat kost't. Un do verstickt he sik achter en grote Steen, bet de Flock un de Schäper un de Schäperhund vörbi sünd, un denn seggt he liesen un tofreden „määh, määh" un geiht bi un mümmeln de Weid af, 'nem he so scharp up is.

Man dat duert nich lang', do deit em dat al leed, dat he so unklook we'n is, denn mitmal ward de Heven düüster, dat een rein bang' warrn kann, un dat ward

---

[1] tossig = töricht, dumm, verrückt (dän. tosset)

regen, un dat geiht up'e Nacht to. Wonem schall de tossige Hamel nu ünnerkrupen oder en Macker finnen? De Flock is al wied weg, un de Schäper un de nette Schäperhund sünd nich mehr to seh'n un nich to hör'n. De tossige Hamel kriggt richtig Hartkloppen un löppt in grote Angst oever de wööste Heid. Wenn dar doch man een keem un harr Mitleed mit em. He is ja noch so jung un is noch nie nich würklich alleen we'n. Oh, dat is dar so gresig eensam! En eklige Dunnergrummeln maakt de Angst vun dat doesige Deert noch grötter, un dat hässliche un unheemliche Quarr'n vun en Kreih in en Föhrenboom dicht bi jaagt em meist all dat beten Klook, wat he noch na hett, ut'e Kopp.

„Määh, määh, määh!", klaagt de tossige Hamel un beestet hierhen un darhen. „Määh, määh, määh! Wonem schall ik bloots hen? Määh, määh! Oh, wat en Glück, dar is wat!" röppt he, as he achter en Heidbarg de Rook vun en Kaat upstiegen süht, un denn löppt he um en Eck, dör en lütte Poort mang en Blick mit Grönkohl un Kartüffeln, un hollt nich an, bet he mit sin Vörkopp de siede Dör upstött un in de lütte Stuuv rinkümmt.

„Gotts Knep un Pannkook!", röppt de Oolsch un springt verfehrt tohööcht, as dar mitmal een rinkümmt. Man se begrippt sik gau wedder, as se wies ward, wat dat is. Un do graleert se sik, dat se so dennig in'e Glücksputt langt hett.

„Kumm in, kumm in, min söte Hamel", seggt se. „Ik mutt al seggen, vundaag heff ik mal richtig Glück hatt. Nich lang', un ik maak düsse Besöök to Geld, dat is mal wiss. Ik will em fuddern un passen, bet he so wied is; denn krieg ik sachs all min Mars wedder rut." Un do hett de tossige Hamel en feine Leven — en Dack oever de Kopp un ümmerto nugg to freten un to supen un nix to doon as freten, slapen, edderkau'n un blangen de Oolsch ehr Füerstä' fett warrn.

De tossige Hamel is ja nich heel un deel undankbar. Weer vellicht beter we'n, he weer dat. Un do denkt he mal, as he so vör de Heerd liggt un dar over nadenkt, wat he doch för'n feine Leven hett: „Mal seh'n. Wodennig kann ik de nette Oolsch en Gefallen doon? Ehrlich, ik wull ehr geern een doon, wenn dat in min Macht stunn. Ik will man guut tohör'n, un so draa as ik en Schangs seh, will ik min Bestes doon un maken ehr en Freud."

Ik heff ja al seggt, de tossige Hamel liggt to de Tied, 'nem ik vun snacken do, an't Füer. Dat is Avend, un de Oolsch is jüst ferdig mit Avendbroot — en düchtige Fatt Grütt mit en lüerlütte Brock Hering un Pu'kartüffeln un Solt, dat dat beter rutschen deit. Un en Kumm frische Melk, halv leddig, steiht bi ehr un schall in't Koekenschapp mit de Rest vun't Fest för't Fröhstück de neegste Morrn.

„Mein Zeit!", seggt de Oolsch un hujahnt, denn se is bannig möö'. Se hett de heele Dag Röven hackt, un nu deit ehr de Rügg weh. „Mein Zeit! Ik wull, dat Avendbroot rüme sik vun alleen vun'e Disch, un dat ik so as ik bün in't Bett leeg un nich eerst upstahn musse un mi uttrecken!"

„Oh!", denkt de tossige Hamel, „dar is min Schangs un doon de Oolsch en Gefallen. Ik bün in'e letzte Maand so dull wussen un heff mi utleggt, ik bün dar ganz wiss stark nugg för." Un um I dat nu gloven oder nich, ehrer de Oolsch „Stopp!" seggen kann, hett de tossige Hamel de Disch oeverkopp stött un dat heele Avendbroot is vun'e Disch rüümt un liggt up'e Del, un de Oolsch liggt platt up'e Rügg in ehr Bett, denn de tossige Hamel hett flink sin Kopp mang ehr Beens schaven un ehr mit en Spark achter ut dwars dör de Stuuv fleegen laten.

„Määh, määh, määh!", seggt de tossige Hamel un grient vun't eene Ohr bet na't anner, dat em dat so fein glückt hett; „määh, määh, määh! Wat seggst darto, Oolsch?"

„Määh, määh, määh!", bölkt de Oolsch ut't Bett. „Tööv man, ik will di bi määh, määh!" Denn marst se sik rut ut't Bett, langt na de Bessenstel un denn hen na de tossige Hamel. „Aha", denkt de tossige Hamel, „nu krieg ik de Lohn", un he weet gar nich, wodennig dat togahn is, man in Null Komma nix is he buten de Dör un löppt de Straat dal mit en Masse wehe Stä'n up't Fell.

„Ja, ja, wecke Lüüd sünd so wat vun undankbar", klaagt de tossige Hamel. „Ik will mi dat neegste Mal woll vörseh'n, wodennig ik nett bün to een, wenn ik mal de Schangs heff. Will hapen, ik krieg de Schangs!" Un he stromert ganz bedripst de Heidstraat lang.

„Määh, määh, määh! Is dar denn keen, de Mitleed hett mit en stackels tossige Hamel, de verbiestert is? Määh, määh, määh! Oh, dar is wat!", seggt de tossige Hamel, as he en anner Oolsch wies ward, de geiht mit ehr Spinnrad up en smalle Stieg, de in en Holt blangen de Straat ringeiht, as't schient. „Ik will ehr man achterna gahn. Wied kann se dat dare Ding ja nich slepen; wi sünd wiss dicht bi ehr Hüsen." Un do geiht he dicht achter de Oolsch ran.

„Halloh!", seggt de Oolsch un dreiht sik um, as se Schre' achter sik hört. „Nu süh mal kiek, dar kümmt doch warraftig en Hamel langs de Straat! Ja, ja, wenn wi man lang' nugg luern, denn kümmt toletzt doch dat Glück an unse Dör, un denn noch en schöne Lagg Wull. Dat stackels Deert süht ja wat mitnahmen ut. Man een, twee Daag kämmen, denn kümmt dat sachs wedder t'recht. Dar warr ik arig Wull vun scheren. Kumm rin, tossige Hamel, kumm in un wes willkamen!" Un darmit hollt se de siede Dör up, un de tossige Hamel geiht geern rin un sett sik dal bi't Torffüer.

Un wo he ja weet, wodennig he sik in't Huus to benehmen hett, kamen de dare Oolsch un de tossige Hamel fein mit'nanner lang, un se lacht sik in'e Fuust oever ehr Glück, denn ehr Wull ward bi lütten al bannig knapp, un hier is nugg, dat se ehr Spinnrad lang' in'e Gangen holen kann. Un sodennig dieht de tossige Hamel un ward dick un fett, un sin Wull schemert arig, so glatt is 'n. Denn de Oolsch passt 'n fein, kämmt un wascht 'n elkeen Dag, bet de Hamel gar nich mehr anners kann as sik wünschen un koenen ehr darför wat wedder doon. De Oolsch is so nett, de Hamel söcht elkeen Dag na en Gelegenheit un geven ehr dat t'rügg. Un denn, een Morrn jüst vör de Schertied, is de Schangs dar.

„Een kann ja nich allens kriegen, wat een will", brummelt de Oolsch luut vör sik hen, jüst as se an't Weggahn is. „Dar warr ik noch min Mars mit hebben un kriegen de dare Hamel scharen. Ik mutt man noch vundaag na Buer Nissen en Stück wieder lang gahn un seh'n, um een vun sin Knechten mi helpen kann, anners kaam ik to laat. Oh, ik wull, de Wull keem vun alleen rünner un ik spare mi all de Mars.

Man ik will mi nich beklagen." Un denn maakt se sik up'e Weg.

„Na, Oolsch", mummelt de tossige Hamel, „ik gloov, dat kann ik för di doon, ahn dat du dar en Buer Nissen oder lästige Knechten um angahn musst. Du büst doch würklich so nett we'n to mi, un nu will ik min Bestes doon, wenn't uck noch so dull wehdeit. Un wenn ik de Wull afkrieg, denn is dat ja uck fein köhlig, dat Wedder is so lummerig, un denn heff ik dar sachs uck noch en Vördeel vun, dat ik di wat Gudes do."

Nu will ik ju man seggen, de Oolsch ehr Gaarn, de is vull vun Stickelsberbüsche. Dar is uck en lebennige Tuun buten um, un up een Siet vun'e Tuun wecke ganz stickelige Hülsendoorns. „Dat is jüst, wat ik bruuk", seggt de tossige Hamel. Un denn geiht he bi un wöltert sik baven up de Hülsendoorns, hoppt in'e Tuun un wedder rut un danzt de „Bohnenputt" um un mang de Stickelsberbüsche. Dat duert keen tein Minuten, do sünd dar up de tossige Hamel sin Rügg bloots noch so'n paar armselige Talten Wull, de hier un dar in en elennige Tüdel dalhängen, un mit Löcker un Wunnen vun Kopp bet Steert süht he bannig klooterig ut. Un dar up'e Hülsendoorns, de Tuun un de Stickelsberbüsche hängen Wullbüschels as lange un korte Girlannen, bet dar en Westwind upkümmt un dar de Hälft vun as so'n Schuumspeuten de Straat langdrifft. Wat de Oolsch sik dar woll to freu'n ward, wenn se vun'e Buer t'rüggkümmt!

Un nu kümmt de Oolsch. Dat hett länger duert, as se dacht harr, denn se hett sik dar noch mit upholen un sammeln wat vun de Wull up, de se up'e Straat wieswurrn is. De ole Stackel hett meent, dat keem vun en Flock, de dar vörbitrocken is, un dat is ja nich vel weert, man een kann dat doch mal för düt un dat bruken. Man as se na de Kaat kümmt un süht dat dare gresige Dör'nanner, un dat verdreihte Aas steiht up'e Stieg un grient ehr an, do is se so verbaast, dat se de Mund wied uprieten deit, man se is so platt un füünsch, se kriggt nich een Woort rut.

„Määh, määh, määh! Kiek, wat ik för di daan heff!", röppt de tossige Hamel. „Määh, määh, määh! So, nu kümmt de Lohn!" Denn nu süht he, de Oolsch kümmt mit gewaltige Schre' de Stieg lang up em to.

De tossige Hamel weet gar nich, wodennig dat passeert is, man in'e neegste Ogenblick is he dör de Tuun schaten, rut up'e Straat dar achter, un em deit de Maars gresig weh, so'n Wehdaag hett he noch nie nich hatt, denn dar hett de Oolsch ehr Stevel em drapen, un so dalslaan un vull Raasch, as se is, hett dar nochmal extra Macht achter seten, achter de dare Pedd.

„Au, au! De Oolsch ehr Steveln sünd ja woll mit Iesen beslaan!", jammert de tossige Hamel un rönnt in Galopp de Straat dal so gau, as dat up dree Beens geiht. Dat veerte Been, will ik man seggen, dat döcht nich: Dat deit so weh, so weh! „Dat ole Beest, un behanneln mi sodennig! Ja, ja, wecke Lüüd sünd so wat vun undankbar", klaagt de tossige Hamel. „Ik will mi dat neegste Mal woll vörseh'n, wodennig ik een en Gefallen do, wenn ik mal de Schangs heff. Will hapen, ik krieg de Schangs!" Un he stromert vull Wehdaag de Heidstraat lang.

„Määh, määh, määh! Is dar denn keen, de Mitleed hett mit en stackels tossige Hamel, de verbiestert is? Määh, määh, määh! Oh, Gottloff, dar is wat!", seggt de tossige Hamel, as he en anner Oolsch wies ward, de is bi un sammeln Sprock in en lütte Schrupp[1] blangen de Weg. „Ik sett mi eenfach hier in'e Graav, bet se ferdig is mit Sammeln, un denn gah ik mit ehr na Huus."

Un de tossige Hamel mutt nich lang' luern, denn de Oolsch hett bald ehr Bünnel tohopen, un as se na Huus to tüffelt, geiht de tossige Hamel ehr in gehörige Afstand achterna, bet se bi ehr Kaat ankümmt. Un as se even de Dör upmaakt, witscht he an ehr vörbi un leggt sik dal bi dat Torffüer. O ja, he weet, wodennig he sik dütmal benehmen mutt, dat is mal wiss.

„Halloh!", seggt de Oolsch, „en Hamel in min Kaat! Wonem in alle Welt kümmt de denn her? Um Buer Nissen mi de schickt hett för min Spieskamer in'e Winter? Eendoont, ik nehm dat eenfach an, bet he oder wokeen de tohör'n deit, na 'n schickt, un ik will hapen, dat passeert nie nich. Ohaueha, wat süht dat stackels Deert ut! Man tominnst is 'n fett, un dat is ja allens, wat ik will." Un do verplaastert se de tossige Hamel sin Wunnen un Löcker un klippt de Wulltalten af, de dar noch an hängen doon, un wascht de blaue Plack, 'nem de letzte Oolsch em so'n gewaltige Pedd geven hett, un denn fuddert se de Hamel mit allens Gude, 'nem se up kamen kann, un sett sik dal an't Füer un graleert sik to ehr Glück.

Un Dag um Dag fuddert se de tossige Hamel mit allens, wat guut is un bi de Rippen steiht. Un de tossige Hamel ward fett un blank, un kümmt knapp noch tohööcht vun sin Platz an'e Heerd, he fritt

---

[1] Schrupp = Kratt

bloots noch un slöppt un slöppt un fritt de ganze Dag.

Un de tossige Hamel freut sik sodennig to sin nüe Ünnerkamen un sin nüe Fruu, dat all dat Mallöör vun vörher vergeten is, un he denkt: „So'n nette Oolsch kann ja doch nich undankbar we'n. Ik will toseh'n un doon ehr en Gefallen, wenn dat in min Macht steiht un wenn ik man bloots rutkriegen kann, wat se will."

Un nu kamen de düüstere Novembernachten, un de Oolsch denkt, dat is Tied un solten de Hamel in un hängen 'n in'e Spieskamer för de Winter. Un do sitt se mal een Nameddag un oeverleggt, wovel vun de Hamel se foorts frisch verbruken will un wovel insoltet warrn schall för de Winter, un do streckt se in Gedanken ehr Hand ut un straakt de Hamel mal sachten oever de Flanken. „Oh!", seggt se luud, „wat 'n feine Kabbenaa'n, wat sitten dar för'n wunnerschöne Kabbenaa'n! Oha, wenn de doch man braa'n warrn kunnen, ahn dat ik mi afmarsen mutt, wat weer ik denn glücklich!" Un se süüfzt mal deep un binnt sik en Schaal um un tüffelt afste', denn se hett de Nameddag wat in't Dörp to doon un will geern wedder an't Huus we'n, ehrer dat düüster ward.

Nu mutt ik darbi seggen, as de Oolsch henlangt hett un hett de tossige Hamel straakt, do hett se dat heel sachten daan, man he is dar waak vun wurrn, hett tohööcht keken un hett de Oolsch ehr letzte Wöör hört. Harr he allens hört vun wegen Insolten un Spieskamer, denn harr he dat vellicht nich so hild hatt un doon wat. Man nu seggt de tossige Hamel: „Se will min Kabbenaa'n braa'n hebben ahn Mars, wa'? Leeve ole Deern! Schall se hebben. Dar is ja nich vel bi un man een Schritt hier vun'e Eck na't Füer. Un min Wull is ja gau wedderkamen, na dat ik 'n afgeven harr, denn ward dat sachs uck nich vel länger duern, bet ik min Kabbenaa'n wedderkrieg. Ik mutt seggen, dat is ja nich vel verlangt na all ehr Mars un Pleg för mi." Un do steiht he up un sett sik platt dal merrn in de Gloes in'e Mitt vun'e Heerd.

„Halloh!", seggt de tossige Hamel, „wat rüükt dat hier na Braden! Wonem mag dat herkamen?"

„Halloh!", seggt de tossige Hamel, „dat ward mi meist en beten warm! Will hapen, de Kabbenaa'n sünd bald klaar!"

„Halloh!", seggt de tossige Hamel, „de dare Rook, de stickt mi ja rein! Warum hett de Oolsch keen betere Torf?"

„Halloh!", seggt de tossige Hamel. Man denn seggt he nix mehr, denn he is vel to fett un kamen wedder tohööcht, wenn he sik mal dalsett hett. Un stickt vun de Rook fallt he um up de Oolsch ehr Heerd un is doot.

*****

„Wat rüükt dat hier na Braden!", seggt de ole Fruu, as se ut't Dörp na de Barg t'rügg kümmt. „Bi Buer Nissen mutt ja vunavend sachs en grote Fest we'n! Warum hett he mi dar nich to inladen? De dare ole Giezknüppel! Ohaueha, man mi löppt dat Water in'e Mund tosamen. Aver dat is ja nich mehr lang' hen, denn maak ik sülven en Festeten, un denn laa' ik em uck nich in – kümmt gar nich in'e Tüüt!" Un se blifft en Ogenblick stahn un gnickert, as se an de tossige Hamel to Huus denkt un an sin fette Kabbenaa'n.

„Wat rüükt dat hier na Braden!", seggt de ole Fruu, as se toletzt up'e Barg rupkümmt, un se dreiht ehr Gesicht in'e Wind un snuppert nochmal. „Dat kann nich vun Buer Nissen kamen, de wahnt nedden rechts, un düsse feine Ruch kümmt vun wieder baven, un dar is bloots noch min Huus. Dat sünd sachs wecke Monarchen, de sik dar in't lütte Holt dicht bi wat to eten maken. Will bloots hapen, dat se sik nix bi mi weghaalt hebben, as ik nich dar weer. Sünd ja gresige Keerls de dare Monarchen." Un se treckt ehr Röcke en beten tchööcht un ward wat gauer gahn.

„Wat rüükt dat hier na Braden!" seggt de Oolsch, as se um'e Eck vun dat Föhrenholt bi ehr Kaat bögen deit.

„Oh! oh! oh! oh! wat is dat denn?"

Och, wodennig kann ik woll dat Spektakel beschrieven, wat se do to sehn kriggt. Gewaltige Rookwulken kamen ut'e Dör un de Finstern; bavenoever en brennen Fastbalk, un merrn in'e Gloes vun de brennen Möbeln brutzeln de Resten vun en Deert!

Un do, gloov mi dat, do maakt de Oolsch de Mund up un ward – nee, ik will ju man nich vertellen, wat se seggt hett, dat maakt de Geschicht nich beter un hören an oder dat Enne minner trurig to vertellen. Man so vel kann ik seggen, dat is nich smuck un nich nett.

Man, as de tossige Hamel al seggt hett, wecke Lüüd sünd so wat vun undankbar. Un dat is gar nich mal so'n dumme Snack, wenn een sik dat recht bekieken deit, oder?

De true Geldbüdelwahrer

Dar is mal en mächtige König we'n, de hett oever en grote Land regeert, un sin Naam hett in Fredenstieden dat Gesett bedüüdt un in Kriegstieden Macht. Un sodennig is he vun en Barg Minschen anerkennt we'n.

Up twee Deele is de dare König bannig stolt we'n, mehr as up allens anner – mehr as up sin Kriegskunst und mehr as up sin grote Riek un Macht: dat sin Fruu so schön is un he so gerecht. Wat sin Volk dar oever dacht hett, is em eendoont we'n; wat he dar oever dacht hett, hett langt för em – un för uns.

Denn mutt uck noch seggt warrn, he hett wat hatt, wat bi hoochstelle Lüüd nich faken to finnen is, man wat een, wenn dat to Hand is, gar nich hooch nugg estemeern kann, un dat is en true Deener we'n, de up sin Geldbüdel passt hett, up'e Königshoff, up sin Weertsaken, un darto hört hett uck – un dat is to de Tied nich dat Ringste we'n – de vullstännige Upsicht oever sin Keller.

Jan Knipp is sin König truu we'n, un umwennt hett he uck sin vulle Vertruun hatt.

Man kann een so guut un so truu we'n, ahn dat dar een afgünstig is up em? Ik gloov nich. Dat Jan Knipp so truu is un em de König sodennig vertruut, dat is nugg för dat booshaftige Hart vun Jan Fiedel, de boeverste Muskant, dat he Jan Knipp up'e Dood nich utstahn kann. Vull Gift un Ieversüük up Jan Knipp is de eenzige Fraag för sin leege Hart: Wodennig kann he de dare Deener in't Verdarven bringen?

„Dat kannst di sparen", seggt de König to Jan Fiedel, „dat kannst di sparen un kamen anblarrn un tuten mi de Ohren vull, wo falsch de anner Deensten sünd. Wies mi, wonem wat vun min Koorn, min Geld, min Wien oder min Goldsaken wegkamen is, un ik ünnersöök de Kraam. Ik bün ümmer praat un hören up allens, wat vernünftig is. Denn du weetst ja, ik bün gerecht, un min Fruu is schön."

En heele Jahr deent Jan Knipp de König truu, un en heele Jahr oeverleggt Jan Fiedel, wodennig he em an'e Kant kriegen kann.

Nu sünd dat man noch dree Daag bet Nüjahr, un denn kamen all de Vörnehmen in't Land an'e Königshoff tohopen. Jan Fiedel gruwelt dar as dull oever na, wodennig he Jan Knipp in'e Kniep kriegen kann, un he geiht ganz alleen dör Heid un Holt un sparkt na elkeen Boomwuddel un Steen, de em verdwass kümmt, un af un to lett he mal sin Geföhlen frie loop un günst vull Afgunst. „Krah, krah", quarrt de griese Kreih vun Krukenbarg. „Wat schall dat denn to? Hest du to vel Bickber'n eten? Oder wat maakt di so'n Pien?"

Jan Fiedel kickt tohööcht un ward ja de Kreih wies; un em dücht ehr booshaftige Oog tüügt vun jüst so'n leege Hart as sin eegne, un do vertellt he ehr sin Geschicht.

„Anners nix?", seggt de Kreih. „Warum seggst du nich eenfach, he hett de König sin gollne Koorn klaut?"

„Ganz eenfach, ik kaam ja an dat Koorn nich ran. Un denn, wenn ik dat lögen do, denn heff ik ja keen Tügen, de mi stütten", seggt Jan Fiedel.

„Doeskopp!", quarrt de Kreih. „Wat giffst du mi, wenn ik as din Tüüg uptreden do?"

„Mit Vergnögen en Schepel Bohnen ut min eegne Gaarn, un denn wat Naschkraam, wat ik vun de König sin Tafel klau", röppt Jan Fiedel ievrig.

„Kraah, kraah! Inverstahn", quarrt de Kreih. „Bring de Bohnen un dat Naschkraam man morrn her. Un denn segg Bescheeed, wenn du mi bruukst, denn bün ik to rechte Tied dar."

De Kreih kriggt de Bohnen un dat Naschkraam, un denn kümmt de Nüjahrsmorgen.

De grote Saal is vull mit en Barg Lüüd, de de König un sin Fruu Glück wünschen, Klagen vörbringen oder Orders kriegen woe'n. Darmang is uck Jan Fiedel; he drängelt sik driest na vörn un maakt en ganz deepe Bückling.

„Na, wat nu?", seggt de König. „Jichens wecke Klagen? Raat? En Wunsch? Ik bün en gerechte Mann, un min Fruu is schön. Snack man driest los un wes nich bang'."

„Jan Knipp hett Ju's gollne Koorn klaut, König!", röppt Jan Fiedel, „un dar hört he dootmaakt för."

„Hest du dar Tügen för?", seggt de König. „Vergitt nich, ik bün en gerechte Mann, un min Fruu is schön, un ik bruuk Bewiesen."

„Bloots de Kreih vun Krukenbarg", seggt Jan Fiedel; „anners keen."

„Na, wenn dat so is, Jan Knipp", seggt de König un dreiht sik na em um, „denn geiht di dat an't Leven."

„Will Majestät nich de Tüüg vörladen un faststellen, um een sik uck up de verlaten kann, ehrer se mi verordeelt?", fraagt Jan Knipp. „Wenn ik schüllig bün, bün ik uck praat un starven. Man bün ik unschüllig, denn so mag Ju's eegne Gerechtigkeit un Ju's Fruu ehr Schönheit dat afwennen, dat ik lieden mutt."

„Ik bün en gerechte Mann, un min Fruu is schön", seggt de König. „Du hest recht. – Jan Fiedel, roop din Tüüg."

Dreemal fleutet Jan Fiedel, un in Null Komma nix steiht in't Finster de Kreih vun Krukenbarg.

„Deist du dar en Eed up, Kreih", fraagt de König, „dat Jan Knipp min gollne Koorn klaut hett?"

„Do ik", seggt de Kreih.

„Woso?", fraagt de König.

„Wiel dat", quarrt de Kreih ahn Toegern, „Jan Knipp mi vunmorrn wat to freten geven hett, dat ik sin Verbreken nich bekannt maken schull. He hett wusst, ik heff em darbi sehn. Kiek, min Krars is to'n Bassen vull, vull, vull!"

„O", seggt de König un kickt Jan Knipp an, „denn musst du nu starven."

„Ik be' Ju, snie' de Tüüg mal up un kiek na, um dat uck wahr is", seggt Jan Knipp.

„Do dat", seggt de König; „denn ik bün en gerechte Mann, un min Fruu is schön."

Do snieden se de Kreih up un finnen dar nix in as Zuckerkraam un Perdebohnen. Denn smieten se de Rump ut't Finster dal in'e See, 'nem Placksnuut, de grote Lass, husen deit, un de sluckt 'n mit een Happs oever, un dat is dat Enne.

„Nix as Dummtüüg!", bölkt de König. „De Klaag is afwiest! Denn laat uns nu man ringahn to eten." Do gahn de König un sin Lüüd denn rin to eten, un bi dat Schlampampen in'e Festsaal vergeten se all dat Leege vun'e Morrn.

Wenn dar een in de heele Umgegend füünsch is, denn is dat Jan Fiedel. Un dat em dat nu verglippt is, darför gifft he sin leege Afsichten noch lang' nich up. Vun de Dag an un dat heele Jahr herndör spickeleert he dar ümmer bloots oever na, wodennig he kann Jan Knipp an'e Galgen bringen.

Dat is wedder dree Daag vör Nüjahr, do geiht Jan Fiedel in't Holt spazeern un pedd't mit alle Gewalt de dalfullene Föhrenappeln in'e fraarne Grund, un af un to bölkt he mal sin Arger rut.

„Wat schall all de dare Stahoi to?", fraagt de swatte Hex, as se vör de Ingang na ehr düüstere Höhl sitt un mit ehr rode Ogen dör de blaue Torfqualm plinkert, de sik af un an ut dat Lock wöltert as Rook ut dat Muul vun so'n Draak.

Do ward Jan Fiedel mal hoochkieken; un do dücht em, so as se utsehn deit, is se sachs jüst so düüster un leeg as he, un he vertellt ehr foorts sin Geschicht.

„Warum seggst du nich eenfach, he hett de König sin Gold stahlen? Dat is doch för wiss licht to", seggt se.

„Ganz eenfach, ik kaam ja an dat Gold nich ran, un ik heff keen Tüüg, de för mi swören deit, wenn ik een bruuk."

„Doesige Karnickel!", röppt de Hex minnachtig. „Wat giffst du mi, wenn de Sünn as din Tüüg uptreden deit?"

„Dat beste, wat ik heff", seggt Jan Fiedel.

„Na ja, wenn wi de Sünn hebben woe'n", seggt se, „denn mutt ik Düvelsbröh bruu'n un locken ehr an. Giff mi de lütte Tehn vun din rechte Foot un de lütte Tehn vun din linke Foot, denn do ik dat."

Nu mutt en ja seggen, Jan Fiedel will nich geern een vun sin Leden verleren un uck keen Wehdaag utholen. Man wat deit so'n afgünstige Keerl nich allens, wenn he dar sin Wedderpart mit faat kriegen kann?

Do snitt he denn de lütte Tehn vun sin linke Foot un de lütte Tehn vun sin rechte Foot af un gifft se an'e Hex för un maken Düvelsbröh.

„So", seggt Jan Fiedel, „nu kann ik nich lopen."

„Och wat, Dümmtüüg!", seggt de Hex; „du kriggst min Krück, dar geiht dat al mit." Denn grunst se mal un snüfft tweemal as so'n Trumpett, un do kümmt dar achter de Machangelbüsche so'n gediegene Skrebilk rut un gifft em de Hex ehr Krück.

„So, denn kumm man morrn wedder her, denn is de Bröh ferdig. Un Nüjahrsmorrn nimmst du de denn, geihst weddersinns um dat ole Hünengraff un güttst de Bröh an'e Grund, wenn de Sünn upgeiht, denn kümmt se as Tüüg vör de Raat." Denn geiht de Hex in ehr Höhl, un Jan Fiedel humpelt lahm afste'. Woe'n hapen, de Utsicht, dat he de anner een bipuhlen kann, is en gude Plaaster för sin tweie Fööt.

De neegste Morrn kümmt he al ganz, ganz fröh bi de Hex an, dat kannst mi gloven, un do kümmt de gediegene Skrebilk achter de Machangelbüsche rut un gifft em dat Fatt mit Düvelsbröh, un he nimmt et mit un deit up en Prick, wat de ole Hex em seggt hett.

O, dar kümmt wedder en grote Barg Lüüd to Nüjahr un versammelt sik in'e grote Saal vun't Slott, dat se de König un sin Fruu Glück wünschen un feine Saken an sin Tafel to eten kriegen.

Un as al en Masse Lüüd snackt hebben un en Barg Geschäften afwickelt sünd, do is Jan Fiedel an'e Reeg un humpelt na vörn un lehnt sik up'e Krück, de he vun de ole Hex kregen hett.

„Na, wat denn nu, Jan Fiedel?", seggt de König. „Wenn du wat to seggen hest, denn segg dat. Ik heff Smacht, darum maak en beten to."

„Och", seggt Jan Fiedel, „de dare Keerl dar – Jan Knipp – is wedder bi we'n! He hett Ju's Goldstücken klaut, un dar hört he dootmaakt för."

„Ik bün en gerechte Mann, un min Fruu is schön, darför kann ik mi nich bloots up din Woort verlaten, weetst woll. Hest du Tügen? Man dütmal keen Kreih'n oder so'n Takeltüüg, weetst Bescheed?"

„Herr, min Tüüg is keen anner as de Sünn sülven", seggt Jan Fiedel.

„O", seggt de König un dreiht sik na Jan Knipp, „wenn dat wahr is, denn so musst du sachs de Kopp afhebben."

„Herr", seggt Jan Knipp demödig, „laat em sin Tüüg vörbringen. Un wenn ik schüllig bün, denn laat mi starven."

„Ik bün en gerechte Mann, un min Fruu is ... Wat to'n Düvel humpelst du hier so rum för?", seggt de

König to Jan Fiedel un ünnerbrickt sik merrn in de bekannte Satz.

„Frostbulen", günst Jan Fiedel. „Man kumm mit, König un all de Herren, na de Kamer, de na Süd-West geiht, un denn will ik min Anklaag bewiesen."

„Warum na de Kamer in Süd-West?", fraagt de König.

„Ja", seggt Jan Fiedel, „dar liggt dat klaute Geld, un dar is uck min Tüüg."

„Denn man to", röppt de König, „un maak en beten to, ik heff en gresige Smacht!"

Do humpelt Jan Fiedel denn vörut na de Kamer, de na Süd-Westen geiht, un as se dar rinkamen, kümmt richtig de Sünn dör't Finster rin un schient un glemt up männig en Goldstück, dat dar dör'nanner up'e Del liggt.

„Schinner, do din Arbeit!", röppt de König un wiest up Jan Knipp."

„Herr König, ik be' Ju, ehrer ik starv, krieg mal een vun de dare Geldstücken up un kiek 'n nipp an dar in'e Schatten, un kiek mal, um dat würklich is en Goldstück oder nich!"

„Ik bün en gerechte Mann, un min Fruu is schön", seggt de König, „lang mi mal so'n Goldstück her."

Do geven se em een vun de Geldstücken, un he geiht darmit in'e Eck, rut ut'e Sünn, un do süht he, dat is man en ganz gewöhnliche Geldstück un keen Gold.

„Wenn ik de dare Tüüg in min Gewalt harr", seggt de König to Jan Fiedel, „denn wull ik em vertageln. Wat di angeiht, din Straaf kümmt na't Eten."

Denn nimmt de König Jan Knipp sin Arm un süht to un kamen na de Etsaal, denn he hett düchtig Smacht un will nich mehr länger luern.

Un för datmal kümmt Jan Fiedel wedder um sin verdeente Straaf rum, denn oever de Spaaß bi dat Festeten ward dat Leege vun'e Morrn vergeten, un dat Ganze is ja uck so tumpig, dat lohnt sik gar nich un denken dar an.

Wo splitterndull Jan Fiedel is, as em dat nu al dat tweete Mal verglippt is, kannst di ja denken, nu du em kennen deist. Wunnen hett he nix in sin Krieg gegen Jan Knipp, un denn hett he uck noch twee Tehns tosett. „Dat will ik de dare ole Hex t'rüggbetahlen!" seggt he. „Wenn se mi nich beter helpt as dat letzte Mal, denn schall se brennen, oder ik will nich ik we'n."

As dat denn wedder up Nüjahr togeiht – un he weet ja, bloots denn hett he en Schangs –, do geiht he wedder na de Höhl un röppt luut na de Hex. Man as se denn an'e Ingang vun ehr Höhl kamen deit, do süht se so leeg ut, dat all sin Kraasch em ut'e Fingerspitzen rutlöppt (he hett ja nich Tehns nugg, dat 'n an't anner Enne rutlopen kann), un sin füünsche Wöör verkümmern to en flaue Jammern un Klagen.

„Na", seggt de Hex, „wat wullt du denn al wedder hier?"

„Din Plaan is ja so elennig verglippt", jault Jan Fiedel, un he vertellt ehr, wodennig dat aflapen is.

„Un wokeen sin Schuld is dat, kannst mi dat mal seggen?", gnurrt se. „Mi fallt keen anner Plaan in, de för so'n Torfkopp as di doegen deit. Man, tööv mal – och nee! Du büst so'n grote Doeskopp, dat nützt doch nix, also hau af, ik will dar nix mehr mit to doon hebben."

„Vertell mi, wat du meenst, ik be' di!", röppt Jan Fiedel un vergitt all sin Wehdaag un Verdreet bi de Utsicht un puhlen Jan Knipp een bi. „Ik wull dar allens för geven un bringen Jan Knipp to en leege Enne."

„Na, denn bring mi noch wat söte Kraam vun'e König sin Tafel, un denn woe'n wi dütmal bewiesen, dat he de König sin Wien klaut hett."

„Man ik heff ja keen Tügen", jault he. „De Kreih is doot, un de Sünn döcht dar ganz un gar nich to."

„Doesige Karnickel!", gnurrt de Hex. „Wi halen uns de Maand darto, man wi moeten em Düvelsbröh bruu'n, anners ward dar nix vun. Giff mi de grote Tehn vun din rechte Foot un de grote Tehn vun din linke Foot, denn maak ik dat. Oder hau af un laat mi in Ruh!"

Na, Jan Fiedel denkt, wo he al sin lütte Tehns loswurrn is, do koenen de groten man desülve Weg gahn, un do snitt he se af un gifft se an'e Hex.

„Au, au, au!", jault he vör Wehdaag. „So, nu kann ik nich mehr gahn, nee, nich mal mit de Krück!" un he sett sik dal an'e Grund un swenkt sin Fööt ahn Tehns dör de Luft.

„Na, na", seggt de Hex, „nu ligg dar nich rum un blarr as so'n lütte Gör." Un denn grunst se mal un snüfft tweemal as so'n Trumpett, un do kümmt dar achter de Machangelbüsche de gediegene Skrebilk rut un gifft em en lange, breede Rock ut stieve Swiensbösten, un as he sik de mit wecke Ledderreemens umsnallt hett, stütt't 'n em na all Sieden.

„Sühst bannig nüüdlich ut!", seggt de Hex un grient veniensch.

„Ik wull, du wurrst mal jüst so nüüdlich maakt", seggt he un wackelt langs de Weg so guut as't geiht. „Ik kaam morrn Avend ehrer de Sünn dalgeiht un haal mi de Bröh."

Un de neegste Avend, ehrer de Schattens ut dat Föhrenholt krupen un sik oever de Wischen utbreden, steiht Jan Fiedel wedder vör de Höhl. Un de gediegene Skrebilk kümmt achter de Machangelbüsche rut un gifft em dat Fatt mit de Düvelsbröh in'e Hand, de hett de Hex in'e Twischentied t'rechtmaakt.

„Gah na de Odinsbarg", seggt de Hex, „'nem de verdröögte Föhrenboom sin naakte Telgens in'e Heven reckt. Un wenn de Maand upgeiht, gah dreemal weddersinns um de upretene Stamm un gööt de Bröh vör em an'e Grund."

Un Jan Fiedel kroepelt sik ünner Wehdaag na de Odinsbarg, in een Hand dat Fatt mit Bröh, mit de anner marst he sik af mit de Krück, wieldes sin Rump stütt' ward vun de Böstenrock. Un he deit, wat de Hex em seggt hett, un as de Maand upgeiht, gütt he de Bröh vör em an'e Grund un seggt, he schall de neegste Avend kamen un sin Tüüg we'n, wenn he em ropen deit.

De neegste Dag, to Nüjahr, kamen all de Gefolgslüüd un Vasallen up't Slott tohopen, dat se se's Glückwünsch loswarrn un sik Raat halen. Un do kümmt Jan Fiedel uck in sin Rock vun Swiensbösten, süht so leeg ut as nümmer un hett gruliche Gedanken.

„Wat hebben wi dar denn för'n Gestalt?", seggt de König, as to Enne vun de Raatsversammeln Jan Fiedel na vörn tüffelt, dat he sin Anliggen losward.

„Och, edle König, de Frostbulen hebben mi ganz un gar in'e Gewalt – ja, se gahn nu noch höger rup as letzt Jahr. Man liekers ik so'n Wehdaag heff, bün ik kamen un klaag de dare Hallunk Jan Knipp an un verlang in'e Naam vun de Gerechtigkeit, dat he foorts um'e Eck bröcht ward."

„Nu man sinnig!", röppt de König, „ik bün en gerechte Mann un min Fruu is schön, un ik verordeel keeneen ahn Bewies oder Tüüg. Snack los, man pass up, dat du mi nich wedder Dummtüüg vertellst!"

„He hett Ju's Wien klaut, un dat kann ik uck bewiesen", seggt Jan Fiedel.

„Min Wien klaut! Oha, dat mutt en Enne hebben, un mit di", seggt de König un dreiht sik na Jan Knipp, „mutt dat denn uck en Enne heben."

„O König", seggt Jan Knipp, „woe'n I wedder up min Wedderpart hören ahn Bewiesen?"

„Nee", seggt de König, „dat heet ja an min Gerechtigkeit un min Fruu ehr Schönheit twiefeln. Wokeen sünd din Tügen?" fraagt he scharp un kickt Jan Fiedel an.

„De Maand", seggt he, „un keen anner. Dat is ja bi Nacht passeert, un he kümmt vunavend und bewiest dat."

„Wat en Glück", röppt de König, „dat de Maand nich nu foorts kamen will, denn kann ick ja vörher in Ruh eten!" Un ahn vel Umstänne geiht he ut de grote

Saal na de Saal, 'nem dat Festeten anricht't is, un bi de Spaaß bi't Fest hett he bald de Kraam vun'e Vörmiddag vergeten.

Man as se all so vel drunken hebben, as se verdrägen koenen, un mehr eten, as na min Meenen nödig weer, dammelt Jan Fiedel hen na de König un seggt, he schall doch man rupgahn in'e Kamer in'e Noordwest-Toorn, denn dar töövt sin Tüüg un will sin Anklaag bewiesen.

„O verdorig!", seggt de König. „Hau em de Kopp af! Dat is mi nu schietegal, ik will keen Bewiesen."

„Herr", seggt Jan Knipp, „verget nich, I sünd en gerechte Mann, un Ju's Fruu is schön."

„Haal de Düvel de heele Kraam!", bölkt de König un steiht up. „Nich mal in Ruh eten kann ik! Na, denn mutt ik woll. Man wenn mi nu een wat vörmaken will, de is en dode Mann."

In Raasch störmt he denn achter Jan Fiedel ran un pedd't em af un to mal in'e Maars, dat he gauer gahn schall, un sin Fruu un all de Vassallen kamen mit un woe'n sehn, wat darbi rutsuert.

Na, as se in'e Noordwest-Toorn ankamen un in'e Kamer rinkamen, stahn dar Foet un Bekers un Gloes up'e Del un up Dischen, de sünd randvull mit düüsterrode Wien. Dar gifft dat gar keen Twiefel, denn de Maand schient in't Finster, un dat is meist so hell as to Middagstied.

„Ik heff nugg sehn!", bölkt de König. „Jan Knipp, dal up'e Kneen mit di, un Swertdräger, giff mi min Swert! Du nimmst min Wien, wa'? Du scha'st de Kopp afhebben, denn hest du keen Dörst mehr!"

„Ik be' Ju, Herr", seggt Jan Knipp un fallt up'e Kneen, „probeer bloots mal en Drüpp vun de dare Wien. Erfüll mi de dare eene letzte Wunsch, ehrer ik starv. Ik sett mi uck nich to Wehr, bloots erfüll mi de dare Be'."

„Na, verdeent hest du't nich, man ik will't doon", seggt de König, kriggt sik een vun de Pokalen un sett 'n an'e Lippen, „denn ik bün en gerechte Mann, un min Fruu is … Ähh, bähh, tpoi, gitt!!", un he vertreckt dat Gesicht ganz gresig un spütt't de Kraam oever de ganze Del.

„Giff mi wat Water, Wien, Bröh, jichens wat, dat ik de dare Smack wedder los warr! Ähh, bähh! tpoi! ik bün bestimmt vergift't!" bölkt de König un rönnt ut'e Kamer un stött se all na *de* Siet un na *de*, as he as dull na de Dör störmt. „Hol Jan Fiedel fast! He schall morrn doot, noch ehrer de Hahn kreiht!" Un denn is he al de Trepp dal un stickt sin Näs in en Beker mit Bröh, ehrer een seggen kann: „Wo geiht't?" oder sik vun de Schreck verhaalt hett, de he se injaagt hett.

Man de König is ganz un gar nich vergift't, denn Jan Fiedel hett man brune Water ut'e Bek in'e Gloes daan, un dat süht in't Maandlicht so root ut. Do ward Jan Fiedel denn inspunnt in't Kaschott ünner de Slottsgraav, un wo he ja de neegste Morrn ganz bestimmt afmurkst warrn schall, ward dar en Wach bi em henstellt, dat he jo nich utkniepen kann.

Man up jichens en Aart kriggt Jan Fiedel dat klaar un schicken en Bescheed an'e König sin Fruu, dat he ehr ganz wat Wichtiges to vertellen hett, wat bloots för ehr bestimmt is. He meent, wenn he uck starven mutt, weer dat doch en Sünn un Schann, wenn so'n

114

Geheemnis verlaren gung. Un darbi is dat doch so eenfach, se kann ja man an't Sloetellock tohör'n, wenn he up'e anner Siet mit ehr snackt, un keeneen markt dat.

Na, denkt de König sin Fruu, dat kann ja keeneen schaden, un de König mutt dar ja uck gar nix vun to weeten kriegen. Un denn, so as elkeen anner Fruunsminsch is se nieschierig as en Aap un kann ehr Nieschier nich verbargen. Un sodennig bestickt se to Middernacht de Wächter un geiht na dat Kaschott, 'nem Jan Fiedel inspunnt is. Dar kloppt se dreemal an de Eekenbalkens un leggt ehr Ohr an't Sloetellock.

Wat Jan Fiedel de dare Fruu vertellt hett, geiht di nix an un mi uck nich. Man wat he ehr vertellt hett, mutt vun grote Wichtigkeit we'n hebben, un as dat schient, is dat en Geheemnis, wat he ehr de neegste dree Daag nich verklaren kann, denn se geiht liek hen na de König, ehr Mann, un seggt, he schall dat doch dree Daag verschuven un bringen Jan Fiedel um'e Eck. Un de König hett sik to de Tied wedder beruhigt, un na en beten Toegern is he inverstahn, denn sin Fruu is nich bloots schön, man wenn se sik wat in'e Kopp sett hett, bringen ehr dar so licht keen tein Perde vun af, dat weet he. Ja, de Stackel kennt dat man all to guut, he hett dat faken nugg belevt. Darum stimmt he to.

Un wo Jan Fiedel ja nich utneihn kann vun wegen de Frostbulen, de he hett, as he seggt, do gifft de Wächter em Verlööv un gahn frie in't Slott rum, denn he hett keen Lust un sitten heele dree Daag vör dat Kaschott, un he freut sik uck, wenn he sik nich de Möögde maken mutt un bringen em af un to wat to eten.

Un wenn Jan Fiedel sin scharpe Weehdaag em uck bannig pier'n un he ganz dull bang' is vör dat, wat em bevörsteiht, de Afgunst brennt em ümmer noch in't Hart, un dat dare Füer will nich utgahn.

„O, wenn ik bloots de dare Keerl sin Dood up jichens en Aart toweg' bringen kunn", röppt he, „denn wull ik mit Freuden starven!" Un he bitt sik in'e Finger bet dal up'e Knaak, as he up'e Trepp huukt un spickeleert un spickeleert un spickeleert.

Un as he dar up'e Trepp sitt un nadenkt, kickt he mal tohööcht, un de Maand segelt an de frostige blaue Heven un kickt dal na em dör dat apene Trallenfinster, un he ballt de Fuust na em un schimpt em düchtig ut. Un de Steerns kamen een na de anner rut un plinken un blinken, so dull regt se sin Benehmen up. Man as he so na se kieken deit, kümmt em en nüe, plietsche Idee in'e Kopp. Un he steiht mitmal up, grient veniensch un nimmt en Pokal vun Kristall in'e Hand, de steiht dar up en Disch blangen em, un mit Hülp vun'e Krück un de stieve Rock marst he sik ünner Wehdaag de Wenneltrepp na baven. Denn stüert he na en Kamer, de na Süden geiht, un geiht dar rin. He slütt de Dör vun binnen to un sett sik up en Hüker an't apene Finster. Denn maakt he de holtene Finsterluken to, kriggt en spitze Süül ut'e Tasch un geiht twee Stunnen lang bi un bohrt un stickt dar Löcker dör, wecken groot un wecken lütt. He maakt de Löcker in lieke Linien un in Krinken, dat dat, so guut as he dat torechtkriggt, utsüht as de Steernbiller, de he faken an'e Winterheven sehn hett.

Denn haut he mit sin Krück de Kristallpokal in lütte Stücken, streut se up'e Disch ünner dat to'e Finster un up'e Del dar ünner. He grient veniensch, tofreden mit sik sülven, maakt de Dör achter sik to, slütt 'n af un nimmt de Sloetel mit.

„So, nu noch de Sloetel", mummelt he.

„Placksnuut! Placksnuut! Placksnuut!!", bölkt he un klarrt so guut, as he kann, up'e Finsterbank up'e Gang un reckt sin Hals so wied, as't geiht, oever dat Water vun de See dar ünner. „Placksnuut, kumm mal her!"

Un Placksnuut, de grote Lass, de dar nedden in't Water husen deit, kickt tohööcht, he denkt, he kriggt wat to freten dalsmeten.

„Placksnuut! O Placksnuut!", seggt Jan Fiedel, „wenn ik di wat Naschkraam vun de König sin Tafel gev, deist du mi denn en Gefallen?"

Nu is Placksnuut en tücksche, veniensche Beest un deit nich geern anners een en Gefallen. Man du musst bedenken, dat is Winter, un do gifft dat nich vel to freten, nich mal wat Grönes an't Över, un so stickt he sin Näs ut't Water und wackelt mit'e Steert, dat heet „Ja".

„Denn nimm düsse Sloetel un smiet 'n rup up't Över ünner dat Finster vun Jan Knipp. Du weetst woll, dat is up'e anner Siet vun't Slott. Du musst togeven, dat is nich vel, 'nem ik di um beden do. Un ik smiet dat Naschkraam ut düt Finster, wenn de König vun-avend ut'e Etensaal rut is."

Do smitt Jan Fiedel denn de Sloetel rünner na Placksnuut un geiht de Trepp dal.

Man as Placksnuut de Sloetel faatnimmt, dücht em, de is so bannig koold an'e Keven[1], denn de Frost hett dat kole Metall al faat hatt, un do spütt' he 'n hooch an't Över jüst dar, 'nem he 'n kregen hett, un dar liggt 'n nu as en düüstere Ding up'e frarene Snee ünner Jan Fiedel sin eegne Finster. Un Placksnuut lett sik dalsacken an'e Grund.

Denn kümmt de slimme Dag, wenn Jan Fiedel de Lohn kriegen schall darför, dat he de König so bannig anscheten hett, un de Wächter kümmt un bringt em in de grote Saal vun't Slott, 'nem se all tohopen sünd, un de König un sin Fruu sitten up'e Thron, dat se sehn, wo dat Ordeel vullstreckt ward.

„Ik bün en gerechte Mann, un min Fruu is schön", seggt de König. „Du hest mi anscheten, un du hest mi vergiften wullt: Nu scha'st du doot, dat steiht fast!"

„Een Be' heff ik noch, een Be', ehrer ik starv!", röppt Jan Fiedel. „Laat mi bloots en ganz wichtige Geheemnis in Ju's Fruu ehr Ohr fluustern."

„Nix darvun!", bölkt de König. „Gah hen un laat di de Kopp afhau'n! Dat schall nu nich mehr upschaven warrn!"

Man sin leeve Fruu will sik dat dare Geheemnis nich ut'e Näs gahn laten, wat dat uck we'n mag. Se hett dar de letzte beide Daag ümmer oever nadacht un hett sik dar düchtig de Kopp oever tweibraken. Un do smitt se ehr Mann en Blick to, un he kennt dat man to guut, dat he nich „Nee" seggt, wenn se „Ja" kickt. Denn fluustert Jan Fiedel ehr wat in't Ohr.

---

[1] Keven = Kiemen

„Wat? wat? Min Juweelen, min schemern Juwee-
len?", kriescht de Daam, ballt de Füüst, rennt na Jan
Knipp un hollt em de vör't Gesicht, un he weet gar
nich wat los is. „Giff mi min Juweelen wedder, du
verdammte Spitzboov!", bölkt se. „Giff mi min sche-
mern Juweelen wedder, de du mi klaut hest!"

„Wat is denn nu los?", fraagt de König un jumpt to-
hööcht vun sin Thron.

„Na, Jan Fiedel seggt, Jan Knipp hett min Juweelen
klaut! O, min leeve Mann, du musst Jan Knipp
foorts an'e Galgen bringen!"

„Nu man suutje, min Söten!", seggt he. „Du büst
schön, man denk an un wes uck gerecht. Ehrlich
seggt, gloov ik keen Woort, wat du dar seggst. Un
wat Jan Fiedel angeiht, Tüüg oder keen Tüüg, em
truu ik nie nich wedder, dat is mal klaar!"

„Wovel Tügen sünd denn nödig, dat I mi gloven?",
seggt Jan Fiedel. „Langen tein?"

„Nee!", bölkt de König, „Nix ünner twintig, also gah
hen un laat di uphängen!"

„Dar töven in düsse Ogenblick twintig in't Slott un
woen dat bewiesen", röppt Jan Fiedel.

Do markt de König, he hett em faat kregen, un he
weet, wenn he uck wieder as gerechte Mann gellen
will, denn mutt he sik de Saak anhör'n.

„Un wokeen sünd de dare Tügen?", gnurrt he.

„Keen annern as de Steerns an'e Heven", seggt Jan
Fiedel.

„Dat is doch wedder een vun din Knep, dat du din
Enne bet vunavend rutschuven wullt!", seggt de
König.

„Nee, nee, se töven jüst nu in'e Südkamer", seggt Jan Fiedel; „un bavento, de Juweelen sünd uck dar", fluustert he de Königin in't Ohr.

„Kumm mit, kumm mit!", röppt se, kriggt de König bi de Ärmel, un de ganze Sellschopp, Jan Fiedel vöran, geiht na de Dör, denn de König süht, um he nu will oder nich, he mutt mit, denn sin Fruu schient heel dörchdreiht.

„Wonem is denn de Sloetel?", fraagt he, as he vör de Dör steiht un markt, de is to, „dat is dat Neegste."

„De wat verstickt, kann uck finnen! De hett he natürlich", seggt Jan Fiedel un wiest up Jan Knipp. „Ünnersöök em. Wenn he 'n nich hett, verlaat ju darto, denn hett he 'n in sin Kamer verstaken. Un wenn 'n dar nich is, hett he 'n ut't Finster smeten. O, ik kenn sin Knep!"

„Kiek, dar liggt 'n an't Över", seggt en vun de König sin Lüüd, de ut't Finster keken hett. Un richtig, dar is 'n un liggt an't Över jüst ünner dat Kamerfinster, wat Jan Fiedel tohört.

Do lopen se dal un halen 'n. Man Jan Fiedel fallt meist in Amidaam vör Raasch, denn he markt, Placksnuut, de Lass, hett em ancheten.

Man nu maken se de Dör wied up, un keen Twiefel, dar liggen de Juweelen up'e Disch un up'e Del un schemern in't Licht vun de Steerns, de hell dör't Finster in'e düüstere Kamer schienen.

„Min Juweelen, min Juweelen!", schriet de König sin Fruu un rönnt vörwarts.

„O Jan Knipp", seggt de König un schüttkoppt, „dütmal is dat nu ganz bestimmt to Enne mit di!"

„Ja, ja!", schriet sin Fuu. „Foorts! Foorts! He hett dat verdeent!"

„Ik be' Ju, min König", seggt Jan Knipp, „befraag de dare Tügen, dat se de Wahrheit seggen."

„Wat snackst du för'n Dummtüüg! Mann, de sünd doch Dusende vun Mielen weg", seggt de König. „Wodennig schull'n de mi woll hör'n?"

„De sünd nich wieder weg as de anner Siet vun't Finster", seggt Jan Knipp. „Verlööv mi un winken se rin."

„Laat dat nich to, laat dat nich to!", kriescht Jan Fiedel un humpelt in sin Rock vörwarts, dat he em t'rüggholen will. „Dat is wedder een vun sin leege Knep!"

„Nu vergittst du di woll ganz un gar, Jan Fiedel!", dunnert de König. „Un du vergittst woll uck, dat ik en gerechte Mann bün, un min Fruu is schön. Jan Knipp, gah un wink se rin."

Do geiht Jan Knipp an't Finster un smitt de Luken wied up, un dat helle Daglicht kümmt in'e Kamer rin, un all holen se sik de Hänne vör de Ogen, so dull sünd se blennt vun de gaue Wessel.

„Leeve Fruu", seggt Jan Knipp, „nu kiek Ju's Juweelen an! Nix as Glas is dat, kiek. Un wonem sünd min Wedderpart sin Tügen? Ik gloov, de slapen noch in de düüstere Kamern vun'e Nacht, güntsiet de See."

„Jan Knipp, vergiff mi un uns all!", seggt de König un geiht na em ran un gifft em de Hand. „Wi woe'n di nie un nümmer wedder misstruu'n, so lang as wi leven. Be' di en Gnaad ut, wat dat uck we'n mag, du scha'st dat hebben."

„Denn schenk mi Jan Fiedel sin Leven", röppt Jan Knipp. „Ik bün vundaag de glücklichste Minsch in düt Land, un ik mag keeneen trurig seh'n, wenn ik mi freu."

„Ünner een Bedingen", seggt de König. „Jan Fiedel, tred vör un swör mit beide Hänne upböhrt, dat du nie nich wedder falsch Tüügnis afleggen un mi nie nich mehr wat vörleegen wullt."

Do tüffelt Jan Fiedel vör un ritt beide Arms tohööcht oever de Kopp. Man as he de Krück loslett, verleert he de Balangs un fallt platt up't Gesicht vör de König, un wat he uck upstellt, he kümmt nich wedder hooch.

„Nu hest du din eegne Ordeel ünnerschreven", seggt de König. „In'e See mit em! Uphängen is to guut för em!"

Do smieten se Jan Fiedel, Rock, Krück un allens, ut Finster rut in'e See nedden ünner, 'nem Placksnuut, de grote Lass, husen deit. Un he is noch nich bet up'e Grund kamen, do hett Placksnuut em al faat un sluckt em in eens oever, Rock un allens.

„Min leeve Mann", seggt de Fruu to de König, „mi dücht du büst so plietsch as du gerecht büst", un se gifft em en düchtige Söten up sin brune Back.

„Un du, min Söten", seggt he, bannig vergnöögt, „du büst so vernünftig as du schön büst".

Un darmit gifft he ehr en düchtige Söten up'e linke Back, un dat is en richtig feine Togg vun em, dücht di nich uck? Denn liek um liek, dat is nix as gerecht.

De Puuk vun Braamsiek

Dat gifft bi uns ja en ganze Deel Geschichten vun Ünnereerdschen un Nissen un Puken. Man dat gifft meist keen Geschicht, de smucker is as de, de ik nu vun de Puuk vun Braamsiek vertellen will.

Braamsiek is en Buernhoff we'n, de hett sin Naam hatt vun de Slunk oder „Siek", 'nem 'n an de Rand vun legen hett un 'nem elkeen, de na de Hoff hen wull, hett dör musst. Un in de dare Slunk, hebben de Lüüd meent, hett en Puuk huust. De hett een nie nich bi Dag sehn, man dar is vertellt wurrn, mitünner kunn een em bi Nacht dar as so'n wanschapen Schatten vun Boom to Boom krupen seh'n, ümmer dar up bedacht, dat em keeneen wies ward. Man daan hett he keeneen wat.

In't Gegendeel, as all Puken, de een richtig behannelt un in Ruh lett, hett he nich bloots keeneen wat daan, man hett ümmer utkeken, um he jichens een, de dat nödig harr, hett helpen kunnt. De Buer hett faken seggt, he weet gar nich, wat he ahn em maken schull. Denn ümmer, wenn dar up'e Hoff en Arbeit gau hett daan warrn musst – Koorn döschen, worpeln, in Säcke kriegen, Röven snieden, Tüüg waschen, boddern, Unkruut wüden –, denn hebben de Buer un sin Fruu man bloots, wenn se to Bett gahn sünd, de Dör apen laten musst na de Schüün oder dat Rövenschuur oder dat Melkhuus un en Fatt mit Melk up'e Süll stellen för de Puuk to Avendbroot, un wenn se de neegste Morrn upstahn sünd, is dat Fatt leddig un de Arbeit daan we'n, beter, as wenn dat vun Minschenhand passeert weer.

All düt hett se ja düütlich wiest, wo sachtmötig un fründlich de dare Keerl is, man liekers sünd de Lüüd

123

all bang' we'n vör em, un wenn se in Düüstern vun'e Kirch oder de Markt t'rüggkamen sünd, hebben se leever en grote Umweg maakt, as dat se dör de dare Slunk gahn sünd un riskeeert hebben un bemöten em.

Ik heff seggt, se sünd all bang' we'n vör em, man dat stimmt nich. De Buer sin Fruu, de is so guut un fraam we'n, de is vör nix up düsse Welt bang' we'n, un wenn de Puuk sin Avendbroot hett kriegen schullt, hett se in dat Fatt ümmer vun de beste Melk rindaan un ümmer noch en düchtige Lepel Rohm darto. Denn se hett seggt: „He arbeit't so swaar för uns un will dar nich för betahlt hebben, he hett dat beste Eten verdeent, wat wi em geven koenen."

Een Nacht ward de dare feine Fruu mal bannig süük, un se sünd all bang', se blifft se doot. Do is ehr Mann natürlich in grote Sorg, un de Deensten uck, denn se is se so'n gude Fruu we'n, se hebben ehr jüst so leev, as wenn dat se's eegne Mudder weer. Man se sünd all jung, un keen vun se kennt sik ut mit Krankheiten. Un do sünd se sik all eenig, dat Beste is un schicken na en ole Fruu, de wahnt so'n twee Mielen weg güntsiet de Stroom, un de is dar bekannt för, dat se Hülp gegen allerhand Krankheiten weet.

Man wokeen schall dar hen? Dat is de Fraag. Dat is ja pickendüüstere Nacht, un de Weg na de ole Fruu ehr Huus geiht liek dör de Slunk. Un de de dare Weg lang kümmt, de riskeert un bemöten de Puuk, 'nem se so bang' vör sünd.

De Buer weer ja geern sülven gahn, man he truut sik nich un laten sin Fruu alleen. Un de Deensten stahn flockwies bi de Koek, un een seggt to de anner, he schall gahn, man keeneen will dat sülven doon.

Se ahnen ja nich, dat de Grund för all se's Angst, en gediegene, wanschapene lütte Keerl, ganz vull Haar, mit en lange Baart, rootrannige Ogen, breede, platte Fööt as vun so'n Hoppetuuts, un gewaltig lange Arms, de bet up'e Del langen, wenn he liek up un dal steiht, dat de man een, twee Meter vun se af achter de Koekendör steiht un mit en bange Gesicht tohört, wat se snacken. He is as gewöhnlich vun sin Verstek in'e Slunk rupkamen un wull mal kieken, um dar is Arbeit för em, un na sin Fatt Melk seh'n. Un an'e apene Dör un dat Licht achter de Finstern hett he sehn, dar stimmt wat nich in't Huus, dat is ja anners to de Tied ümmer düüster un liesen un ruhig. Un do hett he sik in'e Ingang rinsleken, dat he rutkriggt, wat dar los is.

As he ut de Deensten se's Snack ruthört, de Fruu up'e Hoff, de he so bannig leev hett un de ümmer so nett we'n is to em, de is süük, do kriggt he en gewaltige Schreck. Un as he denn hört, de doesige Deensten hebben so vel mit se's eegne Angst to doon, dat se sik nich truu'n un glieden sik af för un halen ehr en Krankenfruu, do kennt sin Minnacht un Raasch keen Grenz mehr.

„Maiapen! Doesbartels! Torfköppe!", mummelt he vör sik hen un trampt mit sin gediegene, wanschapene Fööt up'e Del. „Se snacken, as wenn een se foorts wat afbieten wurr so draa, as he se bemött. Se schullen man weeten wat ik för'n Mars heff un gahn se ut'e Weg, denn weer'n se sachs nich so doesig. Man mein Zeit, wenn se sodennig wiedermaken, denn blifft de Fruu se ünner de Hänne doot. Denn mutt Puuk ja sachs sülven afste'.''

Un he langt mit de Hand na baven un kriggt sik en düüstere Mantel dal, de hört de Buer to un hängt

125

dar up en Haak an'e Wand. De smitt he sik oever Kopp un Schullern, dat he sin unegale Figur wat kascheert, un denn löppt he gau na de Perdestall un sadelt un töömt dat flinkste Perd up, wat dar is.

As de letzte Snall to is, geiht he dar an'e Dör mit un klabastert up'e Rügg. „So, wenn du jichens gau lapen büst, denn do dat nu", seggt he. Un dat lett, as wenn dat Deert em versteiht, denn dat wrinscht en lütt beten un stellt de Ohren up. Denn schütt dat rut in't Düüster as en Piel vun'e Bagen.

Na weniger Tied as de dare Streck jichens in reden wurrn is, toegelt de Puuk dat Perd vör de ole Fruu ehr Kaat. Se liggt in't Bett, deep in Slaap; man he roetert luut an't Finster, un as se upsteiht un ehr ole Gesicht, umrahmt vun ehr witte Nachtmütz, an'e Ruut hollt un fraagt wat he will, büggt he sik vör un vertellt ehr, wo dat um geiht.

„Du musst mitkamen, leeve Fruu, un dat gau", kommandeert he mit sin deepe, ruge Stimm, „wenn de Fruu vun Braamsiek ehr Leven rett't warrn schall. Dar is keen dar baven up'e Hoff un helpen ehr bet up en paar Deenstdeerns mit nix in'e Kopp."

„Man wodennig schall ik dar henkamen? Hebben se en Waag schickt för mi?" fraagt de ole Fruu besorgt. So wied as se sehn kann, is dar nix vör de Dör as en Perd un en Rieder."

„Nee, en Waag hebben se nich schickt", seggt de Puuk kort af. „Du musst al achter mi up'e Sadel klarrn un di an mi fastholen, un ik segg di to, ik bring di heel un gesund na Braamsiek."

He seggt dat so bestimmt, de ole Fruu truut sik nich un lehnen dat af, wat he ehr heeten deit. Un denn hett se uck as junge Deern faken mit to Perd seten, un so treckt se sik gau an, un as se ferdig is, maakt se de Dör up, klarrt up'e Upstiegsteen, de dar blangenbi is, sett sik achter de Frömde in'e düüstere Mantel un klammert sik fast um sin Mitt.

Keen Woort ward snackt, bet se na de dare gresige Slunk kamen, do markt de ole Fruu, wo ehr de Kraasch verlett. „Meenst du, wi kunnen de Puuk bemöten?", fraagt se mit bange Stimm. „Dat wull ik nich geern riskeern, denn de Lüüd seggen, he bringt Unglück."

De Keerl vör ehr lacht mal gediegen. „Man keen Bang', un snack keen Dummtüüg", seggt he, „ik versprek di, du kriggst vunnacht nix to seh'n, wat grimmiger[1] is as de Keerl, achter de du rieden deist."

„O, denn is ja allens guut", seggt de ole Fruu un atent arig up. „Wenn ik uck din Gesicht nich sehn heff, bün ik mi wiss, du büst en gude Keerl, so as du för mi stackels ole Fruu sorgt hest."

Denn swiggt se wedder still, bet se dör de Slunk dörch sünd un dat true Perd up'e Hoff inbüggt. Denn glitt de Rieder dal, dreiht sik um un böhrt ehr vörsichtig dal mit sin lange, starke Arms. Darbi rutscht de Mantel dal, un sin korte, breede Rump un sin wanschapene Leden sünd to seh'n.

„Mein Zeit, wat büst du denn för een?", fraagt se un kickt em in't Gesicht in't graue Morrnlicht, wat jüst anfangt un schummern. „Wat hest du för'n grote Ogen? Un wat hest du mit din Fööt maakt? De sünd ja mehr as Hoppetuutsenfööt as anners wat."

---

[1] grimmig = hässlich (dän. grim)

Do ward de gediegene lütte Keerl wedder lachen. „Ik bün in min Leven al vele Mielen wannert ahn de Hülp vun en Perd, un ik heff mal hört, to vel Lopen maakt de Fööt wanschapen", seggt he. „Man versnack hier keen Tied, leeve Daam, gah gau rin in't Huus. Un hör mal to: Wenn een di fragen schull, wokeen di hier so gau herbröcht hett, denn segg man, dar weern ja keen Mannslüüd hier, un do hest du di dar mit affinnen musst un rieden achter de Puuk vun Braamsiek."

De König sin Soehn un de Ries sin Dochter

Dar is mal en Tied we'n, do hebben sik all de Deerten un Vageln versammelt, dat se mit'nanner strieden wullen. Do seggt de König vun Tüderstedt sin Soehn, he will hen un tokieken, un denn will he bestimmt kamen un sin Vadder Bescheed seggen, wokeen düt Jahr de König vun de Deerten is. As he ankümmt, is de Striet al vörbi bet up een Kamp twüschen en grote swatte Raav un en Slang, un dat schient so, as wenn de Slang de Raav oever ward. As de König sin Soehn dat wies ward, helpt he de Raav un haut mit een Slag de Slang de Kopp af. As de Raav en beten to Puust kamen is un he süht, de Slang is doot, seggt he: „För din Hülp will ik di wat wiesen. Sett di man mal up min Rügg twüschen min beide Flünken." Do sett de König sin Soehn sik up de Raav sin Rügg, un de driggt em oever soeven Bargen un soeven Slunken un soeven Mooren.

„So", seggt de Raav, „sühst du dat Huus dar? Dar gah nu man hen. Dar wahnt en Süster vun mi, un ik will wetten, du büst dar willkamen. Un wenn se di fraagt: ‚Büst du bi de Vagelslacht we'n?', denn segg man, du büst dar we'n. Un fraagt se di: ‚Hest du dar so'n sehn as mi?', segg man, dat hest du. Man seh to, dat du mi ganz bestimmt morrn fröh hier wedder drapen deist." De König sin Soehn ward de Avend richtig fein upnahmen, he kriggt allens Moegliche to eten un to drinken, warme Water för sin Fööt un en weeke Bett för sin Liev.

De neegste Dag lett de Raav em wedder oever soeven Bargen un soeven Slunken un soeven Mooren kieken. Do sehn se wied af en Kaat liggen, man liekers de wied af is, duert dat nich lang', un se sünd dar. He ward de Avend jüst so fein upnahmen as vörher, he kriggt düchtig to eten un to drinken, warme Water för sin Fööt un en weeke Bett för sin Liev – un de neegste Dag is dat nochmal datsülve.

De neegste Morrn is de Raav nich dar so as anners; darför steiht dar en staatsche Jungkeerl, as he noch keen sehn hett, de hett en Bünnel in'e Hand. De König sin Soehn fraagt em, um he hett de Raav sehn. Do seggt de anner to em: „De Raav kriggst du nie nich wedder to Gesicht, denn de dare Raav, dat bün ik. Ik bün verwünscht we'n; dat ik di bemött bün, dat hett mi erlöst, un darför scha'st du düt Bünnel hebben. Du geihst nu desülve Weg torügg", seggt de Jungkeerl, „un du bliffst een Nacht in elk Huus, 'nem du vörher we'n büst. Man dat dare Bünnel, wat ik di geven heff, dat dörvst du eerst upmaken, wenn du dar anlangt büst, 'nem du an leevsten wahnen wullt."

De König sin Soehn seggt adjüs to de junge Mann un maakt sik up'e Padd na sin Vadder sin Huus to. Un he kriggt Harbarg bi de Raav sin Süstern, jüst so as up'e Henweg. As he al dicht bi sin Vadder sin Huus is, kümmt he dör en dichte Holt. Do dücht em, dat Bünnel ward düchtig swaar, un he denkt, he will doch man mal nakieken, wat dar in is.

As he dat Bünnel losmaakt, is he doch bannig verbaast. in en Ogenblick steiht dar de feinste Palast, de he jichens sehn hett. En feine Slott, un en Gaarn un Boomhoff rundum mit all Slag'en Aaft und Krüder. Dar steiht he un wunnert sik un argert sik, dat he dat Bünnel losmaakt hett – he kann dat nich wedder rinkriegen, un he harr dat dare feine Slott so geern in'e smucke gröne Slunk hatt liek oever vör sin Vadder sin Huus. Do süht he mitmal en grote Ries up sik to kamen.

„Dat is keen gude Platz, de du di utsöcht hest för un buun din Huus, König sin Soehn", seggt de Ries. — „Dat weet ik, man hier wull ik dat uck gar nich hen hebben", seggt de König sin Soehn, „dat is man ut Verseh'n passeert." — „Wat giffst du mi, wenn ik di dat wedder in't Bünnel rinkrieg, as dat vörher weer?" — „Wat verlangst du?", fraagt de König sin Soehn. — „Giff mi din eerste Soehn, wenn he soeven Jahr oold is", seggt de Ries. — „Kriggst du — wenn ik denn en Soehn heff", seggt de König sin Soehn.

In Null Komma nix hett de Ries allens, Gaarn, Boomhoff un Slott, wedder in't Bünnel rinpackt, as dat vörher weer. „So", seggt de Ries, „nu gah du din Weg un ik gahn min; man denk an, wat du mi to-seggt hest. Un wenn du 't uck vergittst, ik will dar al an denken."

De König sin Soehn nimmt de Straat ünner de Fööt, un na en paar Daag kümmt he an de Stä', 'nem he an leevsten is. He maakt dat Bünnel up, un do steiht dar wedder de Palast so as vörher. Un as he de Dör vun't Slott upmaakt, steiht vör em de smuckste Deern, de he jichens to Gesicht kregen hett. „Kumm rin, König sin Soehn", seggt de smucke Deern, „is allens klaar för di, wenn du mi vunavend noch heiraden wullt." — „Wat ik dat man will!" seggt de König sin Soehn. Un do heiraden se noch desülve Avend.

Man as soeven Jahr un een Dag um sünd, wokeen kümmt dar na dat Slott? De Ries. Do fallt de König sin Soehn — nu is he sülven de König — do fallt em wedder in, wat he de Ries toseggt hett, un dat hett he bet nu sin Königin nich vertellt. „Oeverlaat du dat man mi un de Ries", seggt de Königin.

„Bring din Soehn rut", seggt de Ries, „denk dar an, wat du mi toseggt hest." — „Kriggst du", seggt de König, „wenn sin Mudder em t'rechtmaakt hett för de Reis." De Königin staffeert de Kock sin Soehn ut un gifft em de Ries an'e Hand. De Ries treckt af mit em; man he is noch nich wied gahn, do gifft he de lütte Bengel en Stock in'e Hand. De Ries fraagt em: „Wenn din Vadder de dare Stock harr, wat wull he darmit maken?" — „Wenn min Vadder de dare Stock harr, denn wull he dar de Hünne un Katten mit hau'n, wenn se bi de König sin Eten woe'n", seggt de Jung. — „Denn büst du de Kock sin Soehn", seggt de Ries. He krigg em faat bi sin lütte Enkeln un haut em — „Sgleogg" — an'e Steen, de dar blangen em liggt.

De Ries löppt wedder t'rügg na dat Slott un is splitterndull, un he seggt, wenn se em nich de König sin Soehn bringen, denn so kümmt de boeverste Steen vun't Slott ganz ünnen to liggen. Do seggt de Königin to de König: „Laat uns dat man nochmal probeern; de Mundschenk sin Soehn is jüst so oold as unse." Se staffeert de Mundschenk sin Soehn ut un gifft em de Ries an'e Hand. De Ries is noch nich wied gahn, do gifft he em en Stock in'e Hand. „Wenn din Vadder de dare Stock harr", seggt de Ries, „wat wull he darmit maken?" — „He wull de Hünne un Katten hau'n, wenn se bi de König sin Buddeln un Gloes kamen." — „Denn büst du de Mundschenk sin Soehn", seggt de Ries un döscht em uck de Brägen ut.

De Ries löppt in gewaltige Raasch wedder t'rügg. De Grund bevert ünner sin Fööt, un dat Slott bevert uck un allens, wat dar in is. „KUMM RUT MIT DIN SOEHN!", bölkt de Ries, „oder in en Ogenblick kümmt de boeverste Steen vun dat dare Slott toünnerst to liggen!" Do blifft se ja nix anners na, se moeten de Ries de König sin Soehn geven.

De Ries nimmt em mit na sik to Huus un treckt em up as sin eegne Soehn. Mal, as de Ries nich to Huus is, hört de Jung vun en Kamer baven in de Ries sin Huus Musik, so wat Feines hett he noch nie nich hört. As he nakickt, kriggt he dat söteste Gesicht to seh'n, wat he jichens sehn hett. Se winkt, he schall wat neeger kamen, un se seggt, he schall man eerstmal gahn, man to Middernacht schall he ganz bestimmt wedder dar henkamen.

Dat seggt he to un deit dat uck. Foorts is de Ries sin Dochter blangen em un seggt: „Morrn scha'st du di een vun min beide Süstern to Fruu utsöken. Man segg du, du wullt keen vun de beiden hebben, bloots mi. Min Vadder will mi mit de König vun'e Gröne Stadt sin Soehn verheiraden man de kann ik nich utstahn."

De neegste Morrn röppt de Ries sin dree Döchter un seggt: „So, König vun Tüderstedt sin Soehn, dat schall di nich leeddoon, dat du so lang' bi mi we'n büst. Du kriggst een vun min beide öllste Deerns to Fruu, un mit ehr dörvst du denn de Dag na de Hochtied na Huus gahn." – „Wenn du mi düsse lütte hier geven wullt", seggt de König sin Soehn, „denn schall dat en Woort we'n."

Dat is de Ries nu ja lang' nich na de Mütz, un he seggt: „Ehrer du ehr kriggst, musst du eerst de dree Saken doon, de ik di updregen do." – „Denn snack man", seggt de König sin Soehn. Do geiht de Ries mit em na de Kohstall. „So", seggt de Ries, „hier liggt de Miss vun hunnert Köh, un hier is soeven Jahr nich utmisst wurrn. Ik gahn vundaag weg, un wenn düsse Stall nich utmisst is, ehrer dat Nacht ward, so rein, dat een en gollne Appel vun een Enne na dat anner trünneln kann, denn kriggst du nich bloots min Dochter nich, man denn suup ik vunavend gegen de Dörst din Bloot."

Do geiht he denn bi un missen de Stall ut, man jüst so guut harr versöken kunnt un ööschen de See ut. Na de Middag, de Sweet löppt em in'e Ogen, do kümmt de Ries sin jüngste Dochter hen na em un seggt: „Du warrst ganz nett straaft, König sin Soehn." – „Dat warr ik", seggt de König sin Soehn. – „Kumm mal her", seggt se, „legg di dal un ruh din möö'e Knaken ut." – „Dat do ik", seggt he, „dar luert ja doch bloots de Dood up mi." Do sett he sik dal bi ehr, un he is so möö', dat he blangen ehr inslöppt. As he wedder waak ward, is de Ries sin Dochter keen Stä' to seh'n, man de Stall is so rein, dar kunn een en gollne Appel vun'e eene Siet na de anner trünneln.

Denn kümmt de Ries rin, un he seggt: „Du hest de Kohstall utmisst, König sin Soehn?" – „Heff ik", seggt he. – „Tominnst hett een de utmisst", seggt de Ries. – „Man *du* hest 'n ja jedenfalls *nich* utmisst", seggt de König sin Soehn. „Ja, ja!", seggt de Ries, „wo du vundaag so in'e Gang' we'n büst, scha'st du bet morrn um düsse Tied düsse Kohstall frisch decken mit Vagelfeddern, man mit nich twee Feddern vun'e sülve Klöör."

De König sin Soehn is al vör de Sünn hooch. He kriggt sik sin Bagen un Koeker mit Pielen faat, dat he de Vageln schöten will. He geiht na de Heid, man de Vageln sünd nich so licht un kriegen. He löppt achter se, dat em de Sweet in'e Ogen löppt. Hen to Middag kümmt denn de Ries sin Dochter. „Du marachst di ganz schön af, König sin Soehn", seggt se. – „Dat do ik", seggt he. „Un ik heff bet nu bloots düsse twee Amseln kregen, un de sünd beid vun'e sülve Klöör." – „Kumm man her un legg di dal up düsse smucke Barg un ruh din möö'e Knaken ut", seggt de Ries sin Dochter. – „Ja, do ik geern", seggt he. He denkt, se ward em sachs wedder helpen, un sett sik dal bi ehr. Un dat duert nich lang', do is he inslapen.

As he wedder waak ward, is de Ries sin Dochter weg. He will man wedder na't Huus gahn, denkt he, un do süht he, de Kohstall is mit Feddern deckt. As de Ries na Huus kümmt, seggt he: „Du hest de Kohstall deckt, König sin Soehn?" – „Heff ik", seggt he. – „Tominst hett een de deckt", seggt de Ries. – „Man *du* hest 'n *nich* deckt", seggt de König sin Soehn. – „Ja, ja", seggt de Ries. „So", seggt de Ries, „dar nedden an'e See, dar steiht en Föhrenboom, dar is ganz baven en Heisternest in. Dar haalst du mi de Eier ut't Nest. De will ik morrn fröh to Fröstück hebben. Nich een dörv twei gahn, un dar sünd fiev Stück in't Nest."

Fröh an'e neegste Morrn geiht de König sin Soehn hen na de Boom, un de is nich swaar un finnen. So een gifft dat nich nochmal in't heele Holt. Vun de Wuddel bet na de eerste Telgen sünd dat fievhunnert Foot. De König sin Soehn geiht mal ganz um'e Boom rum. Do kümmt de, de em ümmer helpt: „Dat kost't di de Huut vun din Hänne un Fööt." – „Dat deit dat sachts", seggt he. „Ik bün bang', ik kaam dar gar nich rup." – „Nu man keen Tied verleern", seggt de

Ries sin Dochter. Se stickt ehr Fingern een na de anner in'e Boom, bet de König sin Soehn en Lerring[1] hett, 'nem he up na dat Heisternest klarrn kann. As he bi't Nest ist, seggt se: „Seh to un kriegen de Eier, ik mark al, wo min Vadder sin Aten mi in'e Nack brennt." In'e Iel vergitt he ehr lütte Finger baven up'e Boom. „So, seggt se, „nu geihst du gau na Huus mit de Eier, un vunavend kriggst du mi denn to Fruu, wenn du mi rutkennen kannst. Min beide Süstern un ik hebben denn datsülve Tüüg an un sehn eens ut. Man kiek nipp hen, wenn min Vadder seggt: ‚Gah hen na din Fruu, König sin Soehn'. Denn warrst du een Hand wies, 'nem de lütte Finger an fehlen deit." Do gifft he de Ries de Eier. „Ja, ja", seggt de Ries, „denn maak di man klaar för de Hochtied."

Un denn ward dar richtig Hochtied maakt, un wat för'n Hochtied! Riesen un vörnehme Herrn, un de König vun de Gröne Stadt sin Soehn is dar merrn mang. Do warrn se verheiraadt, un denn geiht de Danz los, un wat för'n Danz! De Ries sin Huus bevert vun't Dack bet an'e Grund. Man to Betttied seggt de Ries: „Dat is Tied för di un gahn to Ruh, König vun Tüderstedt sin Soehn. Söök man din Bruut mang düssen rut."

Do streckt se de Hand ut, 'nem de lütte Finger an fehlen deit, un he kriggt ehr faat.

„Du hest dat wedder richtig drapen; man een kann ja nich weeten, wat di anners noch passeer'n kann", seggt de Ries.

---

[1] Lerring = Leiter

Man to Ruh gahn se. „So", seggt se, „nu slaap nich in, anners büst du doot. Wi moeten utnehn, gau, gau, oder min Vadder bringt di um'e Eck."

Do gahn se rut un setten sik up dat blaugraue Toetfahlen in'e Stall. „Ogenblick mal", seggt se, „ik will de Ole noch en Putz spelen." Un do löppt se rin un snitt en Appel in negen Stücken. Twee Stücken leggt se an't Koppenne vun't Bett, twee an't Footenne, twee Stücken bi de Koekendör, twee Stücken an'e Buterdör un een buten dat Huus.

De Ries ward waak un röppt: „Slapen I?" – „Noch nich", seggt de Appel an't Koppenne vun't Bett. Na en Tied röppt he nochmal. „Noch nich", seggt de Appel an't Footenne vun't Bett. Wedder wat later röppt he nochmal. „Noch nich", seggt de Appel an'e Koekendör. De Ries röppt nochmal, do antert de Appel an'e Buterdör. „I sünd so wied weg vun mi", seggt de Ries. – „Noch nich", seggt de Appel butenvör. „I neih'n ja woll ut!", seggt de Ries.

De Ries kümmt in'e Beens un geiht na se's Bett, man dat is koold – leddig.

„Min Dochter ehr Knep maken mi dat suer", seggt de Ries. „Denn man achter se ran".

As dat Dag ward, seggt de Ries sin Dochter, ehr Vadder sin Aten brennt ehr in'e Nack. „Gau", seggt se, „lang' in de Toet ehr Ohr, un wat du dar finnen deist, dat smiet achter di." – „Dar is en Sleh'ntwieg in", seggt he. – „Smiet 'n achter di", seggt se.

Knapp hett he dat daan, do steiht dar en tein Mielen breede swatte Doornenwriet[1], so dicht, dar kann

---

[1] Wriet = Gestrüpp

knapp en Wissel dörkamen. De Ries neiht dar kopp-
oever rin un ratscht sik Kopp un Hals in'e Doorns.

„Dat sünd wedder min Dochter ehr Knep", seggt de
Ries; „harr ik man min grote Äx un Holtmess hier,
denn wull ik dar bald dörkamen." Do löppt he na
Huus un haalt de grote Äx un dat Holtmess. Dat
duert nich lang', un he is bi mit de grote Äx, un in
korte Tied hett he en Weg dör de swatte Doorns
haut. „De Äx un dat Holtmess laat ik hier, bet ik
t'rüggkaam", seggt he.

„Wenn du de hier lettst", seggt en Kreih, de dar up
en Boom sitt, „denn klau'n wi de." – „Wenn du dat
wullt", seggt de Ries, „denn bring ik se leever na
Huus." Do löppt he t'rügg un bringt se in't Huus.

Hen to Middag markt de Ries sin Dochter wedder,
wo ehr Vadder sin Aten ehr in'e Nack brennt. „Lang'
in de Toet ehr Ohr, un wat du dar finnen deist, smiet
achter di." He kriggt dar en lütte Stück graue Steen
rut, un in en Ogenblick is dar en tein Mielen grote
graue Fels achter se, hooch un breet. De Ries kümmt
in vulle Karrjeer an, man an'e Fels kann he nich
vörbi.

„Min Dochter ehr Knep sünd dat Leegste, wat mi
jichens bemött is", seggt de Ries; „man harr ik min
Brekstang un min grote Hack, denn wull ik bald uck
Lock up de dare Fels hebben." Do blifft em ja nix na
as dreihn um un halen se, un denn man up'e Steens
dal. Nich lang', do hett he en Weg dör de Fels. „Dat
Warktüüg laat ik hier, ik will doch nich nochmal
umdreihn." – „Wenn du dat hier lettst, denn klau'n
wi dat", seggt de Kreih. – „Wenn du dat meenst,
denn do dat. Ik heff nu keen Tied un lopen torügg."

As dat schummern ward, seggt de Ries sin Dochter, se kann ehr Vadder sin Aten in ehr Nack brennen föhlen. „Kiek mal in de Toet ehr Ohr, König sin Soehn", seggt se, „anners sünd wi verratzt." He deit dat, un dütmal is dar en Blaas vull Water in. He smitt 'n achter sik, un do is dar en See achter se, tein Mielen lang un breet.

De Ries kümmt an, man so gau, as he lopen deit, is he foorts in'e Mitt vun'e See un geiht ünner, un he kümmt nich wedder tohööcht.

De neegste Dag kriegen de beide junge Lüüd de König sin Huus up Sicht. „So", seggt se, „min Vadder is versapen, he kümmt uns nich mehr verdwass. Man ehrer wi wieder gahn", seggt se, „gah du man na din Vadder sin Huus un vertell, dat du so een as mi hest. Man pass up, dat du keen Söten kriggst, nich vun Minsch un nich vun Deert, anners kannst du di dar nich mehr up besinnen, dat du mi jichens sehn hest." All, de he bemött, heeten em willkamen un wünschen em Glück, un he seggt to sin Vadder un Mudder, se schoe'n em jo keen Söten geven. Man as dat Unglück so will, dar is en ole Hund binnen, un de kennt em wedder, springt an em tohööcht un slickt em in't Gesicht, un darna kann he sik nich mehr up de Ries sin Dochter besinnen.

Se hett sik blangen de Soot sett, as he vun ehr weggahn is, man de König sin Soehn kümmt nich wedder. As dat Nacht ward, klarrt se up en Eekboom, de steiht dar blangen de Soot, un de Nacht oever liggt se in en Twel mang de Telgens. Nich wied vun'e Soot hett en Schooster sin Huus, un hen to Middag de neegste Dag seggt de Schooster to sin Fruu, se schall doch mal na de Soot gahn un em wat to drinken halen. As sin Fruu nu na de Soot kümmt, süht se dat Speegelbild vun de up'e Boom, un do meent se, dat is ehr eegne Speegelbild – un se hett ja gar nich dacht, se weer so smuck – un do smitt se dat Fatt, wat se in'e Hand hett, vun sik, dat et dalfallt un geiht twei, un se geiht wedder na't Huus torügg ahn Fatt un ahn Water.

„Wonem is dat Water, Fruu?", fraagt de Schooster. – „Du verdreihte, scheefbeenige ole Schietkeerl, ik bün al vel to lang' din Water- un Holtslaav we'n." – „Ik gloov, Wief, du büst verrückt wurrn. Dochter, gah du gau hen un haal din Vadder wat to drinken." Sin Dochter geiht, un ehr geiht dat jüst so. Se harr nie nich dacht, se weer so leevlich, un do geiht se na Huus. „Kumm her mit dat Water", seggt ehr Vadder. – „Du ole eegenmaakte Schohknecht, meenst du ik bün darför dar un we'n din Slaav?"

De stackels Schooster denkt, de beiden sünd dördreiht, un geiht sülven na de Soot. He ward de Deern ehr Speegelbild in'e Soot wies, kickt rup in'e Boom un süht vör sik dat smuckste Fruunsminsch, wat em jichens vör Ogen kamen is. „Du sittst dar man wat wackelig, man din Gesicht is smuck", seggt de Schooster. „Kumm dal, du warrst even mal in min Huus bruukt." De Schooster hett begrepen, dat dat dare Speegelbild sin Lüüd unklook maakt hett. Do nimmt he ehr mit in sin Huus, un he seggt, he hett ja man en armseelige Kaat, man se schall vun allens wat afkriegen, wat dar is.

Na een, twee Daag kamen dar wecke Herrensoehns na de Schooster sin Huus un woe'n Schoh maakt hebben, denn de König sin Soehn is na Huus kamen un schall Hochtied geven. Un do sehn de Jungs ja de

Ries sin Dochter, un so'n smucke Deern hebben se noch nie nich sehn. „Dar hest du aver mal en smucke Dochter", seggen de Jungs to de Schooster. – „Ja, smuck is se", seggt de Schooster, „man min Dochter is se nich." – „Verdorig!", seggt een vun se, „ik wull dusend Daler geven, wenn ik ehr to Fruu kriegen kunn!" Un de beide annern seggen datsülve. De stackels Schooster seggt, he hett nix mit ehr to doon. „Man fraag ehr vunavend man mal", seggen se, „un schick uns morrn Bescheed."

As de Herren weg sünd, fraagt se de Schooster: „Wat hebben se snackt vun mi?" – De Schooster vertellt ehr dat. „Denn gah du se man achterna", seggt se; „ik will een vun se heiraden, un he schall sin Geldbüdel mitbringen." Do kümmt de Jungkeerl wedder, un he gifft de Schooster dusend Daler as Mitgift. Se gahn to Bett, un as se sik dalleggt hett, seggt se to de Jung, he schall ehr doch mal wat to drinken geven vun en Glas, dat steiht an't anner Enne vun'e Kamer. He geiht hen, man denn is't all, he mutt dat Glas mit Water de heele Nacht biholen. „Minsch, Jung", seggt se, „warum wullt du di nich dalleggen?" Man he kann dar eerst vun afkamen, as dat de anner Morrn hell ward. Do kümmt de Schooster an'e Kamerdör, un se seggt, he schall doch de dare doesige Bengel wegbringen. Do geiht de dare Frier weg un na Huus, man he vertellt de anner beiden nich, wodennig em dat gahn hett.

Denn kümmt de tweete Bengel, un em geiht dat nich anners. As se to Bett gahn is, seggt se: „Kiek doch mal na, um de Dör uck toschottet is." Dat Schott hollt sin Hänne fast, un he kann dar de heele Nacht nich vun afkamen, eerst de neegste Morrn, as dat hell ward. Do glitt he sik af mit Schimp un Schann.

Man liekers vertellt he de anner Bengel nich, wo em dat gahn hett, un de drütte Nacht kümmt de denn. Un as dat de beide annern gahn hett, sodennig geiht em dat uck. Een Foot sitt up'e Del fast, un he kann nich rin un nich rut, un sodennig blifft dat de heele Nacht. De neegste Morrn huult he af, un he kickt sik nich eenmal um. „Hier", seggt de Deern to de Schooster, „düsse Büdel mit Geld is din; ik bruuk dat nich. Dat maakt di dat Leven sachs en beten lichter, un mi geiht dat guut, wo du mi so fein upnahmen hest."

De Schooster hett de Schoh ferdig, un jüst de Dag schall de König sin Soehn Hochtied maken. Do geiht de Schooster na't Slott mit de junge Lüüd se's Schoh, un de Deern seggt to em: „Ik wull to geern de König sin Soehn mal seh'n, ehrer he heiraden deit." – „Denn kumm man mit", seggt de Schooster, „ik bün guut bekannt mit de Deensten up't Slott, denn scha'st du noch de König un de heele Sellschopp to seh'n kriegen." Un as de Herrn dat smucke Fruuns-minsch seh'n, wat dar kamen is, bringen se ehr rin na de Hochtiedssaal un schenken ehr en Glas Wien in.

As se dat drinken will, wat dar in is, kümmt dar en Flamm rut ut't Glas, un dar springen en gollne un en sülverne Duuv rut. Se fleegen rum, un do fallen dar dree Gassenkoorns up'e Del. De sülverne Duuv springt to un pickt se up. Do seggt de gollne Duuv: „Wenn du dar an denken dä'st wo ik de Kohstall utmisst heff, eetst du dat sachs nich, ahn mi wat aftogeven." Wedder fallen dree Gassenkoorns dal, un de sülverne Duuv springt to un pickt se up as vörher. „Wenn du dar an denken dä'st, wo ik de Stall deckt heff, eetst du dat sachs nich up, ahn mi wat aftogeven", seggt de gollne Duuv. Nochmal fallen dree Gassenkoorns, un de sülverne Duuv springt to un pickt se up. „Wenn du dar an denken dä'st, wo ik dat Heisternest plünnert heff, eetst du dat sachs nich, ahn mi wat aftogeven", seggt de gollne Duuv; „ik heff dar min lütte Finger bi tosett, un de fehl ik noch."

Do fallt de König sin Soehn allens wedder in, un he weet upmal, wokeen he dar vör sik hett. He springt hen na ehr un gifft ehr Sötens up Hand un Mund. Un as de Preester kümmt, heiraden se dat tweete Mal. Un dar heff ik se denn bi alleen laten.

De Deern, de de Ünnereerdschen se's Mehlkist leddigkregen hett

Dar is mal en junge Deern we'n, de hett ehr Vadder sin Veeh na de Weid dreven. An ehr Weg liggt en Barg, un as se de up Sicht kriggt, kümmt ehr en Flock Ünnereerdschen in'e Mööt mit een vörweg, de is wat grötter as de annern. De dare kriggt ehr faat, un mit de Hülp vun de annern slept he ehr mit na de Barg.

So draa as he ehr in'e Barg binnen hett, verdunnert he ehr to un backen Broot vun all dat Mehl, wat in se's Mehlkist is, ehrer kriggt se keen Lohn un keen Verlööv un gahn na Huus.

De dare Kist is man lütt, un do denkt de stackels Deern, dat duert sachs nich lang' un kriegen 'n leddig. Man dar hett se sik bannig sneden. Denn liekers se foorts bi geiht un Dag för Dag biblifft all, wat se kann, dat is allens vergevs, as dat schient. Wenn se de Kist leddig maken will, is 'n foorts wedder vull. Do ward ehr dat upletzt klaar, ehr Arbeit ward nie nich ferdig, un se kümmt dar nich wedder rut. Dat geiht ehr sodennig an't Mager, dat se luut blarrn ward.

In'e Barg sitt en ole Fruunsminsch, de is uck as junge Deern wegslept wurrn vun'e Ünnereerdschen un is nu al so lang' dar, dat se dar gar nich mehr up hapen deit un kamen dar mal rut. De dare Oolsch süht ja, in wat för'n Laag de Deern is, un do ward se an ehr eegne Elend denken, as se to Anfang datsülve belevt hett, un do kriggt se Mitleed mit ehr un vertellt ehr, wodennig se de Kist leddigkrigen kann. „Ümmer, wenn du upholen deist mit Backen, maakst

144

du Broot vun dat letzte beten Mehl", seggt se. „Man vun nu an deist du dat dare Mehl wedder in'e Kist, un denn warrst du al seh'n, denn is in korte Tied all dat Mehl rut ut'e Kist."

De Deern deit, wat de Oolsch ehr raden hett, un do ward dat Mehl all, so as se dat seggt hett. As de Deern süht, de Kist is leddig, geiht se vull Freud na de Boeverste vun de Ünnereerdschen un seggt, he schall ehr gahn laten, se hett de Arbeit daan, de ehr updragen weer. Man he will ehr dat nich gloven, bet he in de Mehlkist rinkieken deit un süht, de is leddig. Do gifft he de Deern ehr Lohn un Verlööv un gahn af. Un as se rutgeiht, seggt he: „Ik gev di min Segen mit, man de Mund, de di dat lehrt hett, de schall de Düvel halen."

Luten, de Buernsoehn

Dar is mal en düchtige, starke Bengel we'n, Luten hett he heeten, un de is vör nix un nümms bang' we'n. Mal hett sin Vadder wecke Lüüd bi't Torfsteken, un he schickt de Bengel hen na se mit en grote Fatt vull Grütt. Man ünnerwegens lett he de Schöttel dalfallen, un de Grütt fallt in'e Schiet. Do geiht he bi un deit 'n mit de Hänne wedder rin in't Fatt, man nu is 'n natürlich schietig. He kümmt na dat Torfmoor un gifft de Torfstekers de Grütt, man as se sehn, wo schietig 'n is, woe'n se 'n nich hebben. As de Lüüd denn to Avend na Huus gahn, vertellen se sin Vadder ja, wat passeert is. Do ward sin Vadder schellen un em utschimpen, un he seggt, he schall sik man jo afglieden un tosehn, wodenig he klaarkümmt. Veeruntwintig Straten wied schall he gahn, he will em dar nich mehr hebben.

„Wenn't denn sodennig we'n schall", seggt Luten, „denn krieg mi en ieserne Küül, dat ik mi de Hünne vun't Liev holen kann."

„Kriggst du", seggt sin Vadder.

Sin Vadder geiht in sin Smä' un maakt en Küül vun een Liespund[1] Iesen un gifft em de. „Dar hest du en feine Küül", seggt he.

Luten kriggt de Küül faat, schüddelt 'n eenmal, do is 'n dörbraken. „Du musst mi al en ornliche Küül geven, de uck stark nugg is för mi", seggt Luten

Sin Vadder geiht in'e Smä' un maakt en Küül vun twee Liespund Iesen. As he wedderkümmt langt he

---

[1] Liespund = altes Maß, 14 Pfund, also ca. 7 kg.

Luten de Küül hen un seggt: „De dare Küül is ja sachs stark nugg för di."

Luten schüddelt 'n mal, do is 'n twei. „Gah hen", seggt he, „un maak mi en orntliche Küül, de mi de Hünne vun't Liev holt."

Do geiht sin Vadder denn hen un maakt en Küül, 'nem he dree un halv Liespund Iesen indeit. He kümmt na Huus un gifft Luten de Küül. De schüddelt 'n, do is 'n arig verbagen. „Na, ik heff di al nugg triezt", seggt he, „denn mag düsse Küül dat doon." He sett dar sin Knee gegen un büggt 'n wedder liek. Denn seggt he sin Vadder adjüs un schechelt afste' mit de Küül ünner de Arm.

He geiht ümmer vörföötsch wieder, bet he na en König sin Slott kümmt, un dar kümmt he bi un geiht ümmer up un dal. Do schickt de König een rut, de schall fragen, wokeen he is. „De König hett seggt, ik schall di fragen", seggt de Bengel, „um du en Keerl büst, de Gelegenheit söcht un hau'n sik, oder een, de en Deenst söcht."

Luten seggt: „Ik will mi nich hau'n, ik söök en gude Deenst, wenn't angahn kann."

De Bengel geiht rin un vertellt de König, wat Luten to em seggt hett. Do geiht de König rut un fraagt Luten, wat för'n Arbeit he denn to döcht.

Luten seggt: „Ik bün en gude Harder. Veeh wahrt heff ik al ümmer."

„Na, dat passt", seggt de König, „ik heff jüst en Harder nödig. Ik heff noch nie nich en gude Harder faatkriegen kunnt. Un min Veeh kümmt ümmer weg, un ik kann nie nich klook kriegen, wonem dat afblieven deit un wat dar ut ward. Wenn du bi mi in Deenst gahn wullt, will ik dat woll mit di versöken."

Luten seggt, „Ik will woll bi Ju anhüern, för en Jahr oder uck för en halve."

„Wovel Lohn wullt du hebben för en halve Jahr?", fraagt de König.

„Hunnert Daler", seggt Luten, „en halve Tunn[1] Grütt in'e Wuch un so vel Melk, as ik för min Grütt bruuk. Ik et man twee Maltieden up'e Dag, Fröhstück un Avendkost. Un denn mutt ik en Huus hebben, 'nem ik in wahnen kann, en Ketel, de groot nugg is, un en Bett."

Do seggt de König: „De dare Lohn dücht mi doch bannig hooch, un de halve Tunn Grütt is uck to vel."

„Is guut", seggt Luten, „wenn I mi dat nich geven woe'n, deit dat sachs anners een."

Do meent de König, he will dat doch mit em en halve Jahr to sin Bedingen versöken, un seggt: „Wi woe'n dat mal en halve Jahr mit di to de dare Bedingen versöken, wenn du so'n gude Harder büst, as du seggst."

Do geiht Luten bi de König in Deenst, dat Huus ward t'rechtmaakt, un he kriggt dat Bett un de Grütt. Un dat Veeh ward em oevergeven to wahren. He maakt Füer un kaakt sin Grütt, dat is ja al Avend. As he sin Avendkost wegsett hett, geiht he to Bett. De neegste Dag steiht he fröh up, kaakt sin Grütt un itt 'n up. Denn treckt he afste' mit dat Veeh, sin Küül ünner de Arm. He hett en Fleut, dar

---

[1] Altes Hohlmaß; 1 Tonne = im Schnitt ca. 110 kg.

fleutet he up na de Deerten, un drifft se en Anbarg rup. Dar baven is en Schrupp[1], dar geiht he rin un will sik wecke Roden snieden. He is noch nich lang' in'e Schrupp, do süht he en ganz, ganz grote Ries ankamen, Un de Ries seggt: „Wat maakst du dar, du lütte Keerl?

„O, beste Herr", seggt Luten, „jaag mi doch nich so'n Schreck in; ik warr so licht bang'. Ik will mi bloots wecke Roden snieden, dat ik en Lämmerhock för de arme Fruu maak, de min Mudder is. Wenn du vun dat Veeh wat hebben wullt, denn nimm di man wat."

De grote Ries geiht bi un snappt sik de swaarste un fettste Koh, binnt 'n de veer Beens tohopen un seggt: „Kumm her un help mi mal de Koh up'e Nack."

„O, ik bün bang' un gahn so neeg ran an di", seggt Luten

„Och, ik do di nix", seggt de Ries.

Do geiht he roever na de Ries un seggt: „Stek 'n man din Kopp mang de Beens, un denn gah ik achter di un help 'n di up."

As de Ries denn sin Kopp mang de Koh ehr Beens stickt, geiht Luten achter em, kriggt sin Küül faat un haut em dal. Denn maakt he de Koh los, snitt de Ries de Kopp af un hängt 'n an'e Telgen vun en Boom. Un oever de Rump deckt he en Deel vun en ole Sodenwall. De dare Dag kümmt em nix mehr verdwass. To Avend geiht he na Huus un hett dat Veeh mit, un nich een Deert is wat passeert. As he wedder to Huus is, kümmt de König an un seggt:

---

[1] Schrupp = Kratt

„Na, du hest dat Veeh heel wedder na Huus bröcht, wa'?"

„Heff ik", seggt Luten, „wat schull ik woll nich?" He vertellt de König nich, wat he sehn hett un wat em bemött is. He bringt dat Veeh in'e Stall, fuddert dat un sett sin Grütt to Füer. As he sin Avendkost up hett, geiht he to Bett.

As he de neegste Morrn hoochkümmt, kaakt he sin Grütt un itt 'n up. Denn lett he dat Veeh rut un drifft dat de Anbarg tohööcht na de Schrupp, un he sülven geiht rin in'e Schrupp un geiht bi un snieden Roden. He is noch nich lang' dar, do kümmt dar en grote Ries, noch grötter as de Ries de Dag vörher. „Wat maakst du hier, du lütte Keerl?", fraagt de Ries.

„Ik snie' mi wecke Roden för un maken en Lämmerhock för de arme Fruu, de min Mudder is", seggt Luten. „Du musst mi nich so'n Schreck injagen. Ik warr so licht bang'."

„Hest du hier güstern en Keerl sehn?", fraagt de Ries.

„Nee", seggt Luten, „ik bün güstern gar nich hier we'n. Wenn du en Koh hebben wullt, denn nimm di man de gröttste un beste, de du finnen kannst."

De Ries geiht na de beste Koh, haut 'n dal un binnt 'n de veer Beens tohopen. Denn seggt he to Luten: „Kumm her un help mi de Koh mal up'e Nack."

„Och nee", seggt Luten, „ik bün bang' vör di."

„Ik do di nix", seggt de Ries.

Do geiht Luten hen un seggt: „Stek 'n man din Kopp mang de Beens, denn gah ik achter di un help 'n di up'e Nack." Denn kriggt he sin grote Küül faat un haut de Ries dal. He snitt em de Kopp af un hängt 'n an'e Boom, 'nem al de Kopp vun de anner Ries hängt. Denn smitt he en Deel vun de ole Sodenwall oever em, dat he nich mehr to seh'n is. To Avend geiht he mit dat Veeh na Huus, un do kümmt em de König in'e Mööt un fraagt: „Hest du mi vundaag wat Nües to vertellen?"

„Nee", seggt Luten, „wonem schull ik woll wat Nües vun to weeten kriegen? Vun dat Veeh dar, de Heid, dat Holt un dat Moor vellicht?"

„Na", seggt de König, „dat is uck all en gude Naricht för mi, dat du mit dat Veeh heel na Huus kamen büst. Du büst en gude Harder, de uck Glück hett. Ik heff noch nie nich en Harder hatt, de dat Veeh heel na Huus bröcht hett bet up di."

Denn bringt Luten dat Veeh in'e Stall un fuddert dat. He kaakt sin Grütt, itt sin Avendkost un geiht to Bett. As he de neegste Morrn upsteiht, kaakt he wedder sin Grütt, fröhstückt un treckt afste' mit dat Veeh, un darbi fleutet he na se up sin Fleut. He drifft se na de Schrupp un de Anbarg tohööcht, un he geiht rin in'e Schrupp un geiht bi un snieden wecke Roden. He is noch nich lang' dar, do kümmt dar en grote Ries, noch grötter as de anner beiden. De Ries seggt to Luten: „Wat maakst du dar, du lütte Keerl?"

„Ik snie' mi wecke Roden för un maken en Lämmerhock för de arme Fruu, de min Mudder is", seggt Luten. „Wenn du wat vun dat Veeh hebben wullt, nimm di man mit so vel, as du kannst."

„Ik will tominnst en gude een nehmen", seggt de Ries. He geiht na de Koh ran, haut 'n dal un binnt 'n de veer Beens tohopen. Denn seggt he to Luten: „Kumm her, lütte Keerl, un help mi de Koh up'e Nack."

„Stek 'n man din Kopp mang de Beens, denn gah ik achter di un help 'n di up'e Nack", seggt Luten.

Denn kriggt he sin Küül faat un haut em dal. He snitt em de Kopp af un hängt 'n an'e Boom bi de anner Köppe un smitt wat vun de Wall oever em, dat he nich mehr to seh'n is. De dare Dag kümmt dar nix mehr, wat em en Schreck injagen oder bang' maken kunn. As dat Avend ward, geiht he mit dat Veeh na Huus, bringt dat in'e Stall un fuddert dat. De König kümmt hen na em un fraagt: „Hest du vundaag wat Nües för mi?"

„Nee", seggt Luten, „wonem schull ik woll wat Nües vun to weeten kriegen? Vun dat Veeh dar, de Heid, dat Holt un dat Moor vellicht?"

„Dat is uck al en gude Naricht för mi", seggt de König, „dat du mit dat Veeh heel na Huus kamen büst. Du büst en gude Harder, de uck Glück hett." Denn kaakt Luten sin Grütt un geiht to Bett.

As he de neegste Morrn upsteiht kaakt he sin Grütt, fröhstückt, lett dat Veeh rut un treckt dar afste' mit. He drifft se na de Schrupp un de Anbarg rup, geiht rin in'e Schrupp un geiht bi un snieden Roden. He is noch nich lang' dar, do kümmt dar en grote, klotzige, graue Oolsch an un seggt to em: „Na, büst du dar, du Hallunk, lütte Keerl? Du hest min dree Jungs um'e Eck bröcht, un ik warr darför sorgen, dat du keenen vertellen kannst, wat passeert is."

Se geiht roever na em un kriggt em faat, un do leggt he sin beide weeke, witte Hänne up de Oolsch ehr beide harde, swatte Flanken. Un de Oolsch leggt ehr beide harde, swatte Hänne up sin beide weeke, witte Flanken. Un 'nem de Grund week is, maken se 'n noch weeker, un 'nem dar Steens sünd, maken se'n noch harder, un 'nem anners Waterpütten sünd, kamen nu Blootpütten. Dar, 'nem dat an weeksten is, sacken se in bet an'e Ogen, un 'nem dat an har-desten is, bet an'e Kneen, un dartwischen bet an't dicke Enne vun se's Beens. Mitünner denkt Luten, mit em geiht dat to Enne, man denn nimmt he all sin Knoev tohopen un böhrt de Oolsch tohööcht, brickt ehr ünnen de Beens un baven de Arms un leggt ehr platt up'e Rügg.

„Ik bün di oever, Oolsch", seggt Luten. „Wat kannst du mi anbeden för un kopen di fri?"

„O, dat is en ganze Barg un nich wenig – en Kist vull Gold un en Kist vull Sülver ünner de Süll vun de dare Höhl", seggt se.

„Dat is min", seggt he. „Hest du anners noch wat?"

„Nee, heff ik nich", seggt se.

„Wenn du anners nix hest", seggt he, „denn woe'n wi di nich länger lieden laten." Un darmit snitt he ehr de Kopp af un hängt 'n an'e Boom, 'nem de anner Köppe al sünd, un he schüffelt wat vun'e Wall oever ehr Rump. As dat Avend ward, geiht he na Huus mit dat Veeh, bringt dat in'e Stall un fuddert dat. De König kümmt hen na em un seggt: „Na, büst du dar?"

„Bün ik", seggt Luten.

„Hest du vundaag wat Nües för mi?", fraagt de Kö-nig.

„Nee", seggt Luten, „wonem schull ik woll wat Nües vun to weeten kriegen? Vun dat Veeh dar, de Heid, dat Holt un dat Moor vellicht?"

Avends maakt he sin Grütt torecht, itt sin Avendkost un geiht to Bett. As he de neegste Morrn hoochkümmt, kaakt he wedder sin Grütt, fröhstückt, lett dat Veeh rut un drifft dar afste' mit. He drifft dat na de Schrupp un de Anbarg rup, un geiht in'e Schrupp rin so as ümmer. De dare Dag kümmt em nix verdwass. To Avend geiht he mit dat Veeh na Huus, bringt et in'e Stall un fuddert et. He kaakt sin Grütt, itt to Avend un geiht to Bett. Dar kümmt keen König un keen Ridder hen na em, un dat wunnert em bannig.

He fraagt de neegste Morrn na, wat dat darmit up sik hett, dat de König de Avend vörher gar nich henkamen is na em. Do kriggt he to hör'n, de Stadt is bannig trurig un vull Kummer wegen de König sin Dochter. Dar is en grote Ries kamen un hett ehr hebben wullt, un he hett drauht, wenn he ehr nich kriggt, denn maakt he all de Lüüd in'e Stadt doot. De scheelöögte, vossige Kock hett sik dat oevernahmen un bringen de Ries um'e Eck, un he maakt sik up'e Weg mit de König sin Dochter, dat he ehr an'e Ries aflevert. De wahnt dar up en Eiland dicht bi de Stä', 'nem de Kock hengeiht mit ehr. Wenn de Kock de Ries dootmaakt, schall he de König sin Dochter to Fruu hebben; wenn he dat nich deit, denn kriggt en anner een ehr, de dat deit.

As se bi de Stä' ankamen, 'nem de Ries se bemöten will, verkrüppt de scheelöögte, vossige Kock sik achter en Steen un deckt sik to mit allerhand Seedang.

154

Luten geiht hen un lett dat Veeh rut un drifft se na desülve Stä' as de anner Daag. As he süht, dar kümmt em nix verdwass, maakt he sik up'e Padd, he will mal kieken, wodennig dat geiht mit de König sin Dochter. As he ankümmt, sitt se dar un blarrt, un de scheelöögte, vossige Kock hett sik achter en Steen verkrapen.

„O", seggt de König sin Dochter, „wat wullt du denn hier? Dat langt doch, wenn de Ries *mi* kriggt, he mutt di doch nich uck noch dootmaken."

„Wat dat angeiht", seggt Luten, „dar kann he nich mehr doon as he kann. Gah du man mal bi un lusen mi. Un wenn ik inslaap, denn weck mi."

Se fraagt: „Wodennig krieg ik di denn waak?"

„Snie' de Spitz vun min rechte lütte Finger af un stek 'n in'e Tasch", seggt he.

He slöppt mit'e Kopp up'e Kneen. As se de Ries an-kamen süht, kriggt se en lütte Mess ut'e Tasch un snitt de Spitz vun sin lütte Finger af. Luten kümmt in'e Beens un geiht dal na de Steens an'e Strand, de Ries in'e Mööt. He kriggt sin Küül faat un neiht em sin dree Köppe dal. He nimmt de Köppe mit un smitt se na de scheelöögte, vossige Kock. Denn glitt he sik af na sin Veeh; un de Kock geiht na Huus mit de Kö-nig sin Dochter un de Ries sin dree Köppe. Do schall he denn ja de König sin Dochter kriegen. De Dag ward fastleggt för de Hochtied, un Inladens warrn an en Barg Lüüd schickt. Man stackels Luten kriggt keen Inladen.

An'e Hochtiedsdag, as se all tohopen sünd, fraagt de König sin Dochter: „Sünd all Lüüd inladen wurrn?"

Dat meent he woll, seggt de König. Do seggt se: „Man ik kann de Harder nich seh'n."

„O, de Harder dörv nich fehlen", seggt de König. „Laat em gau halen."

Se gifft em en feine nüe Antog un kriggt em fein antrocken, dat he gar nich mehr as Harder to kennen is. Denn seggt de König sin Dochter to de König: „Düt is de Mann, de mi vör de Ries rett't hett, un nich de scheelöögte, vossige Kock."

„Dat musst du mi eerstmal bewiesen", seggt de König.

Do langt se in ehr Tasch un haalt de Spitz vun de lütte Finger rut un seggt to Luten: „Lang mal din rechte Hand her."

Do süht de König, se seggt de Wahrheit. Denn warrn Luten, de Buernsoehn, un de König sin Dochter verheiraad't. Se hebben en fröhliche, lustige, wunnerbare Hochtied; un wenn de letzte Dag darvun nich de beste is, denn is 'n uck lang' nich de ringste. Un se maken en grote Füer vun Eekenholt un smieten dar de scheelöögte, vossige Kock rin. Denn geiht Luten mit sin Fruu un de König hen un wiest se de Köppe vun de Riesen un de Oolsch. Darna gahn se hen un halen dat Gold un dat Sülver, wat in'e Höhl is. Luten sin Soehn is naher König wurrn.

De Hevenskönig sin Dochter

Dar is mal en Buer we'n, de hett en ganze Reeg Döchter hatt un en Barg Veeh un Schaap. Mal geiht he los, he will mal na se kieken, un do is dar nich een vun se to finnen; un do söcht he de heele lange Dag. As he denn hen to Avend na Huus geiht, ward he en lütte Hund wies, de löppt dar oever en Koppel.

Do kümmt de Hund hen na em. „Wat giffst du mi", seggt 'n, „wenn ik di all din Veeh un Schaap her-krieg?" – „Ja, dat weet ik sülven nich, du grimmige Deert. Wat wullt du denn hebben, wenn ik dat heff, denn scha'st du dat hebben." – „Wullt du mi din grote Deern to Fruu geven?" – „De gev ik di", seggt he, „wenn se di sülven uck hebben will."

Se gahn na Huus, he un de Hund. De Vadder fraagt de öllste Dochter, um se em nehmen will, un se seggt, dat will se nich. Do fraagt he de tweete, um se em nehmen will, un se seggt, se will em nich hei-raden, un wenn dat Veeh uck nie nich wedder ran-kümmt. Denn fraagt he de jüngste Dochter, um se em heiraden will, un se seggt, se will 't doon. Do heiraden se denn, un ehr Süstern lachen ehr wat ut, dat se em nahmen hett.

He nimmt ehr mit na sik to Huus, un as he na sin eegne Stä' kümmt, ward he upmal to en staatsche Mannsminsch. Se hebben al en ganze Tied fein to-hopen levt, do seggt se mal, se mutt man mal hen un besöken ehr Vadder. Is guut, seggt he, man se schall uppassen, dat se nich dar blifft, bet se ehr Kind kriggt, denn se schall wat Lüttes hebben. Ja, seggt se, so lang' will se uck nich blieven. Do gifft he ehr en Perd, un he seggt, wenn se dar is, schall se de Toet bloots de Toom afnehmen un 'n lopen laten. Un wenn se denn wedder na Huus will, mutt se bloots de Toom schüddeln, un denn kümmt de Toet an un lett sik de Toom anleggen.

Sodennig ward dat denn maakt. Man se is noch nich lang' bi ehr Vadder, do ward se süük, un do kriggt se ehr Kind. De dare Avend sitten de Mannslüüd tohopen an't Füer. Do kümmt dar mitmal en feine Musik, sowat hebben se noch nie nich hört, un do slapen se all in, bloots se nich. Un denn kümmt he rin un nimmt ehr dat Kind weg. He geiht wedder rut un is weg. Do hollt de Musik up, un all warrn se wedder waak. Un keeneen weet, wonem dat Kind afbleven is.

Se seggt nix na, man so draa as se upsteiht, nimmt se de Toom mit un schüddelt 'n, un do kümmt de Toet an un lett sik de anleggen. Do ritt se afste', un dat Perd löppt na Huus to. Un de gaue Märzwind vör ehr, de haalt se in, un de gaue Märzwind de achter ehr rankümmt, de kann ehr nich faatkrigen.

Se kümmt an, un he seggt: „Na, dar büst du." – „Bün ik", seggt se. He seggt ehr nix, un se seggt em uck nix. Na en Dreeviddeljahr seggt se wedder: „Ik mutt man mal min Vadder besöken." Do seggt he to ehr wedder datsülve as dat eerste Mal. Se nimmt wedder de Toet un glitt sik af; un as se dar is, nimmt se 'n de Toom af un schickt 'n na Huus. Noch desülvige Avend kriggt se ehr Kind. Do kümmt he wedder as vörher mit Musik; all slapen se, un he nimmt dat Kind mit. As de Musik uphollt, warrn se all wedder waak. Do kümmt ehr Vadder hen na ehr un seggt, se schall em verklaren, wat dat mit de dare Kraam up sik hett. Man se will nix naseggen.

As se wedder up'e Damm is un upstahn kann, nimmt se de Toom un schüddelt 'n, un de Toet kümmt un lett sik de Toom anleggen. Denn glitt se sik af na Huus. As se ankümmt, seggt he: „Na, dar büst du." – „Bün ik", seggt se. He seggt ehr nix, un se seggt em uck nix. Na en Dreeviddeljahr seggt se wedder: „Ik mutt man mal min Vadder besöken." – „Dat do man", seggt he, „man pass up, dat du dat nich wedder so maakst as de beide eerste Malen." – „Nee, do ik nich", seggt se. Do gifft he ehr de Toet, un se glitt sik af. Se kümmt an bi ehr Vadder, un noch desülvige Avend kriggt se en Kind. De Musik kümmt so as ümmer, un dat Kind ward weghaalt. Denn kümmt ehr Vadder hen na ehr; he will ehr um'e Eck bringen, wenn se nich seggt, wat mit de Kinner passeert, oder wat se för'n Mann hett. Do ward se so bang', dat se em dat vertellt.

As se wedder up'e Damm is, nimmt se de Toom un geiht up en Barg gegenoever. Se kümmt bi un schüddelt de Toom un will seh'n, um de Toet kümmt un sik de anleggen lett. Man se kann schüddeln so vel un so lang', as se will, de Toet kümmt nich. As se süht, de kümmt nich, maakt se sik to Foot up'e Padd. As se ankümmt, is keeneen dar, bloots de Oolsch, de sin Mudder is. „Din Mann is weg", seggt de Oolsch; „man wenn du di düchtig streven deist, kannst du em noch inhalen."

Se maakt sik up'e Padd, un se geiht vörföötsch wieder, bet dat Nacht ward. Do ward se en ganze Enne weg en Licht wies. Un so wied dat uck weg is, dat duert doch nich lang', bet se dar is. As se rinkümmt, is de Del fein rein fegt, un de Fruu in't Huus sitt an't Enne un is bi un spinnen. „Kumm man rin", seggt de Fruu, „ik weet, wat mit di los is un wonem du up dal wullt. Du wullt versöken un kriegen din Mann faat. He is bi un will de Hevenskönig sin Dochter heiraden." – „Will he dat?", seggt se. De Fruu steiht up un maakt ehr wat to eten, se maakt ehr Water torecht för un waschen ehr Fööt un se gifft ehr Bettplatz.

De Dag kümmt gau, man noch gauer steiht de Fruu vun't Huus up un maakt Fröhstück för ehr. Denn schickt se ehr wedder afste', un se gifft ehr en Scheer mit, de klippt vun alleen. Un se seggt to ehr: „Vunavend büst du in min middelste Süster ehr Huus." Un denn geiht se vörföötsch wieder, bet dat Nacht ward. Do ward se en ganze Enne weg en Licht wies. Un so wied dat uck weg is, dat duert doch nich lang', un se is dar. As se rinkümmt, is de Del fein rein fegt, un de Fruu in't Huus sitt an't Enne vun'e Füerstä' un is bi un spinnen. „Kumm man rin", seggt de Fruu, „ik weet, wat mit di los is un wonem du up dal wullt." Un se maakt ehr wat to eten, sett Water up, wascht ehr de Fööt un gifft ehr Bettplatz.

Knapp ward dat Dag, do kriggt de Fruu ehr wedder in'e Beens un maakt ehr Fröhstück. Denn seggt se, se schall sik man leever up'e Padd maken, un se gifft ehr en Nadel mit, de neiht vun alleen. „Vunavend büst du in min jüngste Süster ehr Huus." Do geiht se ümmer vörföötsch wieder, bet de Dag to Enne is un dat Nacht ward. Do ward se en ganze Enne weg en Licht wies. Un so wied dat uck weg is, dat duert doch nich lang', un se is dar. As se rinkümmt, is de Del fein rein fegt, un de Fruu in't Huus sitt an't Enne vun'e Füerstä' un is bi un spinnen. „Kumm man rin", seggt de Fruu, „ik weet, wat mit di los is un wonem du up dal wullt." Un se maakt ehr wat to eten, sett Water up, wascht ehr de Fööt un gifft ehr Bettplatz.

So gau de Dag uck kümmt, noch gauer kümmt de Fruu vun't Huus wedder hooch, kriggt ehr in'e Beens un maakt ehr Fröhstück. Denn gifft se ehr en Gaarnkluun, un dat Gaarn geiht vun alleen in'e Nadel, un so as de Scheer klippt un de Nadel neiht, hollt de Faden mit se Schritt. „Vunavend büst du in'e Stadt", seggt de Fruu to ehr. Un würklich kümmt se hen to Avend na de Stadt, un do geiht se in de König sin Höhnerfruu ehr Huus. Dar will se sik en beten utruh'n vun'e Weg un an't Füer upwarmen.

Se seggt to de Oolsch, se schall ehr man wat Arbeit geven, se will leever wat doon as bloots so rumsitten. „Keeneen arbeit't vundaag in düsse Stadt", seggt de Höhnerfruu; „de König sin Dochter hett Hochtied." – „Och wat!", seggt se to de Oolsch, „giff mi man wat Tüüg to neih'n oder en Hemd, dat ik wat um'e Hand heff." Do seggt se, se schall man wecke Hemden maken. Se kriggt ehr Scheer ut'e Tasch un sett 'n an'e Arbeit. So as de Scheer klippt, neiht de Nadel, un de Faden geiht vun alleen in'e Nadel.

Do kümmt dar een vun de König sin Deenstdeerns rin. Se kickt ehr to, un se wunnert sik bannig, wo se de Scheer un de Nadel darto bringt un arbeiden vun alleen. Se geiht na Huus un vertellt de König sin Dochter, dar is een in de Höhnerfruu ehr Huus, de hett en Scheer un en Nadel, de arbeiden vun alleen. „Wenn dat so is", seggt de König sin Dochter, „denn gah du morrn fröh roever un fraag ehr, wat se för de dare Scheer hebben will.

De neegste Morrn geiht se roever un seggt to ehr, de König sin Dochter lett fragen, wat se för de Scheer hebben will. „Dar will ik nix för hebben", seggt se, „bloots Verlööv un liggen dar, 'nem *se* letzte Nacht legen hett." – „Denn gah du man roever", seggt de König sin Dochter, „un segg, dat kann se kriegen." Do gifft se de König sin Dochter de Scheer. As se to Bett gahn, gifft de König sin Dochter em en Slaapdrunk, dat he jo nich waak ward. Un he ward uck de heele Nacht nich waak. Un knapp ward dat Dag, do kümmt de König sin Dochter hen na ehr un jaagt ehr hooch un smitt ehr rut.

De anner Morrn arbeit't se mit de Nadel un klippt mit en anner Scheer. De König sin Dochter schickt de Deenstdeern roever, un se fraagt, wat se för de dare Nadel hebben will. Se seggt, se will dar nix för hebben, bloots Verlööv un liggen dar, 'nem se letzte Nacht legen hett. „Dat kann se kriegen", seggt de König sin Dochter. Dat vertellt de Deenstdeern ehr, un se kriggt de Nadel. As se to Bett gahn, gifft de König sin Dochter em wedder en Slaapdrunk, un he ward de heele Nacht nich waak. Man sin öllste Soehn, de liggt in't Bett blangenbi, un de hört, wo se de heele Nacht mit em snackt un seggt, se is de Mudder to sin dree Kinner. Un as he mit sin Vadder spazeer'n geiht, vertellt he sin Vadder, wat he hört hett.

De dare Dag schickt de König sin Dochter de Deenstdeern roever un lett fragen, wat se för de Gaarnkluun hebben will. Un se seggt, se will bloots Verlööv hebben un liggen dar, 'nem se de letzte Nacht legen hett. „Dat kann se kriegen", seggt de König sin Dochter. To Nacht, as he de Slaapdrunk kriggt, kippt he 'n ut un drinkt 'n nich. In'e Nacht seggt se to em, he is de Vadder to ehr dree Soehns, un he seggt, dat stimmt. De neegste Morrn, as de König sin Dochter dal kümmt, seggt he, se schall man wedder rup gahn, sin Fruu is de, de dar bi em liggt. Un as se

162

denn upstahn sünd, glieden se sik af na Huus. Un as se na Huus kamen, do fallt de Töver vun em af. Un do hebben se glücklich tohopen levt, un ik bün vun se weg gahn, un se vun mi.

De König, de sin Dochter heiraden wull

Dar is mal en König we'n, de is verheiraad't we'n un hett een Dochter hatt. Un as sin Fruu dootbleven is, hett he keen anner wedder to Fruu nehmen wullt as een, de sin Fruu ehr Tüüg passt. Mal probeert sin Dochter ehr Mudder ehr Kleed an, un denn kümmt se un lett ehr Vadder kieken, wodennig ehr dat passen deit. Dat passt ehr as anmeten. As ehr Vadder ehr sodennig süht, will he keen anner Fruu heiraden as ehr.

Do ward se weenen un löppt hen na ehr Plegmudder, un de fraagt ehr, wat denn los is. Ja, seggt se, ehr Vadder besteiht dar up, he will ehr heiraden. Do seggt de Plegmudder: „Segg man to em, du heiraadst em nich, ehrer he di en Kleed beschafft hett vun Swanendunen."

Do reist he af, un na Jahr un Dag kümmt he wedder un hett dat Kleed mit. Do geiht se wedder hen un fraagt ehr Plegmudder um Raat. „Segg em man", seggt de Plegmudder, „du heiraadst em nich, ehrer he di en Kleed beschafft hett vun Moorduun[1]". Se seggt dat ja to em. Do reist he wedder af, un na Jahr un Dag kümmt he wedder un hett en Kleed vun Moorduun mit.

„Nu segg em man", seggt ehr Plegmudder, „du hei-raadst em nich, ehrer he di en Kleed beschafft hett vun Sied, dat alleen stahn kann vör idel Gold un Sülver." Na Jahr un Dag kümmt he an mit dat Kleed. „Nu segg em", seggt ehr Plegmudder, „du hei-raadst em nich, ehrer he di en gollne Schoh bringt un en sülverne." He beschafft ehr en golle Schoh un

---

[1] Moorduun = Wollgras (Eriophorum vaginatum)

en sülverne. „Nu segg em man", meent ehr Plegmud-der, „du heiraadst em bloots, wenn he di en Kist bringt, de sik vun binnen un vun buten tosluten lett un för de dat eendoont is, um 'n up See oder up Land is." As se de Kist hett, packt se dar dat Beste vun ehr Mudder ehr Tüüg un ehr eegne rin. Denn sett se sik sülven rin un seggt to ehr Vadder, he schall 'n doch mal up'e See setten, dat se seh'n kann, um 'n uck swümmen deit. Do sett ehr Vadder 'n up't Water, un do drifft 'n af un drifft, bet 'n ut Sicht is.

De Kist drifft güntsiet an't Över an. Do kümmt dar en Schäperjung lang, un de will 'n upbreken, he denkt, vellicht finnt he dar ja wat in, wat sik lohnen deit. As he 'n upbreken will, röppt se: „Laat dat na! Haal din Vadder her, segg em, he kriggt wat, 'nem he sin Leven lang guut vun hett." Do kümmt sin Vadder denn, un he nimmt ehr mit na sik na Huus. He is Schäper bi en König, un de König sin Huus is dicht bi.

„Wenn ik durv", seggt se, „denn wull ik geern in Deenst gahn in dat grote Huus dar günt." – „Dar bruken se keen", seggt de Schäper, „bloots vellicht en Koekendeern." Do geiht he hen un snackt för ehr, un do ward se annahmen as Koekendeern ünner de Kock.

Sünndag gahn se all to Kirch; un as se ehr fragen, um se dar uck hen will, seggt se nee. Se mutt noch wat Broot backen, seggt se, darum hett se keen Tied un gahn hen. As se denn all weg sünd, geiht se na de Schäper sin Huus un treckt dat Kleed an vun Swa-nendunen. Denn geiht se to Kirch un sett sik dal liek oever vun de König sin Soehn. Do ward de König sin Soehn ehr wies un mag ehr bannig geern lieden.

En beten ehr dat de Kirch ut is, steiht se up un geiht. Se geiht na de Schäper sin Huus, treckt sik um un is in't Huus, ehrer de annern kamen. Un as de annern na Huus kamen, snacken se vun nix anners as vun de dare vörnehme Fruu, de mit se in'e Kirch we'n is.

De neegste Sünndag fragen se ehr, um se mit to Kirch geiht. Nee, seggt se, se hett keen Tied, se mutt noch wat Broot backen. As se denn all weg sünd, geiht se na de Schäper sin Huus, treckt dat Kleed an vun Moorduun, un denn geiht se to Kirch. De König sin Soehn sitt dar, 'nem he de Sünndag vörher seten hett, un se sett sik dal liek oever vun em. Man se geiht wedder vör de annern, un se treckt sik um un is wedder vör se in't Huus. As de annern na Huus kamen, snacken se vun nix anners as vun de dare staatsche Fruu, de dar mit se in'e Kirch we'n is.

De drütte Sünndag fragen se ehr wedder, um se mit to Kirch geiht. Un se seggt wedder, dar hett se keen Tied to, se mutt noch wat Broot backen. As se denn all weg sünd, geiht se na de Schäper sin Huus. Se treckt dat Kleed an, wat alleen stahn kann vun Gold un Sülver, un de gollne Schoh un de sülverne Schoh, un denn geiht se to Kirch. De König sin Soehn sitt wedder dar, 'nem he de Sünndag vörher seten hett, un se sett sik uck wedder up ehr ole Platz. Man düsse Sünndag hebben se Uppassers an'e Dören stellt. Se steiht up, süht en Splet un jumpt rut dör de Splet. Man se kriegen een vun ehr Schoh faat.

Do seggt de König sin Soehn, de de dare Schoh passen deit, de will he heiraden.

En Barg Fruunslüüd probeern de Schoh an, wecken snieden sik Tehns un Hacken af, dat de Schoh se

166

passen schall. Man dar is keeneen, de ehr Foot dar rinmarst kriggt. Baven up en Boom sitt en lütte Vagel, de seggt ümmerto, wenn een de Schoh an-probeert: „Piep, piep, de hört nich di, de hört de lütte Koekendeern." As he keeneen finnt, de de Schoh passen will, leggt de König sin Soehn sik dal, un sin Mudder geiht na de Koek för un besnacken de Kraam.

„Dörv ik de Schoh nich mal sehn?", seggt de Koeken-deern; „dat kann ja doch keen Schaden doon." – „Du?", seggt de Oolsch. „Di grimmige, schietige Aas schull de passen?" Un se geiht hen na ehr Soehn un vertellt em dat. „Een kann dat ja nich weeten", seggt he, „vellicht passt 'n ehr ja doch. Giff ehr de doch man." Un as de Schoh up'e Koekendel kümmt, jumpt 'n ehr vun alleen an'e Foot. „Wat krieg ik", seggt se, „wenn ik ju uck de anner Schoh wiesen do?"

Do geiht se hen na de Schäper sin Huus, un se treckt de beide Schoh an un dat Kleed, wat vun alleen stahn kann vun Gold un Sülver. Un as se denn wed-derkümmt, moeten se bloots noch na de Preester schicken, un se un de König sin Soehn warrn Mann un Fruu.

Hannes mit de swatte Haar

Hannes mit de swatte Haar is en Fischer sin Soehn we'n. As he noch lütt weer, is sin Vadder versapen, un do hett sin Unkel em uptrocken. Do hett he denn up se's Insel nich wied af vun'e Haven wahnt, un dar hett he denn fischt un hett de Schep tokeken, wenn se in- un utlapen sünd. Un sodennig hett em dat na See trocken, un upletzt hett he nix anners warrn wullt as Seemann.

Een Avend süht he en feine Schipp ünner vulle Seils in'e Haven inlopen, un em dücht, so wat Smuckes hett he noch nie nich to seh'n kregen. He hoppt in sin eegne lütte Fischerboot, un noch ehrer de Anker vun dat Schipp an'e Gund is, is he al an Boord. He töövt, bet de Seils fastmaakt sünd, un denn klarrt he up een vun de Masten, un denn löppt he in un ut up'e Raa'n un klarrt an't Tauwark tohööcht, as he dat bi de Seelüüd sehn hett. De Kaptein ward dat wies, wodennig he dar tokehr geiht, un so draa as he wedder vun'e Mast dalklarrt is, fraagt he em, um he geern will Seemann warrn. Hannes mit de swatte Haar seggt, dat gifft nix, wat he leever wull.

„Denn gah man na Huus", seggt de Kaptein, „un fraag din Vadder um Verlööv, un morrn kamen I denn tosamen her. Un wenn wi uns eenig warrn, nehm ik di mit, dat du de Seefahrt lehren deist." Hannes mit de swatte Haar seggt, sin Vadder levt nich mehr, man he will sin Unkel um Verlööv fragen un gahn mit. Dar is de Kaptein mit inverstahn, un Hannes süht to un kamen na Huus.

De neegste Morrn kümmt he wedder un rönnt un hoppt, un knapp is he an Boord, do seggt he vull Freud, he hett vulle Verlööv vun sin Unkel, he dörv mit dat Schipp mit. „Un hett he nix seggt to di vun wegen anhüern?", fraagt de Kaptein. „O doch", seggt Hannes, „ik schall mi för fiev Jahr an't Schipp binnen, dat ik de Seefahrt richtig lehren do." – „Un wat hett he seggt vun wegen de Hüer?" – „He hett seggt, ik schall een Penn verlangen na de eerste Maand, twee Penn na de tweete Maand, un sodennig ümmer dat Dubbelte na elkeen Maand bet an't Enne vun de fiev Jahr."

Do ward de Kaptein luud lachen oever Hannes sin Hüer, un ahn dat de dar oever nadenkt, wat he eegentlich maakt, seggt he: „Dat scha'st du hebben, min lütte Held", un denn ward Hannes per Verdrag an dat Schipp bunnen.

De neegste Dag seilt dat Schipp denn rut ut'e Haven un geiht up en lange Reis na en Land wied weg. Dat kümmt na de Haven, 'nem et hen schall un blifft denn för lange Tied in'e Frömm. Man na veer Jahr kümmt dat wedder na't Heimatland, un to Anfang vun't föfte Jahr vun Swatte Hannes sin Verdrag liggt dat wedder in'e Heimathaven.

Do kamen de Lüüd, de dat Schipp tohören deit, an Boord. Se begröten de Kaptein, un denn kieken se dat Schipp dör.

Swatte Hannes is en fixe Keerl wurrn un en feine Seemann. Man he hett noch keen Penn vun sin Hüer kregen bet up en Gröschen af un an, wenn he mal mit de anner Seelüd in de Havens, 'nem se anleggt hebben, an Land gahn is. Un de Kaptein hett dar uck nich an dacht un reken mal ut, wovel de Jung sin Hüer denn woll utmaakt, bet de Eegners an Boord kamen. Do fraagt een vun se, wonem he de dare Matroos dar achtern her hett. Ja, seggt de Kaptein, de hett he vun dat un dat Eiland. „Un wo lang' hest du em al?" – „Ik heff em gude veer Jahr." – „Un wat betahlst du em? He kriggt ja sachs en gude Hüer, denn he is ja en fixe Seemann, as wi noch nich vel sehn hebben." De Kaptein grient un seggt: „Noch heff ik em keen Hüer utbetahlt, man he hett sülven dar um beden un warrn annahmen up fiev Jahr, un dat he as Hüer na de eerste Maand een Penn kriggt, na de tweete Maand twee, un denn elkeen Maand dat Dubbelte, bet de fiev Jahr um sünd. Un wat he verlangt hett, heff ik em ut Schau[1] toseggt. Nich, dat ik em darna betahlen will." – „Hest du di mal oeverleggt, wat du dar maakt hest? Du hest de Jung mehr toseggt, as dat Schipp weert is, un mehr, as dat inbröcht hett vun de Dag an, as dat in Fahrt kamen is."

Eerst will de Kaptein dat nich gloven. Man as he süht, dat is wahr, do ward he sik düchtig schamen un de Hannel beduern. Toletzt seggt he: „Wat schoe'n wi nu maken?" De Eegners seggen: „Dar gifft dat bloots een Deel, wat du maken kannst. Du musst foorts utlopen to de neegste Reis, un du musst guut uppassen, dat du an'e letzte Dag vun de Jung sin Verdrag wied af büst vun Land. Wi geven di all dat Geld mit, wat wi hebben, in dree Pasen. An'e letzte Dag vun sin afmaakte Fahrenstied Klock twölf seggst du to em, du hest sin Hüer dar in de Pasen, un he kriggt de, wenn he denn foorts vun Boord gahn will. Wenn he dat nich will, betahlst du em darna, as di dat passlich schient." De Kaptein seggt, dat fallt em nich licht un doon dat, man he will't doon.

---

[1] Schau = Spaß (dän. sjov)

So draa as de Kaptein allens klaar hett, löppt he ut up'e neegste Reis. He kümmt heel an, levert de Fracht af un fahrt desülve Weg t'rügg. Swatte Hannes sin Tied löppt ut, ehrer dat Schipp Land in Sicht kriggt, un an'e letzte Dag vun sin Tied bütt de Kaptein em sin Hüer an ünner de Bedingen, dat he foorts vun Boord geiht. „Geiht klaar", seggt Hannes. „Wenn ik min Hüer krieg, gah ik nu foorts vun Boord. Man schenkst du mi twee Stunnen vun de Timmermann sin Tied, dat he mi en Flott[1] maakt?" – „Scha'st du hebben, un uck Holt", seggt de Kaptein. Em deit dat leed, dat Hannes vun em geiht, un he will em geern helpen.

As dat Flott klaar is, ward dat oever de Reeling to Water laten. Hannes kriggt as sin Hüer een Paas vull Goldstücken, een vull Sülver un en drütte een vull Kopper. He maakt se gar nich up, he leggt se up sin Flott mit en Paas vull Twieback un en Buddel Drinken, un denn stött he dat Flott af vun't Schipp. De Kru röppt dreemal to'n Afscheed, un denn seilt dat Schipp afste'.

Vun Minut to Minut is et wieder weg, un dat geiht up Nacht to. Toletzt ward dat richtig Nacht, un in'e Düüsternis is et nich mehr to seh'n. Do ward stackels Hannes bi lütten armsinns, wokeen weet, wat allens passeert, ehrer dat Dag ward? Upletzt denkt he, he mutt man mal seh'n, wat dar för'n Kraam in'e Buddel is. He nimmt en lütte Sluck, un em dücht, em ward wat lichter tomoot. Hen to Middernacht kriggt de Slaap em ünner, un he ward eerst waak, do ward dat al Dag. En feine Bries drifft do sin Flott vöran. Dree Nachten un dree Daag bringt Hannes up dat

---

[1] Flott = Floß

dare Flott to. Man laat an'e drütte Dag süht he Land vörut, un kort vör't Düüsterwarrn drifft sin Flott an Land in en Bucht, un vun'e Wellensoom bet an'e Holtkant is dat de smuckste Bucht, de he jichens sehn hett.

Seemann Hannes springt an Land un freut sik, he hett mal wedder Land ünner de Fööt. He nimmt sin Pasen mit rup na dat boeverste Enne vun'e Strand un vergraavt se dar in'e Sand. Denn treckt he dat Flott rup na de Holtkant, denn he denkt: „Wokeen weet, vellicht kann anners een dat nochmal bruken."

Denn geiht he rin in't Holt, he will mal seh'n, um he dar nich en Huus finnen deit, 'nem he Nacht blieven kann. Man liekers he de heele Nacht wiederschechelt, he süht nich Huus noch Kaat. Hen to Morrn kickt he mal vörut, un do ward he nich wied af Rook wies, de kümmt ut en deepe Slunk. He geiht dar up to, un do is dar en grote swatte, klotzige Buu as so'n ole Moehl. He is dicht vör't Umfallen, so fix un ferdig un möö' is he, un do fraagt he nich eerst lang', he geiht dar eenfach rin.

En staatsche Fruunsminsch sitt dar vör em an't Füer, un as se em wies ward, kriggt se en düchtige Schreck, denn för gewöhnlich kümmt dar keeneen lang. Man se begrippt sik gau un fraagt em, wonem he herkümmt. He seggt, he is en arme Seemann, un he is an Land swummen, as sin Schipp wied buten up See afbuddelt is. Se gifft em wat to eten un to drinken un seggt, he schall en beten tomaken un sik so gau, as't geiht, wedder afglieden. He fraagt warum, un se seggt, in dat dare Huus, dar wahnen soeven Rövers, un wenn de kamen, ehrer he wedder weg is, denn kümmt he dar nich mehr lebennig weg.

Wannehr se denn kamen, fraagt he, un se seggt, se rekent elkeen Ogenblick mit se. „Denn laat se man kamen", seggt Seemann Hannes. „Wo ik nu al mal hier bün, gah ik nich wedder weg, ehrer ik en Mütz vull Slaap kregen heff." – „Na", seggt de Fruu, „do, wat du wullt; man ik bün bang', dat ward di noch leed doon, wenn du min Raat nich annimmst." – „Na, dat mag denn ja, man nu vertell mi mal, wonem ik mi lang maken un en beten utruh'n kann." De Fruu deit dat, un foorts is he deep in Slaap.

He weet nich, wo lang' he slapen hett, man he ward waak vun dat lude Snacken vun de Rövers. He hört se fragen, wonem he is. De Fruu vertellt se dat, un foorts kamen se hen na em un fragen, woso he dar is. He vertellt se dat jüst so, as he dat de Fruu vertellt hett. „Tjä", seggt een vun se, „wi sünd Rövers, un wi laten keeneen, de hierher kümmt, lebennig wedder weg." – „Ha, ha!", seggt Swatte Hannes, „dat freut mi aver, dat ik Kolleegen bemött bün. In min Heimatland weer ick uck Röver, bet ik utneih'n musse un to See gahn bün. Wenn I mi upnehmen, segg ik ju to, ik bün so truu as jichens een in'e Bann."

„So as du utseh'n deist, kunn dat angahn", seggt een vun se, „un so as du snacken deist, hest du uck Kraasch. Wi geven di en Schangs un wiesen, wat du kannst. Morrn kannst du di utruh'n, man denn geiht elkeen vun uns sin eegne Weg. Un de dreemal to Avend de meiste Büüt anbringt, ward Baas oever de Rest un hett nix to doon as up't Huus passen, wieldes sin Mackers ünnerwegens sünd." Dat is Hannes recht na de Mütz, un he blifft in't Huus, bet de eerste Proovdag kümmt.

Denn geiht he afste' up eegne Fuust, so as all de annern uck. As dat to Nacht geiht, kümmt he wedder mit de Paas vull Koppergeld, de he an'e Strand vergraavt harr. Un keen vun all de annern hett so vel. De neegste Dag geiht he afste' un kümmt to Nacht wedder mit de Büdel vull Sülvergeld. Un wenn he dat de eerste Avend beter maakt hett as sin Mackers, maakt he dat de dare Dag soevenmal so guut. De drütte Dag geiht he dat letzte Mal afste' un bringt de Paas mit Goldstücken an. He kippt allens, wat dar in is, up'e Del un fraagt, um dar jichens een mehr hett. Nee, seggen se all, dat hebben se nich. Un wo he sin Verspreken holen hett, woe'n se se's uck holen, un do ward he de Baas vun se all.

De neegste Dag gahn de Rövers afste', dat se se's Glück söken, un Hannes blifft to Huus. So draa as he alleen is, denkt he, he will man mal dat Huus oeverhalen. He kriggt sik en grote Bunk Sloeteln dal, dat hängt dar up en Nagel an'e Wand, un dar maakt he all de Kamern in't Huus up, bet up een. De Sloetel darto hett dat Fruunsminsch verstaken, un eerst will se 'n nich ut'e Hand geven. Man denn vertellt Hannes ehr, he is nu de Baas, un se mutt doon, wat he seggt, do gifft se de Sloetel her.

Denn maakt he de Dör vun de heemliche Kamer up, un wat he dar to seh'n kriggt, gifft em de kole Gresen. En Fruunsminsch, so smuck un staatsch, as een jichens een sehn hett, hängt an ehr Haar vun en Haak an'e Boehn, un ehr Tehnspitzen langen knapp an'e Grund. He springt foorts hen na ehr, maakt ehr Haar los un leggt ehr dal up'e Del, doot, as't schient. Se is en ganze Tied ahn Besinnen, man as se toletzt to sik kümmt, vertellt he ehr, wodennig he dar henkamen is, un denn vertellt se em, wodennig se ehr

174

dar henbröcht hebben. Se is de König vun Spanien sin Dochter. Twee vun de Rövers hebben se bi ehr Vadder sin Slott faatkregen, un ehr Vadder hett se dootmaken laten, un do hebben de annern dar en Eed up daan, se woe'n keen Ruh geven, bet se em dat t'rüggbetahlt hebben. Un wat se dar för daan hebben, is, se hebben ehr snappt, as se bi't Slott spazeern gahn is, hebben ehr na se's Quarteer bröcht un för un quälen ehr, hebben se ehr sodennig uphängt, as Swatte Hannes ehr funnen hett.

Ik will't kort maken, se neih'n ut vun dat Röverhuus un nehmen so vel Gold un kostbare Saken mit, as se drägen koenen, un uck wat to eten för de Reis. Se gahn langs Weg', 'nem nix los is, bet dat Nacht ward. Denn warrn se vör sik en lütte Kaat wies un gahn dar liek up to. Nich lang', un se sünd dar. Se gahn rin, un do is 'n leddig, man as't utseh'n deit, is dat nich lang' her, dat dar Lüüd we'n sünd. Man eendoont, se woe'n dar Nacht blieven so guut, as't geiht. Se sünd noch nich lang dar, do hör'n se Stimmen, as wenn sik dar wecken buten de Dör ünnerholen. Eerst meenen se, dat sünd de Rövers, de dar buten flustern. Man dat duert nich lang', do marken se, de dare swacke Stimmen kamen nich vun de Rövers un vun keen gewöhnliche Minschen. Toletzt springt Swatte Hannes up un seggt, nu will he weeten, vun wat oder wokeen dat kümmt, wat se hören. He maakt de Dör up, man so vel Kraasch he uck hett, wat he dar to seh'n kriggt, geiht em doch an't Mager. Vör em stahn dree minschliche Gestalten mit se's Köppe in'e Hänne. „Leeve Lüüd", seggt Hannes, „wat woe'n I?" – „Wi", seggen se, „sünd en Vadder un twee Soehns, wi sünd in düsse Kaat vun Rövers dootmaakt wurrn un inkleit achter't Huus. Man unse

Köppe sünd nich bi de richtige Rump leggt, un darum finnen wi keen Ruh. Wenn du nu unse Köppe dar henleggen wullt, 'nem se henhör'n, denn koenen wi vellicht uck mal wat för di doon." Hannes seggt, dat will he geern doon, wenn se em man wiesen, wat för'n de richtige Köppe sünd un wonem he se henleggen schall. Do gahn se mit em, un he maakt allens so, as se em dat seggen, un as dat daan is, sünd se weg.

De neegste Dag reisen Swatte Hannes un de Königsdochter af vun de Kaat, un se holen eerst an, as se na de neegste Haven kamen. Dar heiraden se un maken en Kroog up vun dat Gold, wat se ut dat Röverhuus mitnahmen hebben. Dat geiht se uck guut un se sünd glücklich, bet dar en Kriegsschipp inlöppt. Up dat dare Schipp is de boeverste Kommandant vun de spaansche Kriegsflott, de söcht de König sin Dochter, dat he ehr sülven un dat halve Königriek winnen kann. Dat is de Pries, de de König utsett hett för de Kommandant up See oder an Land, de ehr finnt un heel na Huus bringt.

De Kommandant kümmt an Land mit en anner Off'zeer, un wonem schull he woll anners hengahn as na Swatte Hannes sin Kroog? Se sünd noch nich lang' dar, do maken se sik bekannt mit Hannes un sin Fruu. Se warrn woll wies, se is de König sin Dochter, man se laten sik dat nich anmarken. Ehrer se wedder gahn, laden se ehr un ehr Mann in, se scho'en doch de neegste Dag henkamen un sik dat Schipp ankieken. Dat woe'n se ja beide geern. Man as de Kommandant se an Boord hett, lett he Seils setten un fahrt afste', bet he wied af is vun't Land. Dar sett he stackels Swatte Hannes denn ut in en lütte Boot ahn Reemen oder Seil un seilt af na Spanien to.

Hannes sin Laag in de lütte Boot is meist so leeg as do up dat Flott. De Rest vun'e Dag deit he nix anners as de Ohr'n bummeln laten, man as dat hen to Nacht geiht, ward he wat wies, dat muntert em en beten up. De Boog vun'e Boot wiest ümmerto in een Richt un 'n maakt gude Fahrt. Denn ward he vörn in't Boot en Buddel mit starke Gedränk wies, un as he dar en Treck vun nahmen hett, slöppt he in. As he de neegste Morrn waak ward, kickt he na all Sieden, man Land is nich in Sicht. Aver de Boot maakt gude Fahrt un hett de Boog ümmer noch in desülve Richt as de Avend vörher. Dat gifft em mehr Moot, man de Dag ward em bannig lang. As dat to Nacht geiht, kriggt he sik nochmal en Treck ut'e Buddel un slöppt dar oever in. De drütte Morrn kickt he vörut un ward wied af Land wies, un de Boot hollt dar liek up to. De Vörlien is na vörn spannt, un dar ward mächtig an trocken. Un wat noch gediegener is, vör dat vörderste Enne vun de Lien is en düchtige Schuumstrek in't Water. Man wat oder wokeen de Boot trecken deit, kann he sik gar nich denken un uck nich verstahn.

Toletzt kümmt de Boot an't Land, un dree Keerls gahn vör 'n ut'e See un trecken 'n an'e Vörlien so hooch, dat de hööchste Floot 'n nich mehr langen kann. Dat sünd de dree Keerls, de se's Köppe un Rumpen Hannes achter de Kaat tohopenbröcht hett. As se sehn, Hannes sin Foot hett Land faat, sünd se mitmal weg.

De Rest vun de Geschicht is gau vertellt. De König sin Dochter will de Kommandant, de ehr funnen hett, nich heiraden, nich ehrer, as all de Suldaten un Seelüüd in dat Königriek ünner ehr Finster in ehr Vadder sin Slott langschickt wurrn sünd. Na en Barg

Maleschen un Gefahren, kümmt Hannes ganz as letzte na't Slott. Dat is jüst noch to rechte Tied. Un do kennt de König sin Dochter em wedder. Do warrn se nochmal verheiraadt, un wenn se noch an't Leven sünd, denn sünd se sachs uck glücklich.

Dat Königriek in de Gröne Bargen

Dar sünd mal dree Suldaten we'n, de hebben mit'n-
anner afmaakt, se woe'n dissenteern, un se hebben
to'nanner seggt: „Wi woe'n man nich tohopen ut-
neih'n: Elkeen vun uns schall en anner Weg neh-
men." Un se hebben seggt: „Vellicht bemöten wi uns
ja mal." Een vun se is en Schersant we'n, de anner
en Kapperaal un de drütte en eenfache Suldaat. Se
sünd ut'neen gahn, un elk vun se hett sin Weg in-
slaan.

An'e tweete Avend darna kümmt de Schersant an en
grote, feine Slott; un he is möö' un hungerig. He
fraagt an't Door, um he dar Nacht blieven dörv. En
junge Daam kümmt rut un snackt mit em un seggt,
dat dörv he. „Denn", seggt se, „dar ward ja seggt,
Suldaten un Seelüüd hebben en Barg Geschichten."
Se nimmt em mit rin un seggt to em: „Din Eten
kümmt glieks. Ik weet, dat du Eten un Drinken ganz
dull nödig hest."

Dat ward düüster, un sin Eten kümmt dal un ward
vör em up'e Disch stellt, un dar is allens, wat he sik
man denken kann. Un denn seggt se to em: „Nimm
uns dat man nich oevel, man hier bi uns gifft dat
keen Licht bi't Eten, un du musst di dat Fatt mar-
ken, wat di an besten toseggt."

„Na", seggt he, „wenn dat hier so begäng is, denn will
ik doon, wat du seggst."

Denn puust't se dat Licht ut un he geiht bi dat Ge-
richt, wat he sik utsöcht hett. Do trampt se mal up'e
Del un röppt twee Off'zeers dal un seggt: „Krieg de
dare Hallunk faat un smiet em in't Kaschott." De

Off'zeers nehmen em mit un setten em in't Kaschott; un dar kriggt he nix as Water un Broot.

De neegste Avend kümmt de Kapperaal na datsülvige Huus un fraagt, um he dar Nacht blieven dörv. De Daam kümmt rut un seggt, dat dörv he geern. „Ik seh ja", seggt se, „du büst en Suldaat, un en Suldat un en Seemann, de hebben ja faken en Geschicht." Se nimmt em mit rin un lett em sik dalsetten un seggt to em: „Ik weet, du musst nödig wat to eten un to drinken hebben. Din Eten kümmt glieks."

Dat ward düüster, un he ward bilütten möö' up un luern up sin Eten, denn he hett düchtig Smacht. Toletzt kümmt dat Eten un ward up'e Disch sett, un de Daam kümmt dal mit Licht un seggt: „Hier is dat so begäng, dat wi bi't Eten keen Licht hebben. Du musst di dat Fatt marken, wat di toseggt." Do söcht he sik en Fatt ut un geiht dar bi. Un se puust't dat Licht ut, trampt mal up'e Del, röppt twee Off'zeers dal un seggt, se schoe'n de dare Hallunk in't Kaschott setten. Do bringen de Off'zeers em weg un sparren em in't Kaschott, un to eten kriggt he nix as Water un Broot.

De neegste Avend kümmt de eenfache Suldaat na dat Huus. He is tämlich all vör Mangel an Eten, un he fraagt, um he dar Nacht blieven dörv. De Daam kümmt rut un seggt, dat dörv he. „Ik seh ja", seggt se, „du büst en Suldaat, un en Suldaat un en Seemann, de hebben ja faken en Geschicht." Denn nimmt se em mit rin, lett em sik dalsetten up en Stohl un seggt: „Din Eten kümmt glieks."

Dat ward düüster, un he ward bilütten möö' up un luern up sin Eten. Toletzt kümmt dat denn, un de Daam kümmt hen na em un seggt: „Hier is dat so begäng, dat wi bi't Eten keen Licht hebben. Du musst di dat Fatt marken, wat di an besten toseggt, un dar denn bigahn." Denn puust't se dat Licht ut. Do steiht he up, kriggt ehr faat un gifft ehr en Söten un seggt: „Dat Eten is ja fein, man du büst mi leever."

Do trampt se mal up'e Del un röppt na Licht. Do kümmt en Deener mit Licht, un se un de Suldaat setten sik dal un eten tosamen. Se verbringen de Avend in Snack un vertellen sik Geschichten. Se fraagt em, um he hett to School gahn. Ja, seggt he, hett he. Denn schall he ehr sin Handschrift wiesen, un he deit dat. Toletzt smitt se sik an em ran un fraagt em: „Wullt du mi heiraden?"

„Ja", seggt he, „will ik."

„Fein!", seggt se. „Ik bün de König vun de Gröne Bargen sin Dochter, un ik wull keen König oder Ridder heiraden, man en nette, gewöhnliche Keerl. Ik heff en grote Besitz un rieklich Gold un Sülver." Denn maken se en Dag af för de Hochtied.

As dat Betttied ward, bringt se em na en Kamer un wünscht em gude Nacht, un he geiht to Bett. De neegste Morrn to Upstahnstied kümmt se wedder rin un seggt, he schall upstahn un sik antrecken to Fröhstück. As dat Fröhstück up'e Disch steiht, setten se sik dal un fröhstücken tosamen. As se darmit ferdig sünd, kriggt se en Geldbüdel ut'e Tasch un gifft em wat Geld, dat he sik en Antog Tüüg kriggt, un se schickt em na en Snieder, mit de se bekannt is, dat de de Antog maken schall. Do geiht he denn hen na de Snieder un seggt, he schall em de Antog maken, un he schall 'n guut maken, un he seggt, he sülven schall dar up töven, dat he 'n foorts mitkriegen kann. Do geiht de Snieder denn bi un maakt de Antog, un de passt em fein. Denn maakt de Suldaat sik up'e Padd un will wedder na Huus, do seggt de Snieder sin Mudder to ehr Soehn: „Gah man en Stück mit em lang. Oever kort oder lang kriggt he Dörst, denn giff em düsse Appel, denn slöppt he in."

De Daam schall em de Dag, wenn se mit em reken deit, mit en Kutsch in'e Mööt kamen. He geiht afste' mit de Snieder, un na en Tied setten se sik dal un verpuusten sik. Do seggt de Suldaat: „Ik heff Dörst." De Snieder seggt: „Ik gloov, ik heff en Appel in'e Tasch, de kannst du kriegen."

As de Suldaat de Appel eten deit, slöppt he in. Denn kümmt de Daam mit'e Kutsch un fraagt de Snieder: „Slöppt he? Denn maak em waak."

De Snieder geiht bi un wecken em un schüddelt em hen un her. Man he is nich un kriegen waak. Do kriggt de Daam en gollne Ring ut'e Tasch un gifft 'n de Snieder un seggt, de schall he de Slaapmütz geven un em seggen, se haalt em de neegste Dag af. „Vundaag mutt he mit di wedder na Huus", seggt se.

Denn fahrt se wedder na Huus, un de beiden gahn wedder t'rügg na de Snieder sin Huus. He blifft Nacht bi de Snieder. As he de neegste Morrn na't Fröhstück afste' will, kriggt de Snieder de gollne Ring ut'e Tasch un seggt: „Hier is en gollne Ring, de schall ik di geven vun de Daam."

As se losgahn, seggt de Snieder sin Mudder: „Vundaag bringt dat sachs nix un geven em en Appel. Man hier is en Ber, de musst du em geven, wenn he Dörst kriggt. Vellicht kannst du denn sülven de König vun'e Gröne Bargen sin Dochter kriegen."

De Suldaat un de Snieder maken sik up'e Padd. Na en Tied setten se sik dal un verpuusten sik; do seggt de Suldaat: „Ik heff vundaag wedder so'n Dörst."

„Och", seggt de Snieder, „ik heff hier en Ber, de is guut för de Dörst."

„Oha!", seggt de Suldaat, „güstern heff ik vun di en Appel kregen, un dar bün ik vun inslapen. Ik bün bang' un nehmen de Ber."

„Och wat, du Torfkopp", seggt de Snieder, „du bruukst doch nich an sowat denken!"

Do gifft de Snieder em de Ber, un he itt 'n up un slöppt in. Denn kümmt de Daam mit de Kutsch un seggt to de Snieder: „De Keerl slöppt doch woll vundaag nich al wedder!" De Snieder seggt: „He slöppt", un se seggt: „Seh mal to, um du em waak kriggst."

De Snieder geiht bi un wecken em, man he kriggt em nich waak. Do kriggt de Daam en Taschenmess ut'e Tasch un gifft et de Snieder un seggt: „Düt scha'st du em geven, un denn segg em, ik haal em morrn hier af, un vundaag mutt he mit di wedder na Huus."

As se weg is, ward de Suldaat waak un fraagt, um de Daam kamen is.

„Is se", seggt de Snieder, „man wi kunnen di nich waak kriegen. Hier is en Taschenmess, dat schall ik di geven. Un se hett seggt, se haalt di morrn hier af." Do geiht he mit de Snieder wedder na em to Huus, un he blifft Nacht bi de Snieder.

As se de neegste Dag na't Fröhstück afste' woe'n, seggt de Oolsch: „Vundaag bringt dat sachs nix un geven em en Appel oder en Ber. Man wenn I dar ankamen, 'nem I ümmer utruh'n, denn stek em man düsse Nadel achtern in'e Jack, un wenn he vördem möö' we'n is, denn ward he dütmal soevenmal so möö'."

Se maken sik up'e Padd un kamen na de Stä', 'nem se ümmer utruh'n, un de Snieder stickt em de Nadel achtern in'e Jack, un do slöppt he in. Denn kümmt de Daam mit twee Mannslüüd, de schoe'n em in'e Kutsch böhren. Un se fraagt de Snieder: „Slöppt he?"

„He slöppt", seggt de Snieder.

„Weck em up" seggt se, „wenn du em waak kriggst."

De Snieder geiht bi un wecken em, man he is nich un kriegen waak. Do schickt se de twee Mannslüüd hen, de se in'e Kutsch hett, man de dree koenen em nich böhren. Do glitt se sik af un gifft de Snieder en gollne Nadel un seggt: „Giff em düt. Ik kaam nich wedder för un halen em."

As se weg is, treckt de Snieder de Nadel ut de Suldaat sin Jack, un he ward waak. De Suldaat fraagt, um de Daam dar we'n is. Un de Snieder seggt, dat is se un is wedder wegfahrt, un he seggt: „Hier is en Nadel, de hett se di to'n Andenken hier laten. Du warrst ehr nich mehr to sehn kriegen. Man vunavend kümmst du wedder mit mi na Huus."

„Dat do ik ganz bestimmt nich", seggt de Suldaat. „Ik wull, ik weer nich so faken mit di t'rügggahn. Nu maak ik mi up'e Padd un söök min Weg sülven. Adjüs." Un do gahn se ut'nanner.

He geiht un geiht un fraagt na de Weg na dat Königriek in de Gröne Bargen. Man wokeen he uck fragen deit, all seggen se, se hebben noch nie nich wat hört vun so'n Königriek. He reist ümmer wieder, man he kriggt nix to weeten vun dat dare Königriek.

Se lachen em all wat ut, dat he oeverhaupt vun so'n Stä' snackt. Mal kümmt he na wecke Hüser, un do süht he en ole Mann, de leggt Heidplaggen up en Huus, un he seggt to em: „Oha, wat büst du oold, un denn leggst du noch Heidplaggen up't Huus?"

De Ole seggt: „Ik bün oold, man min Vadder is noch öller."

„Och", seggt de Suldaat, „levt din Vadder noch?"

„Deit he", seggt de Ole. „Wonem wullt du denn up dal?"

„Ik will na dat Königriek in de Gröne Bargen", seggt de Suldaat."

„Nanu", seggt de Ole, „ik bün ja doch oold, man ik heff noch nie nich wat vun dat dare Königriek hört. Vellicht weet min Vadder dar wat vun."

„Wonem is din Vadder denn?", fraagt de Suldaat.

„He bringt mi de Heidplaggen", seggt de Ole, „un he kümmt glieks, denn kannst du mit em oever dat dare Königriek snacken."

De Mann, de de Heidplaggen bringt, kümmt, un de Suldaat seggt to em: „O Mann, wat büst du oold!"

„Wiss, ik bün oold; man mi Vadder is noch öller", seggt de Ole.

„Levt din Vadder denn noch?", fraagt de Suldaat.

„Deit he", seggt de Ole.

„Un wonem is he?", fraagt de Suldaat.

„He is bi un steken de Heidplaggen", seggt de Ole.

Denn gahn se hen na de Mann, de de Heidplacken steken deit. Un de Suldaat seggt: „O Mann, wat büst du oold! Un denn stickst du noch de Heidplacken?"

De Ole seggt: „Oold bün ik, man min Vadder is noch öller."

„Och wat", seggt de Suldaat, „levt din Vadder denn uck noch?"

„Deit he", seggt he.

„Un wonem is he?", fraagt de Suldaat.

„He jaagt Vageln up'e Barg", seggt de Ole.

De Suldaat fraagt em: „Hest du mal wat hört vun dat Königriek in de Gröne Bargen?"

„Nee, heff ik nich", seggt he. „Man min Vadder vellicht. Un wenn he vunavend na Huus kümmt, kannst du em ja fragen."

He blifft bi de Ole bet hen to Avend, wenn de Vageljäger na Huus kümmt. As de kümmt, seggt de Suldaat to em: „O Mann, wat büst du oold!"

„Oold bün ik", seggt he, „man min Vadder is noch öller."

„Wat denn", seggt de Suldaat, „levt din Vadder denn uck noch?"

„Ja, wiss deit he dat", seggt de Vageljäger.

„Un wonem is he?", fraagt de Suldaat.

„He is in't Huus", seggt de Vageljäger.

De Suldaat fraagt em: „Hest du mal wat hört vun dat Königriek in de Gröne Bargen?"

„Nee", seggt he, „dar heff ik noch nix vun hört; man min Vadder vellicht."

Se gahn hen na't Huus; un as se rinkamen, sitt de ole Mann to schaukeln in en Schaukelstohl. De Suldaat seggt to em: „O Mann, wat is di en grote Öller schenkt wurrn!"

„Ja, ja, en bannig grote Öller", seggt he.

De Suldaat fraagt em: „Hest du mal wat hört vun dat Königriek in de Gröne Bargen?"

„Nee", seggt de Ole, „dar heff ik würklich noch nix vun hört."

De Vageljäger seggt to de Suldaat: „Ik gah morrn wedder na de Barg. Un ik heff en Fleut, wenn ik dar rinpuusten do, gifft dat keen Königriek up'e Welt, 'nem de Vageln nich vun na mi herkamen; denn krieg ik to weeten, um dat so'n Königriek geven deit."

De Suldaat blifft de Nacht bi de Olen. Na't Fröhstück an'e neegste Morrn geiht he mit de Vageljäger na de Barg. As se dar ankamen, blaast de Vageljäger up sin Fleut, un do kamen de Vageln vun all Sieden na em ran. Man dar is en grote Adler, de kümmt vel later as de anner Vageln. Do schimpt de Vageljäger: „Du verdreihte Aas, warum kümmst du so vel later as all de annern?"

„Wat denn?", seggt de Adler. „Ik kaam ja uck vun vel wieder weg."

„Wonem kümmst du denn her?", fraagt de Vagel-
jäger.

„Ik bün vundaag vun dat Königriek in de Gröne Bar-
gen kamen", seggt he.

„Na", seggt de Vageljäger, „hier is en Mann, de
musst du morrn up din Rügg na dat Königriek in de
Gröne Bargen hendrägen."

„Dat will ik doon", seggt he, „wenn ik nugg to freten
krieg."

„Dat scha'st du hebben", seggt he, „du kriggst en
gude Viddel Fleesch". Denn gahn se wedder na
Huus; un de Adler blifft de Nacht bi se.

Na't Fröhstück an'e neegste Morrn gahn de Vageljä-
ger, de Suldaat un de Adler na de Barg, un se heb-
ben en Viddel Fleesch mit vör de Adler un en Viddel
för de Suldaat. Denn sett de Suldaat sik up'e Adler
sin Rügg un seggt adjüs to de Vageljäger. Un de Ad-
ler spreed't sin Flünken ut, un los geiht dat. Ünner-
wegens fritt 'n sin Viddel Fleesch. Denn seggt 'n to
de Suldaat: „Ik heff Smacht un mutt di afsmieten."

„O, do dat nich", seggt he, „ik heff noch en beten vun
min Fleesch, dat scha'st du hebben."

„Denn man her darmit!", seggt de Adler. Do gifft he
'n dat, un de fritt dat up un kümmt dar en ganze
Enne wieder mit. Man denn seggt 'n: „O, ik heff
Smacht un mutt di afsmieten."

„O, do dat nich!", seggt he. „Bring mi tominnst heel
na dat Königriek in de Gröne Bargen."

„Denn kiek mal na", seggt 'n, „um du nich doch noch
en lütte beten Fleesch na hest."

188

„O nee", seggt he.

„Man du hest en feine Lurr[1]", seggt 'n, „kumm her darmit."

Do hollt he 'n sin Lurr hen, un do fritt 'n darvun, wat an'e Butersiet sitt. „Nu geiht mi dat arig wat beter", seggt 'n; „dat is dat söteste Fleesch, wat ik jichens freten heff." Un 'n kümmt dar en grote Stück wieder mit. Man denn kriggt 'n wedder Smacht. „O", seggt 'n, „nu mutt ik di aver doch afsmieten, ik bün ganz flau wurrn. Man lang' mi mal de anner Lurr her, dat de beide Lurren liek sünd." So suer em dat uck ward, he mutt 'n de anner Lurr henlangen. Do fritt 'n dar uck vun un seggt: „O, nu heff ik dubbelt so vel Knoev as vörher. Ik gloov, nu schaff ik dat bet na dat König-riek in de Gröne Bargen."

De Adler schafft dat uck richtig dar hen un sett em up't dröge Land. Dar liggt en dode Perd, dat hebben se jüst affellt. De Adler seggt, de Suldaat schall dar en Viddel vun afsnieden un 'n up'e Rügg leggen. He deit dat, un de Adler flüggt wedder na Huus. Em geiht dat bannig ring, un he kann nich lopen vun wegen sin Lurren. Man he marst sik wieder, bet he na dat Huus vun de König vun de Gröne Bargen sin Gaarner kümmt. De Gaarner sin Fruu is bannig guut to em, un he blifft dar, bet se em heelt hett. As he wedder heel is, geiht he bi de Gaarner in Deenst.

Nu hör'n se, de König vun de Gröne Bargen sin Dochter schall heiraden. „Och", seggt he to de Gaar-ner sin Fruu, „wat schaa', dat ik ehr nich mal to seh'n kriegen kann!" – „Och, dat lett sik maken", seggt de Gaarner sin Fruu. „Ik laat mi wat infallen,

---

[1] Lurr = Oberschenkel

dat du ehr to seh'n kriggst." Se treckt em feine Tüüg an un schickt em afste' mit en Korv vull Appeln, un se seggt to em: „Denk dar an, du giffst se an keen anner as bloots ehr sülven."

He denn ja afste' un kümmt na de König sin Huus. He hett en Korv vull Appeln vun de Gaarner för de König vun de Gröne Bargen sin Dochter, seggt he. De Deeners woe'n em de Korv afnehmen, man he gifft 'n nich ut'e Hand, he fraagt um Verlööv un gahn dar na ehr sülven mit. Do schickt de König sin Dochter em Bescheed, he schall rinkamen na ehr. He geiht rin un gifft ehr de Korv mit Appeln. Un se kriggt en Buddel her un schenkt em en Glas Wien in. „Nix för unguut", seggt he, „man in dat Land, 'nem ik herkaam, hört sik dat, dat de, de wat to drinken utgifft, dar eerst vun probeert." Do drinkt se em eerst to un schenkt em dat Glas denn wedder vull. Un he kümmt bi un kriggt de gollne Ring rut, de se em geven hett, un deit 'n in't Glas, ehrer he ehr dat wedder henlangt. Se nimmt 'n faat, kickt 'n an un süht dar ehr Naam in. Do fraagt se em, wonem he de dare Ring funnen hett.

He seggt, „Kannst di noch up de Suldaat besinnen, de du na de Snieder schickt hest um en Antog Tüüg?"

„Dat denk ik doch", seggt se. „Hest du noch anner Bewiesen?"

„Heff ik", seggt he, un he kriggt dat Taschenmess rut un langt ehr dat hen.

„Hest du noch en Bewies?", fraagt se.

„Heff ik", seggt he un langt ehr de gollne Nadel hen.

„Nu seh ik", seggt se, „dat hett allens sin Richtigkeit." Un se nimmt em in'e Arms un freut sik bannig to em. Se maken de Dag af för de Hochtied, un de Mann, de se hett heiraden wullt, ward wegschickt.

He geiht wedder na de Gaarner sin Fruu un vertellt ehr, he heiraad't de König vun de Gröne Bargen sin Dochter. „Man keen Bang'", seggt he, „wat du un din Mann för mi daan hebben, dat will ik ju rieklich vergellen." Un denn heiraden se, de Königsdochter un he.

Na de Hochtied bringt se em na't Kaschott un wiest em de Lüüd, de dar inspunnt sünd. Un as he se süht, ward he ja sin ole Mackers kennen, un se doon em leed. Un he seggt, se schoe'n frielaten warrn, un he gifft se en arige Dutt Geld, dat se afste' kamen koenen.

De Swatte Ploogsmidt

De Swatte Ploogsmidt hett sin Lehrtied in'e Smä' af-reten hatt, man as de Tied rum is, kann he nix an-ners smeden as Ploogscharen.

Do maakt he en Smä' up, annerthalv Mielen buten de Königsstadt, un geiht bi un maken Ploogscharen. To de Tied is dar in'e Stadt eenmal in'e Maand Marktdag we'n, un ümmer, wenn dat so wied is, treckt de Swatte Smidt dar hen mit sin ole witte Krack un en Waag vull Ploogscharen. Un wenn he sin Scharen verköfft hett, fahrt he wedder na Huus, slöppt kommodig up sin Waag un lett dat Perd de Weg na Huus alleen finnen.

Mal to Marktdag geiht he so as ümmer na de Kroog, un wokeen schull he dar bemöten as de König sin Smidt. De beiden warrn gau mit'nanner bekannt, un se setten sik dal un supen, bet de Sprit se to Kopp stiggt.

Do kamen se foorts bi un geven an, un keen vun se will ingestahn, dat he nich en betere Smidt is as de anner. För un maken en Enne mit de Striet steiht de König sin Smidt up un seggt to de Swatte Smidt: „Ik wett dreehunnert Daler, dat ik bet to neegste Markt-dag wat maak, 'nem nix, wat du in de Tied maken kannst, mitkamen deit." Do steiht de Swatte Smidt up un seggt: „Un ik wett nochmal dreehunnert, dat dat nix ward, man dat ik wat maak, wat beter is as dat, wat du maakst." Denn gahn se ut'nanner mit dat Verspreken, dat se to neegste Marktdag wedder-kamen un denn dat mitbringen, wat se maken woe'n.

As dat to Nacht geiht fahrt de Swatte Smidt na Huus in sin Waag as ümmer. De neegste Morrn geiht he rut in'e Smä' un kümmt bi un maken mehr Ploogscharen. Un dar blifft he bi mit bet de Dag vör Marktdag. Do kümmt hen to Avend en Mann rin in sin Smä' un seggt to de Swatte Smidt: „Büst du gar nich bi un maken wat, 'nem du de Wett mit de König sin Smidt mit winnen wullt? Wenn du nich gau bigeihst, denn verleerst du ganz bestimmt." – „Ik weet gar nich, wat du meenst", seggt de Swatte Smidt. „Dar weet ik nix vun, dat ik mit de König sin Smidt wett't heff." – „Man dat hest du", seggt de anner. „Ik weer dar bi un heff dat mit min eegne Ohren hört, du hest dreehunnert Daler gegen em sett." – „Na, denn verleer ik, denn ik heff nix anners lehrt as Ploogscharen maken", seggt de Swatte Smidt. „Na, laat de Ohren man nich bummeln", seggt de Frömde, „wenn du mi dat halve geven wullt vun din Gewinst, denn maak ik di wat, 'nem du de Wett mit winnen deist." – „Dat do ik vun Harten geern", seggt de Swatte Smidt.

Do geiht de Frömde foorts an't Wark. Eerst maakt he en düchtige Kist. Denn leggt he en grote Stück Iesen in't Smä'füer, un in Null Komma nix maakt he dar en Windhund vun. Un as allens klaar is, deit he de Windhund in'e Kist un maakt de Deckel to.

„So", seggt de Frömde un dreiht sik na de Smidt, „wenn du morrn fröh afste' treckst mit din Ploogscharen, denn nimmst du düsse Kist mit. Wenn du denn up'e Markt ankümmst, ward de König sin Smidt al dar we'n, un denn kümmt he hen na di. Wenn he denn seggt, du scha'st din Kist upmaken un em wiesen, wat dar in is, denn seggst du, he schall sin eerst upmaken, denn he hett ja toeerst wett't. Denn maakt he sin Kist up, un dar springt en Hirsch rut. Wenn du de Hirsch sühst, maakst du foorts din

Kist up un lettst de Hund rut, un dat schull mi doch bannig wunnern, wenn de nich de Wett för di winnen deit." Denn seggt de anner em adjüs un geiht.

De neegste Morrn fahrt de Swatte Smidt afste' mit sin Ploogscharen un sin Kist up'e Waag. He kümmt tiedig to Markt, un dar bemött he de König sin Smidt, uck mit en Kist ünner de Arm. Un denn löppt dat allens so af mang se, as de Frömde dat vörutsehn hett. Upletzt maakt de König sin Smidt sin Kist up, un en feine Hirsch springt dar rut un neiht af in vulle Karrjeer. Do maakt de Swatte Smidt sin Kist up, un do springt dar en feine Windhund rut un jaagt achter de Hirsch ran, un de hollt eerst an, as 'n de Hirsch faat hett un hett 'n de Swatte Smidt to Föten leggt.

„So", seggt de Swatte Smidt to de König sin Smidt, „nu musst du ja woll togeven, dat du din Wett verlaren hest." — „Ja, dütmal heff ik würklich verlaren; man vellicht winn ik dat neegste Mal", seggt de König sin Smidt un tellt de anner dat Geld, wat he sett hett, Penning för Penning hen.

Denn gahn se to Kroogs, un se sünd noch nich lang' dar, do sluten se noch so'n Wett af as dat letzte Mal. Denn gahn se ut'neen mit dat Verspreken, se woe'n to neegste Marktdag wedderkamen un de Maschinen mitbringen, de se denn maakt hebben. Denn sett de Swatte Smidt sik up sin Waag, un sin Schimmel bringt em na Huus.

Dat eerste, wat he de neegste Morrn deit, is, he geiht na de Smä', graavt en Lock ünner de Dörsüll un verstickt dar de dreehunnert Daler. An de Wett denkt he gar nich, he geiht wedder bi un maken Ploogscharen bet de letzte Avend vör Marktdag.

Dat is al kort vör Fieravend, wokeen schull dar in'e Smä' rinkamen as de Frömde, de de Windhund maakt hett. He bütt de Swatte Smidt de Dagstied un fraagt em, um he al hett de Maschin maakt, 'nem he de neegste Dag de Wett mit de König sin Smidt mit winnen will. Man de Swatte Smidt kann sik dar gar nich up besinnen, dat he en Wett afslaten hett, un uck nich, wonem dat um geiht. „Na", seggt de Frömde, „wenn du mi din halve Gewinst toseggst un dat du nich wedder to Kroogs geihst, denn will ik di en Maschin maken, 'nem du de Wett mit winnen deist." – „Dat versprek ik", seggt de Swatte Smidt, „un dat will ik uck holen, sowied as ik dat kann."

Denn maakt de Frömde sik an't Wark. Eerst maakt he wedder en Kist un denn en grote, starke Otter, jüst so as he de Windhund maakt hett. Un as de klaar is, deit he 'n in'e Kist, maakt de Deckel to un slütt 'n af. „So", seggt he to de Swatte Smidt, „düsse Kist nimmst du mit to Markt, un du maakst 'n eerst up, wenn de König sin Smidt sin toerst upmaakt hett. Du warst de Wett uck dütmal noch winnen. Man seh to, dat du nich wedder to Kroogs geihst un dat du nich wedder wetten deist. Ik bün bang', anners verleerst du allens, wat du wunnen hest. Bi en paar Daag kaam ik wedder na düsse Smä', un denn giffst du mi dat halve Geld, wat du wunnen hest." De Smidt seggt, he will doon, wat de anner em seggt hett, un se gahn ut'nanner.

De neegste Dag fahrt de Swatte Smidt mit de Kist to Markt. As he dar ankümmt, bemött he de König sin Smidt, man as de seggt, he schall sin Kist upmaken, do will he dat nich toerst doon. Do geiht de König sin Smidt an't Water, un as he dar sin Kist upmaakt, do kümmt dar foorts en Lass rut, springt in't Water un swümmt weg. Do maakt de Swatte Smidt sin Kist up, un de Otter kümmt dar ruthoppt un dat achter de Lass, un na en lütte Stoot kümmt 'n wedder mit de Fisch in't Muul un leggt 'n sin Herr to Föten. „Du musst ja woll togeven", seggt de Swatte Smidt, „dat du din Wett verlaren hest." – „Ja, dat heff ik, dar gifft dat keen Twiefel", seggt de König sin Smidt, „un wenn du mit mi na de Kroog kümmst, betahl ik di dat up'e Penn." – „Nee", seggt de Swatte Smidt, „dat will ik nich, ik heff mi vörnahmen, ik will nich nochmal wetten." – „Is guut", seggt de König sin Smidt un betahlt de anner Smidt foorts ut.

Na en paar Daag, wokeen schull dar woll in'e Smä' rinkamen? De Frömde. He töövt en beten, he meent, de Swatte Smidt ward em sin Verdeenst sachs utbetahlen, ahn dat he wat seggt. Man do harr he luern kunnt bet an'e Jüngste Dag, dat kümmt de Swatte Smidt gar nich in'e Sinn. Toletzt seggt he: „Ik bün kamen un halen min Lohn; giff mi dat man her un laat mi gahn." Man Lohn oder Dank gifft de Swatte Smidt nich. As de Frömde dat markt, geiht he weg, man ehrer he geiht, lett he noch wat t'rügg in'e Smä.

En paar Daag later kümmt en anner Frömde na de Smä' reden, un sin Perd lahmt düchtig, dat fehlt wecke Iesens. He bütt de Smidt de Dagstied un seggt: „Kannst du mal min Perd frisch beslaan? Dat hett dat so nödig, dat kann keen Schritt mehr lopen." – „Wat, ik?", seggt de Swatte Smidt. „Ik heff noch nie nich wat anners smed't as Ploogscharen." – Do seggt de Frömde: „Männig en Ding kunn en Keerl maken, wenn he sik man truu'n dä un versöken dat. Versöök dat man mal, ik help di." – „Na guut, denn will ik min Bestes doon."

De Frömde geiht na buten un snitt dat Perd de veer Fööt af ünner de Kneen. Denn kümmt he dar rin in'e Smä' mit un leggt se in't Füer. He kriggt sülven de Blaasballig faat, un de Smidt hollt dat Füer um'e Fööt tohopen. As se en ganze Tied in't Füer we'n sünd, röppt he de Smidt to: „Rut mit de Hitten!" De Smidt kriggt de Tang her un treckt dar de eerste Foot mit ut't Füer un rup up'e Ambolt. Denn kriggt he sik de Handhamer, un de Frömde nimmt de Vörslaghamer, un mit en paar Släg beslaan se de Foot so fein, as jichens en Smidt dat man kann. As se dat klaar hebben, nehmen se sik de anner Fööt vör un beslaan de jüst so een bi een. Denn röppt de Frömde de Smidt to: „Gah du man rut mit de beide Vörderfööt un maak se dat Peerd wedder richtig an." De Swatte Smidt deit dat, un de Frömde maakt dat jüst so mit de beide Achterfööt. In en Ogenblick steiht dat Perd wedder dar, heel un risch, as et man jichens we'n is, beslaan un praat för de Straat. Denn springt de Frömde in'e Sadel un glitt sik af.

So draa as de Frömde weg is, geiht de Smidt in't Huus un seggt to sin Fruu: „Nu betahl ik keen Lohn mehr an jichens wecke Hallunken vun Smidten, nu kann ik ahn se beslaan. Kumm mal rut un help mi de Schimmel beslaan, ik mutt de neegste Daag to Stadt mit 'n." As he dat seggt hett, geiht he na de Stall un snitt de Schimmel de Fööt af, bringt se na de Smä' un leggt se in't Füer. Sin Fruu schickt he an'e Blaasballig, un he passt up de Koehlen oever de Fööt. As he meent, se sünd so wied, treckt he een rut, leggt 'n up'e Ambolt un haut dar up mit de Hamer. Man de Foot bet rup na de Mitt is nix as verkoehlte Knaak, un de dare Slag lett de Splittern dör de heele Smä' fleegen. De anner Fööt sünd jüst so, un do kann de Smidt nix anners doon as foorts de Schimmel vun sin Wehdaag erlösen un de Rump stillkens inklei'n.

En gude Wiel na dat de tweete Frömde sik afgleden hett, kümmt en drütte Frömde na de Smä', de hett twee ole Fruunslüüd bi sik. He fraagt de Swatte Smidt: „Kannst mi mal en junge Deern maken vun düsse twee ole Fruunslüüd? Ik will di de Arbeit uck guut betahlen." – „Wat, ik?", seggt de Swatte Smidt. „Ik heff noch nie nich wat anners maakt as Ploogscharen." – „Giffst mi denn din Smä' för en korte Tied un din Hülp?" – „Ja, dat kannst kriegen." – „Na, denn kumm, an'e Arbeit. Männig en Ding kunn en Keerl maken, wenn he sik man truu'n dä un versöken dat." Do leggen se de ole Fruunslüüd in't Smä'füer, un de Frömde bedeent de Blaasballig, un de Swatte Smidt smitt Koehlen up. As se de ole Wiever düchtig Hitten geven hebben, trecken se se rut un up'e Ambolt, un denn geiht de Frömde bi un sleit mit de Vörslaghamer un de Smidt mit de Handhamer, un mit een Sweißhitten maken se de smuckste Deern, de een jichens sehn hett. As se darmit ferdig sünd, gifft de Frömde de Swatte Smidt en gude Lohn un glitt sik af mit de junge Deern.

Foorts, as se weg sünd, löppt de Swatte Smidt in't Huus un seggt to sin Fruu: „Schall ik di mal wat Nües vertellen? Ik heff jüst en smucke junge Deern, as du noch keen sehn hest, ut twee ole Wiever maakt. Kumm mit, denn maken wi noch een ut din Mudder un min, un denn hebben wi, wat wi noch nie nich hatt hebben, en eegne Dochter." Man sin Fruu seggt: „Pass man up, dat di dat nich wedder so geiht as mit dat Beslaan vun'e Schimmel." – „Dar is keen Gefahr", seggt he un maakt sik an'e Arbeit. He versöcht un maken allens jüst so, as he dat bi de Frömde sehn hett, man wat dar bi rutsuert is nich as dat Beslaan vun de Schimmel, dat is soevenmal leeger.

De Tied vergeiht, un wokeen schull dar woll in'e Smä' rinkieken as de eerste Frömde. He bütt de Smidt de Dagstied un seggt: „Hest du eegentlich oeverhaupt vör un geven mi, so as du dat toseggt hest, dat halve Geld, wat ik di verdeent heff?" Nee, dat hett de Smidt nich. He will de Frömde nichmal danken. Do ward de Frömde ümmer grötter, so groot, dat de Smidt in Gefahr is un warrn plattdrückt twischen em un de Wand vun'e Smä'. As de Swatte Smidt süht, wat för'n Gefahr he in is, kriggt he en Geldbüdel ut'e Tasch, de is mit Ledderreemens tobunnen, un denn seggt he: „Ik seh ja, groot nugg kannst du di maken, man wenn du di nu so lütt maken wullt, dat du in düsse Büdel passen deist, denn kriggst du all dat Geld, wat ik di schüllig bün." Foorts ward de Frömde lütter un ümmer lütter, bet he so lütt is, dat he as lütte swatte Stoffkoorn in'e Büdel hoppt. So draa de Swatte Smidt dat süht, treckt he an de Reemens un knütt't se fast um dat apene Enne. Denn leggt he de Büdel up'e Ambolt un haut dar dreemal up mit de Vörslaghamer all, wat he kann. Do basst de Büdel vuneen mit so'n lude Knall, dat de Smidt sin Fruu al meent, de Smä' mit allens, wat dar in is, is in de Luft flagen. Vull Angst löppt se na buten un fraagt, wat dar passeert is. „Och, laat man. Wenn he mi uck bi de Schimmel un de ole Wiever bedragen hett, so heff ik em um sin Leven bedragen."

He maakt uck wiederhen Ploogscharen un geiht dar eenmal in'e Maand mit to Markt. Man he is en arig wat klökere Mann wurrn, un ümmer, wenn he Geld bruukt, denn nimmt he en beten vun dat, wat he ünner de Dörsüll vun'e Smä' verstaken hett.

De Wittfruu un ehr Deerns

Dar is mal en arme Wittfruu we'n, de hett dree Döchter hatt, un för un maken se satt hett se nix hatt as en Kohlhoff. Un elkeen Dag is dar en grote griese Hingst kamen un hett vun'e Kohl freten. Do seggt de öllste vun'e Deerns to ehr Mudder: „Ik will man vundaag na de Kohlhoff gahn, un denn nehm ik dat Spinnrad mit, un denn will ik dat Perd ut'e Kohl möten." – „Dat do man", seggt ehr Mudder.

Se denn ja rut. De Hingst kümmt, un do nimmt se de Wock vun't Spinnrad un neiht 'n dar een mit oever. Do blifft de Wock an'e Hingst behacken, un ehr Hand blifft an'e Wock behacken. Un denn de Hingst afste', bet se an en gröne Barg kamen, un do röppt 'n: „Maak up, maak up, gröne Barg, un laat de König sin Soehn in; maak up, maak up, gröne Barg, un laat de Wittfruu ehr Dochter in." Do deit de Barg sik apen, un se gahn dar rin. He maakt ehr Water warm för ehr Fööt, un he maakt ehr en weeke Bett t'recht, un do liggt se dar de Nacht.

Fröh an'e neegste Morrn steiht he up un will up Jagd gahn. Do gifft he ehr all de Sloeteln vun dat Huus, un he seggt, se dörv all de Kamern in't Huus upmaken bet up een. De dare dörv se up gar keen Fall upmaken. Un wenn he wedderkümmt, denn schall se dat Eten t'recht hebben för em, un wenn se aardig is, denn so will he ehr heiraden.

As he weg is, geiht se bi un maakt de Kamern up. Un as se se een na de anner upmaakt, warrn se ümmer feiner un feiner, bet se kümmt na de, de ehr verbaden is. Do denkt se, wat mag dar woll in we'n, dat se de nich upmaken schall? Se maakt 'n denn ja up, un do is 'n vull mit dode Fruunslüüd, un se steiht bet an't Knee in Bloot. Do kümmt se wedder rut un geiht ja bi un maken ehr Foot rein. Man so dull se dar uck up rumwascht, se kriggt dar keen Spier vun dat Bloot vun af. Do kümmt dar en lüerlütte Katt bi ehr an un seggt, wenn se 'n will en lütte Drüpp Melk geven, denn so will 'n ehr de Foot so rein maken, as 'n vörher we'n is. „Wat, du, du grimmige Beest? Huul bloots af! Meenst du, ik kann 'n nich beter rein maken as du?" — „Ja, ja, as du wullt. Du warrst al seh'n, wat du darvun hest, wenn he sülven na Huus kümmt."

He kümmt ja na Huus, un se sett dat Eten up'e Disch, un se setten sik dal. Ehrer se bi gahn un eten, fraagt he ehr: „Büst du vundaag uck aardig we'n?" — „Bün ik", seggt se. — „Denn laat mi mal din Foot seh'n", seggt he, „denn will ik di woll seggen, um dat stimmt." Do wiest se em de, de rein is. „Wies mi mal de anner", seggt he. Do süht he denn ja dat Bloot. „Nu süh mal kiek", seggt he. He steiht up, kriggt sik en Äx her un haut ehr de Kopp af, un denn smitt he ehr in de Kamer bi de anner Doden un leggt sik dal för de Nacht.

Fröh an'e neegste Morrn geiht he wedder na de Witt-fruu ehr Kohlhoff. Do seggt de Wittfruu ehr tweete Dochter to ehr Mudder: „Ik will vundaag rutgahn un will dat Perd ut'e Hoff möten." Do geiht se rut to neih'n. Un do sleit se dat Perd mit dat Stück, 'nem se an neih'n deit. Do blifft dat Tüüg an'e Hingst beha-cken, un ehr Hand blifft an't Tüüg behacken. Se ka-men na de Barg. He röppt de Barg as ümmer. De Barg deit sik up, un se gahn rin. He maakt Water warm för ehr Fööt, un he maakt ehr en weeke Bett t'recht, un se leggen sik dal för de Nacht.

Fröh an'e neegste Morrn will he up Jagd, un he seggt to ehr, se dörv all de Kamern upmaken bet up een, un de dare schall se up gar keen Fall upmaken. Do maakt se elkeen Kamer up, bet se an de dare lütte kümmt. Un do denkt se, wat mag dar woll in we'n, dat se de nich upmaken dörv? Un se maakt 'n up, un do is 'n vull mit dode Fruunslüüd, un ehr Süster dar mang. Un se steiht bet an't Knee in Bloot. Se kümmt wedder rut, un as se bi is un maken ehr Foot wedder rein, kümmt de lütte Katt an un seggt: „Wenn du mi en lütte Drüpp Melk giffst, maak ik di de Foot so rein, as 'n vörher we'n is." – „Wat, du, du grimmige Beest? Hau af! Meenst du, ik kann 'n sülven nich beter rein maken as du?" – „Na", seggt de Katt, „du warrst ja seh'n, wat du darvun hest, wenn he sülven na Huus kümmt."

As he na Huus kümmt, discht se dat Eten up, un se setten sik dal. Do fraagt he: „Büst du vundaag aardig we'n?" – „Bün ik", seggt se. – „Denn laat mi mal din Foot seh'n", seggt he, „denn will ik di woll seggen, um dat stimmt." Do wiest se em de, de rein is. „Wies mi mal de anner", seggt he. Se deit dat. „Nu süh mal kiek", seggt he, un he kriggt sik de Äx her un haut ehr de Kopp af. Denn leggt he sik dal för de Nacht.

De neegste Morrn seggt de Jüngste to ehr Mudder, as se bi is un strichen en Strümp: „Ik will vundaag rutgahn mit min Strümp un up'e griese Hingst passen. Ik will seh'n, wat mit min beide Süstern passeert is, un denn kaam ik wedder un segg di Bescheed." – „Dat do man", seggt ehr Mudder, „man seh to, dat du nich uck weg bliffst." Se geiht rut, un denn kümmt de Hingst. Se haut 'n mit ehr Strichstrümp. De Strümp blifft an'e Hingst behacken, un ehr Hand blifft an'e Strümp behacken. Do glieden se sik af un kamen na de gröne Barg. He röppt so as ümmer, un do kamen se dar rin. He maakt Water warm för ehr Fööt un maakt en weeke Bett torecht för ehr, un denn leggen se sik dal för de Nacht.

De neegste Morrn will he up Jagd, un do seggt he to ehr, wenn se sik upföhr'n deit as en aardige Fruu bet he wedderkümmt, denn heiraden se bi en paar Daag. He gifft ehr de Sloeteln un seggt, se dörv all de Kamern upmaken bet up de dare lütte, de schall se jo un jo nich upmaken. Se maakt se denn all up, un as se na de dare kümmt, denkt se, wat mag dar woll in we'n, dat se de nich upmaken schall as de annern? Un do maakt se 'n up un süht dar ehr beide dode Süstern, un se steiht bet an beide Kneen in Bloot. Se denn ja wedder rut un geiht bi un maken ehr Fööt rein, man se kriggt dar keen Spier vun dat Bloot vun af.

De lüerlütte Katt kümmt hen na ehr un seggt: „Giff mi en lütte Drüpp Melk, un ik maak di de Fööt so rein, as se vörher we'n sünd." – „Dat scha'st du hebben, lütte Deert. Ik gev di so vel Melk, as du hebben wullt, wenn du mi de Fööt rein maakst." Do lickt de Katt ehr de Fööt so fein rein, as se vörher we'n sünd. Denn kümmt de Herr na Huus, un se sett dat Eten up'e Disch, un se setten sik dal. Man ehrer se anfangen, fraagt he ehr: „Büst du vundaag en aardige Fruu we'n?" – „Na, dat geiht so", seggt se, „ik will nich angeven." – „Denn laat mi mal din Fööt seh'n", seggt he. Se wiest se em. „Du büst en aardige Fruu we'n", seggt he, „un wenn du di sodennig noch en paar Daag holen deist, denn heiraden wi, du un ik."

De neegste Morrn geiht he wedder up Jagd. As he weg is, kümmt de lütte Katt hen na ehr. „So, nu will ik di vertellen, wodennig du an gauesten mit em verheiraad't warrst", seggt de Katt. „Binnen sünd en Barg ole Kisten. Dar musst du dree vun ruthalen un se rein maken. Un denn seggst du to em, he schall de dare dree Kisten na din Mudder ehr Huus bringen, denn hier sünd se ja doch man oever, un dar sünd noch rieklich na ahn düsse dree. Denn seggst du to em, he dörv ünnerwegens keen vun se upmaken, un wenn he dat doch deit, geihst du weg vun em. Du seggst, du wullt up en Boom klarrn un uppassen, un wenn he een upmaakt, denn sühst du dat. Wenn he denn up Jagd geiht, maakst du de Kamer up un haalst dar din beide Süstern rut. Du tickst se an mit de Töverstock, de dar liggt, un denn sünd se wedder lebennig un heel as vörher. Du maakst se rein un deist in elkeen Kist een vun se, un sülven settst du di in de drütte. Du deist so vel Sülver un Gold in de Kisten, dat dat för din Mudder un din Süstern langt för't Leven. Wenn he de Kisten na din Mudder ehr Huus bröcht hett un wedder na Huus kümmt, ward he splitterndull. Denn kümmt he in sin Raasch na din Mudder ehr Huus un haut de Dör in. Stell du di achter de Dör un hau em mit de Dwarsbalk de Kopp af. Denn is he en staatsche Königssoehn as ehrdem, un denn heiraad't he di. Segg to din Süstern, wenn he ünnerwegens en Kist upmaken will, denn schoe'n se ropen: ‚Ik seh di, ik seh di!' Denn meent he, du röppst vun'e Boom dal."

As he na Huus kümmt, maakt he sik up'e Weg mit de Kisten, een na de anner, un bringt se na ehr Mudder ehr Huus. As he na en Slunk kümmt un meent, se in'e Boom kann em dar nich seh'n, will he de Kist dalsetten un nakieken, wat dar in is. Do röppt de Deern in'e Kist: „Ik seh di, ik seh di!"

„Gott bewahr din smucke lütte Kopp", seggt he, „wenn du so wied kieken kannst!"

Sodennig geiht em dat elkeen Reis, bet he de Kisten all na ehr Mudder ehr Huus bröcht hett.

As he dat letzte Mal wedder na Huus kümmt un gewahr ward, se is nich dar, do ward he splitterndull. He foorts wedder hen na de Wittfruu ehr Huus, un as he dar ankümmt, haut he de Dör in. Man de Deern steiht achter de Dör un haut em de Kopp af mit de Dwarsbalk. Do ward he to en Königssoehn, so staatsch as man een. Do is he denn erlöst, un dat is allens idel Freud. Se un he heiraden, un se laten ehr Mudder un Süstern so vel Gold un Sülver, dat se dar de Rest vun se's Leven guut vun leven koenen.

De beide Fischers

Dar sünd mal twee junge Fischerslüüd we'n, Thomas un Willi, de sünd beid achter Jan sin smucke Dochter Anni her we'n un hebben ehr heiraden wullt. Nu nehmen se mal een Oktobernameddag se's Handlienen un fahren mit'nanner in se's Boot rut to fischen. Hen to Schummertied kümmt dar Wind up, un nich lang', do weiht dat so dull, se moeten seh'n un kamen in Schuul, un en passliche Stä' gifft dat up dat Eiland Lüttenoog, 'nem se uck guut henkamen.

Dar wahnt keeneen up dat dare Eiland, un de Fischers hebben nix to eten mit un keen Füertüüg. Man en Dack oever de Kopp, dat hebben se, denn dar steiht en Hütt oder Kaat up dat dare Eiland, de bruken de Fischerslüüd in de gude Jahrstied, man nu de Tied um is, is dar keeneen. Twee Daag lang raast de Storm in een Tour, un toletzt sünd de beide strandte Keerls bannig in'e Kniep. Man as dat de drütte Morrn Dag warrn will, do ward Willi waak vör sin Macker, un he markt, dat Wedder hett upklaart, un de Wind weiht in en günstige Richt. Do steiht he up, maakt Thomas gar nich eerst waak, un geiht hen na de Boot, de hebben se hooch un dröög up Land trocken, un mit vel Mars kriggt he 'n alleen to Water.

Wieldes is Thomas uck waak wurrn. Un as Willi nu gar nich wedderkümmt, geiht he em na na de Stä', 'nem se de Boot hoochtrocken hebben. Un wat he dar süht, jaagt em de Gräsen de Rügg dal. De Joll is nich mehr dar, man as he hoochkickt, ward he 'n al wied buten up See wies, dar jaagt 'n vör de Wind na Huus to. As he dat süht, is stackels Thomas ganz all. Em ward klaar, sin Macker hett em veniensch un achtertücksch dar alleen laten. Un he weet, dar is nich un reken mit, dat dar nochmal een na dat dare Eiland kümmt, bet de Fischtied wedder dar is. Un he bruukt dar uck nich up luern, dat he Hülp vun sin Frünnen kriggt, denn de weeten ja nich, wonem se em söken schoe'n. Ünner trurige Gedanken un Vörahnen geiht de Dag langsam hen, un as dat to Nacht geiht, leggt he sik dal up sin Strohlager in'e Kaat. Denn ward dat düüster, un he slöppt in.

Man hen to Morrn ward he upmal waak. Wat is he verbaast, de heele Hütt is hell vun en gediegene Licht, un so'n snaaksche Summen un Snacken, nich as vun Minschen, un dat Trappen vun en Masse lütte Fööt un dat Klingen vun gollne un sülverne Fatten kamen an sin Ohr. De Ünnereerdschen sünd bi un stellen to to en Fest. Ganz liesen stütt't Thomas sik up'e Ellbagen un kickt sik de Kraam an. Mit vel Klappern un Kloetern ward upletzt de Disch deckt. Denn kamen dar wecken rin, de drägen in en Stohl oder Böhr en lütte Fruunsminsch, de holen se, as't schient, all in grote Ehren. Se setten sik all dal, un dat Eten schall jüst anfangen, do ward ut dat Fest mitmal en grote Upregen un Dör'nanner. Un foorts ward Thomas to sin Mallöör wies warum dat upmal allens anners is. Se hebben markt, dar is en Minsch, un up een Woort vun se's Königin sluten de „Lütte Lüüd" sik tohopen un woe'n de unbedene Gast to Kleed. Man Thomas behollt en klare Kopp. Blangen em liggt sin ladene Vagelbüss, un as de Ünnereerdschen up em losgahn, kriggt he 'n an'e Schuller un schütt los. Foorts is dat Licht ut, un allens is düüster, still un eensam.

Nu laat uns man mal na de achtertücksche Willi kieken. De kümmt heel to Huus an, un dar vertellt he

denn en trurige Geschicht – de hett he sik ünner-
wegens utklamüüstert –, warum sin Macker nich mit
is. Un as he markt, se gloven em sin Geschicht, ver-
leert he keen Tied un geiht wedder bi un holen an
um de smucke Anni. Ehr Vadder, Jan, is dat ganz na
de Mütz. Man de Deern sülven will nix vun em wee-
ten. Ehr dücht, se kann em nich leev hebben. Un
denn hett se so'n Verdacht, dat dat mit Thomas, de
se geern lieden mag, dat dat keen reine Kraam is.
Man se setten ehr to, un eendoont, wat se darto seg-
gen deit, de Hochtied ward afmaakt, un dat al gau.
Do is de stackels Deern böös in'e Kniep.

Man een Nacht, as se sik in Slaap weent hett, hett se
en Droom, un de bringt ehr darto, dat se de neegste
Morrn na dat Huus vun Thomas sin Öllern geiht un
seggt, se schoe'n doch man mit ehr na se's Soehn
söken. Man de woe'n dar nich recht bi, denn so leev,
as se se's Soehn uck hebben, se meenen, uck wenn se
Recht hett in ehr Meenen, dat he is up een vun de
lütte Eilänner vör de Küst trügglaten wurrn, denn
mutt he doch al lang doot we'n vun Küll un Hunger.
Man de Deern blifft bi un triffeleert, un toletzt geven
se na. En Boot ward klaarmaakt, un Anni wiest se
de Weg na Lüttenoog, un as se dar neeger rankamen,
marken se würklich, so as Anni dat seggt hett, dar is
en Minsch up dat Eiland. Thomas kümmt sin Frün-
nen an'e Strand in'e Mööt, un as se sik eerstmal
düchtig um'e Hals fullen sünd, wunnern se sik all,
wo frisch un munter he noch utseh'n deit. Man se
sünd noch teinmal duller verbaast, as he se vertellt,
wodennig em dat gahn hett, un se verklaart, he hett
sik de letzte Daag, de he dar alleen we'n is, mit de
Resten vun de Ünnereerdschen se's Festeten – dat
hebben de ja knapp anröhrt – dar hett he sik mit an't

Leven holen. Un he seggt, so lecker hett he in sin ganze Leven noch nich eten.

As se wedder na Huus kamen, warrn se mit grote Halloh begröt't. Un dat deit ja eegens gar nich nödig un seggen, dat Thomas un Anni bald darna Mann un Fruu wurrn sünd. Man vun do an is dat mit Willi ümmer wieder bargdal gahn. Na dat he sin gude Naam tosett harr, hett he anfungen un süken, un he hett keen Glück mehr hatt. Un dat hett nich lang' duert, do hebben se em, so jung, as he weer, inkuhlen musst. Un dat hett keeneen leed daan.

De Seehundjäger un de Meerkeerl

Dar is mal en Mann we'n, de hett wied in Noorden levt. He hett en lütte Kaat an'e See hatt, un sin Broot hett he darmit verdeent un fangen Seehünne un verkopen se's Fell, dat is ja bannig düer.

Up de Aart hett he düchtig Geld verdeent, denn de dare Deerten sünd ümmer hupenwies ut'e See rutkamen un hebben sik an'e Strand dicht bi sin Kaat in'e Sünn leggt, un do is dat nich swaar we'n un sliekern sik vun achtern an se ran un maken se doot.

Wecken vun de dare Seehünne sünd arig wat grötter we'n as den annern, „Roon" hebben de Lüüd to so een seggt, un se hebben fluustert, dat sünd gar keen Seehünne, dat sünd Meerkeerls un Meerwiever, de kamen ut se's eegne Land, dat liggt wied nedden ünner de See, un se hebben sik sodennig verkleed't, dat se dör't Water tohööcht kamen koenen un de Luft hier up unse Eerde aten koenen.

Man de Seehundjäger hett se wat utlacht un hett seggt, de dare Seehünne dootmaken, dat lohnt sik an meisten, se's Fellen sünd so groot, dar kriggt he en extra hoge Pries för.

Nu mallöört em dat mal, as he sin Warv utöövt, dat he en Seehund mit sin Jagdmess steken deit, un um he nu nich richtig drapen hett oder wat, dat kann ik nich seggen, man dat Deert bölkt luut vör Wehdaag, lett sik vun'e Steen, 'nem et up legen hett, in'e See glieden un verswinnt ünner Water, un dat Mess nimmt et mit.

De Seehundjäger is düchtig vergrellt, dat he sik so tüffelig anstellt hett, un uck, dat he sin feine Mess tosett hett, un do geiht he na Huus to eten un is man wat leeg toweg'. Ünnerwegens bemött he en Rieder, de is so groot un süht so gediegen ut un ritt up so'n gewaltige Perd, he blifft rein stahn un kickt em verbaast an un fraagt sik, wokeen dat woll is un vun wat för'n Land he herkamen mag.

De Frömde hollt uck an un fraagt em na sin Profeschoon, un as he hört, he is en Seehundjäger, do bestellt he foorts en ganze Barg Seehundfellen bi em. De Seehundjäger freut sik ja bannig, denn dat bedüüd't ja en ganze Barg Geld för em. Man he maakt en lange Gesicht, as de Rieder seggt, he mutt de dare Fellen noch an desülve Avend levern.

„Dat krieg ik nich klaar", seggt he heel benaut, „de Seehünne kamen nich wedder vör morrn fröh."

„Och, ik kann di na en Stä' bringen, 'nem so vel Seehünne sünd, as du man hebben wullt", seggt de Frömde. „Sett di man achter mi up't Perd un kumm mit."

Dar is de Seehundjäger mit inverstahn, un he klarrt rup achter de Rieder, un de sleit mal mit de Toegel, un dat grote Perd neiht af in Galopp so gau, he hett Mars[1] mit un holen sik baven.

Ümmer wieder geiht dat, gau as de Wind, un toletzt kamen se an'e Kant vun en Steilküst, un de Siet geiht liek dal na de See. Dar hollt de gediegene Rieder sin Perd mit een Ruck an.

„Stieg af!", seggt he kort af.

De Seehundjäger deit dat, un as he markt, he steiht up faste Grund, do pliert he mal vörsichtig oever de

---

[1] Mars = Mühe

Kant, he will mal seh'n, um dar wecke Seehünne nedden up'e Steens liggen. Man he is heel verbaast, dar sünd gar keen Steens un uck keen Strand, bloots de blaue See, de geiht bet liek an'e Foot vun dat Kliff.

„Wonem sünd denn nu de Seehünne, 'nem du vun snackt hest?", fraagt he bang', un he wull, he harr sik nie nich up so'n vigeliensche Saak inlaten.

„Dat scha'st du foorts to seh'n kriegen", seggt de Frömde, he is noch bi de Toom vun sin Perd togang'.

Nu ward de Seehundjäger richtig bang', he is sik wiss, em steiht wat Leeges bevör, un so'n eensame Stä', as dat is, dar helpt em keen Ropen um Hülp, dat is klaar.

Un dat schient, as wenn sin Bangen wahr ward, denn mitmal föhlt he de anner sin Hand up sin Schuller, un denn markt he, wo he oever de Kant smeten ward, un he fallt mit en Platsch in'e See.

Na, denkt he, nu is sin letzte Stunn kamen, un he fraagt sik, wodennig een en unschüllige Mann sowat andoon kann.

Man wat is he verbaast, as he markt, bi em mutt sik wat verännert hebben, denn statts dat em dat Water de Luft nimmt, kann he ganz eenfach aten, un dat schient, as wenn he un sin Macker – de is ümmer noch blangen em –, as wenn se jüst so gau dör de See dalsacken, as se eerst dör de Luft flagen sünd.

Ümmer wieder dal geiht dat, keeneen weet wo deep, un toletzt kamen se an en grote Bagendör, de is, as't schient, vun hellrode Korallen maakt un mit Mu-

scheln besett. De geiht vun sülven up, un as se rin-
kamen, sünd se in en gewaltig grote Hall mit Wänne
ut Parlmutt, un de Del is vun Seesand, glatt, fast un
gel.

De Hall is vull mit Bewahners, man dat sünd all
Seehünne un keen Minschen, un as de Seehundjäger
sik na sin Macker hendreiht, do kriggt he rein en
Schreck, do is de uck to en Seehund wurrn. Un en
noch vel dullere Schreck kriggt he, as he sik sülven
in en grote Speegel süht, de dar an'e Wand hängt, do
süht he uck nich mehr ut as en Minsch, do is he to en
feine, haarige, brune Seehund wurrn.

„Och du leeve Gott", seggt he bi sik sülven, „ahn dat
ik dar wat för kann, hett de dare tücksche Frömde
mi verhext, un nu mutt ik för de Rest vun min Leven
in düsse gresige Gestalt blieven."

Eerst snackt keen vun de Deerten mit em. Ut jichens
en Grund sünd se bannig trurig, as dat schient, se
gahn sachten in de Hall rum un snacken liesen un
bedröövt mit'nanner, oder se liggen trurig up'e Sand-
footborm un wischen sik dicke Tranen ut'e Ogen mit
se's weeke, pelzige Flossen.

Man denn bi lütten warrn se em wies, un se flustern
mit'nanner, un upmal geiht sin Föhrer weg vun em
un verswinnt dör en Dör an't Enne vun'e Hall. As he
wedderkümmt, hett he en grote Mess in'e Hand.

„Hest du dat al mal sehn?", fraagt he un hollt dat de
stackels Seehundjäger vör de Näs. Un de verfehrt sik
degern: Dat is sin eegne Jagdmess, 'nem he vun-
morrn de Seehund mit staken hett, un wat vun dat
verwunnte Deert mitnahmen is.

As he dat süht, smitt he sik dal up'e Kneen un bedelt um Gnaad, denn he denkt sik foorts, de dar in de dare Höhl wahnen, de sünd dull up em wegen dat, wat he se's Macker andaan hett, un nu hebben se em mit jichens so'n Hexenwark faatkregen un em dar dalbröcht na se's Hüsen un woe'n em dat t'rüggbetahlen un em um'e Eck bringen.

Man dat doon se nich, se drängeln sik um em, rieven se's weeke Näsen an sin Fell, dat se wiesen, se moegen em lieden, un se seggen, he schall sik doch man jo wedder inkriegen, em passeert nix, un wenn he man doon will, 'nem se em um beden, denn woe'n se em sin Leven lang' leev hebben.

„Segg, wat dat is", seggt de Seehundjäger, „un ik do dat, wenn dat in min Macht steiht."

„Kumm mit", seggt sin Föhrer, un he geiht vöran dör de Dör, 'nem he rutgahn is, as he dat Mess haalt hett.

De Seehundjäger geiht achter em ran. Un dar, in en lüttere Kamer, liggt en grote, brune Seehund up en Bett vun hellrode Seedang un hett en gapen Wunn in'e Flank.

„Dat is min Vadder", seggt sin Föhrer, „de hest du vunmorrn verwunnt, wiel dat du meent hest, he weer een vun de gewöhnliche Seehünne, de in de See leven, un nich en Meerkeerl, de Spraak hett un Plie, jüst so as I Minschen. Ik heff di hierher bröcht, dat du sin Wunnen verbinnen deist, denn bloots din Hand kann em heelen."

„Ik kenn dar nix vun, vun de Dokterie", seggt de Seehundjäger un is heel verbaast, wo nasichtig de dare gediegene Kreturen sünd, de he so ahnweten wat andaan hett. „Man ik will de Wunn verbinnen, so guut as ik dat kann, un dat deit mi bannig leed, dat dat min Hänne we'n sünd, de dat daan hebben."

He geiht an't Bett, böögt sik oever de verwunnte Meerkeerl un wascht un verbinnt de Stä', so guut as he dat versteiht. Un dat is rein as Hexenkraam, knapp is he ferdig, do schient dat, as wenn de Wunn starvt un dootblifft, un dar blifft bloots de Narv na, un de ole Seehund springt ut't Bett un is wedder heel un gesund.

Do gifft dat grote Freud un Juuchheien in de heele Seehundpalast. Se lachen un snacken un fallen sik in'e Arms up se's eegne gediegene Aart un drängeln sik um se's Macker un rieven se's Näsen an sin, as wenn se em wiesen woe'n wo dull se sik freu'n, dat he wedder gesund is.

Man de ganze Tied steiht de Seehundjäger alleen in een Eck un hett düüstere Gedanken. He kann nu ja woll seh'n, dat se em nich to Kleed un up'e Eck bringen woe'n, man em dücht dar uck nich jüst vel um un verbringen de Rest vun sin Leven as Seehund Fadens deep ünner de See.

Man do kümmt to sin Freud sin Föhrer na em ran un seggt: „So, nu kannst du wedder na Huus gahn na din Fruu un Kinner, wenn du wullt. Ik bring di hen, man bloots ünner een Bedingen."

„Un wat för een?", fraagt de Seehundjäger ievrig un freut sik oever de Utsicht un kamen wedder heel na de Boeverwelt un na sin Familie.

„Dat du dar en fierliche Eed up deist, dat du nie nich wedder en Seehund wat doon wullt."

216

„Dat do ik vun Harten geern", seggt he, denn wenn dat uck bedüüd't, he mutt sin Warv upgeven, so meent he doch, wenn he man sin eegne Gestalt wedder hett, denn so finnt he licht wat anners.

Do deit he de verlangte Eed so fierlich, as sik dat hören deit, un böhrt richtig sin Floss up bi't Swören. un all de anner Seehünne stellen sik um em rum as Tügen. Un all fallt se en Steen vun't Hart, as he de Wöör seggt, denn he is de gröttste Seehundjäger in'e heele Noorden.

Denn seggt he de gediegene Sellschopp adjüs, un tosamen mit sin Föhrer geiht he wedder ut de Buterdör vun Korallen un stiggt up un up un up dör dat schattige gröne Water, bet dat ümmer heller un heller ward un se toletzt updükern, rut in'e Sünnschien vun de Eerde.

Denn jumpen se mit een Satz rup up dat Kliff, 'nem dat swatte Perd up se luert un geruhig an dat gröne Grass knabbert.

As se ut't Water rutkamen, fallt se's gediegene Haarkleed vun se af un se sünd wedder as vördem, en eenfache Seehundjäger un en grote, staatsche Herr in Riedtüüg.

„Sett di achter mi rup", seggt de Herr, as he in'e Sadel jumpt. De Seehundjäger deit dat un hollt sik guut an sin Macker sin Tüüg fast, denn he denkt dar an, wo he eerst meist dalfullen weer.

Denn geiht dat wedder allens so as vörher. Een Slag mit de Toegel, un dat Perd galoppeert afste', un dat duert nich lang', do steiht de Seehundjäger heel un gesund vör sin Gaarnpoort.

He reckt de Hand hen un will adjüs seggen, man do kriggt de Frömde en ganze grote Büdel mit Goldstücken rut un leggt em de in'e Hand.

„Du hest din Deel an'e Hannel daan, un wi moeten unse uck doon", seggt he. „De Minschen schoe'n nich seggen, wi hebben en ehrliche Mann um sin Arbeit bröcht un em darför nich sin Schaden wedder guutmaakt. Hiermit kannst du bet an din Enne kommodig leven."

Denn is he mitmal weg, un as de verbaaste Seehundjäger de Büdel in sin Kaat driggt un de Goldstücken up'e Disch utkippen deit, do süht he, de Frömde hett de Wahrheit seggt, un he is nu för de Rest vun sin Leven en rieke Mann.

De Ries, de sik ümmer so alleen föhlt hett

Dar is mal en Ries we'n, de hett sik ümmer so alleen föhlt. Klaar, dat doon de mehrsten Riesen – oder se dä'n dat, wenn se dar mal oever nadenken dä'n. En Ries bruukt en ganze Barg Land, 'nem he vun leven kann, un dat heet, se moeten sik bannig wied verdeelen, so wat bi een in elkeen Harr[1]. Un darför sehn se sik nich faken, bloots mal, wenn tofällig twee Navers to lieker Tied an'e Grenz vun se's Rebeet kamen. Wenn dat passeert, denn spelen se Fangen mit en Felsbrock oder Versteken in'e Bargen. Darna gahn se wedder ut'neen. Denn kannst du se mielenwied „adjüs" ropen hör'n.

Man se denken dar nich oever na, wo alleen se sünd, denn se hebben dat oeverhaupt nich so mit dat Denken. Mehrstendeels kümmern se sik bloots um se's Geschäft un we'n Riesen. Dar bruken se se's heele Tied för, un dat is sware Arbeit, denn dat is fastleggt in de Deenstvörschrift för Riesen, wenn se nich jüst eten oder slapen, denn moeten se in't Land rumtrampen un bölken so luut, as se jichens koenen, un bannig füünsch kieken. Füünsch kieken alleen is al sware Arbeit; versöök dat man mal en halve Stunn, denn warrst du dat sülven wies. Du vergittst ümmer wedder, dat du de Ogenbranen tohopentrecken musst, un warrst mitmal oever jichens wat grienen. Un denn kannst man wedder vun vörn anfangen.

Dat se so vel to doon hebben, bedüüdt, dat Riesen nich vel Tied hebben un denken. Wenn en Ries dat

---

[1] Harr = Harde, alte Verwaltungseinheit in Schleswig und Dänemark

doch mal t'rechtkriggt un hebben en paar Minuten för sik, denn is he för gewöhnlich so möö', dat he eenfach inslöppt. Eerst sett he sik dal mit de Rügg gegen de neegste Barg. Denn maakt he sin gewaltige Muul up un hujahnt düchtig. Denn spütt't he all de Vageln wedder ut, de he bi dat Hujahnen insuugt hett. Un denn geiht dat af in't Droomland.

Man unse Ries is anners we'n. He hett al lang' sin Book mit de Deenstvörschrift verlaren hatt un hett sik dar uck nie nich um kümmert un kriegen en nüe een. He hett nich rumtrampt un bölkt, denn dar hett he nich vel Sinn in seh'n kunnt. Dar kriggst bloots wehe Fööt vun un Koppwehdaag. Un denn maakt dat uck de Lüüd bang', un he hett de Lüüd nich bang' maken wullt, he hett fründlich we'n wullt.

Man wat em an meisten anners maakt hett as anner Riesen, dat is, he hett ümmer nadacht. Un an meisten hett he dar oever nadacht, wo alleen he sik föhlt hett. Ja, wiss, he hett woll een, twee Frünnen mang de Deerten hatt. Goldkopp, de Adler, to'n Bispill. Man de Deerten hebben sik nich sünnerlich för Lüüd intresseert, wat se nu groot weern oder lütt. Se hebben meent, dat sünd doch man bannig stümperige Kreturen: Se koenen nich vel gauer lopen as in Draff, nich wieder swümmen as een, twee Mielen un nich höger fleegen as en fiev, söss Foot un uck nich länger in'e Luft blieven as een, twee Sekunnen. Un in'e Eerde wöhlen oder se's Huus up'e Rügg drägen un anner so'n sinnvulle Saken koenen se uck nich.

„Wat Minschen angeiht", seggt Goldkopp mal to unse Ries – blangenbi seggt, he heet Asmus Andersen – „allens, wat se koenen, wat se nu groot sünd oder lütt un mit wenig Utnahmen, dat is Larm maken, allens schietig maken oder Saken tweimaken. Un denn all de dare rosa, naakte Huut, un nich een Fedder! Bähh!" Un darum kriggt Asmus vun Goldkopp för gewöhnlich höchstens mal en Tick mit de Flünkenspitzen, wenn he vörbiflüggt.

Dat is woll wahr, Asmus hett uck een, twee Frünnen mang de Minschen vun gewöhnliche Grötte. Dar is to'n Bispill Marga Matthiesen, de Schooster sin Dochter. Mit ehr kann he sik mitünner fein ünnerholen. Man wenn se tohopen snacken woe'n, mutt Asmus sik dalleggen, dat he sin Ohr in'e Hööchde vun ehr Mund kriggt, un dat kümmt em ümmer so drullig vör, dat he luud looslachen mutt, oder he mutt ehr tohööcht böhren un an sin Ohr holen, un dat kümmt ehr denn wedder so snaaksch vör, dat se luud lachen mutt.

Un dat kennst du ja sachs sülven, dat is bannig swaar un snacken vernünftig mit een, de ümmerto hucheln deit. Du kannst ümmer bloots twee Wöör in elkeen Satz richtig verstahn, un de Rest musst du raden. Un raadst du verkehrt, ward noch mehr lacht. Marga hett Asmus mal vertellt, de Dokter hett seggt, ehr Mudder schall elkeen Morrn to Fröstück twee Geier eten. Dat düche em gresig, un wonem scha'st du so'n Beester uck herkriegen? Man denn kreeg he rut, se harr „Eier" seggt.

Mal ward Asmus sik so gresig alleen föhlen, dat he dat nich mehr utholen kann, un em ward klaar, he mutt dar wat gegen doon. He denkt, dat Klöökste, wat he doon kann, is sachs, um Raat fragen, un he meent, he will man toeerst Marga fragen. He denn hen na ehr Vadder sin Huus, un as he dar henkümmt, süht he ehr al vun wieden vör de Dör sitten, singen un spinnen. Un ehr Stimm un de Faden gahn ümmer so liek weg.

„Ik wull, ik weer keen Ries", denkt Asmus, „denn kunn ik Marga fragen, um se mi heiraden will. Un wenn se denn ,ja' sä, weer ik nich mehr alleen."

Man he is nu mal en Ries, un darum bruukt he dar ja gar nich an denken, jüst so as en Buernjung dar nich an denken bruukt un kriegen de König sin Dochter. Man he kriggt Marga so gau in'e Hööcht, dat se vel to dull ut'e Puust is för un lachen.

„Marga", seggt he, „hör mi mal nipp to, ik bruuk din Raat. Un lach nich, dat is en bannig eernsthaftige Saak. Min Problem is, ik föhl mi ümmer so alleen. Wat kann ik darbi maken? Gifft dat dar en Heelmiddel för?"

„Ik wull, du weerst keen Ries", seggt Marga. „Oder ik wull, ik weer een. Denn wull ik di bald heelen vun dat dare Geföhl."

„Wo dat?", fraagt Asmus.

„Is doch eendoont", seggt Marga. Se denkt lang' un anstrengt un trurig na. „Dat eenzige Middel för di, Asmus", seggt se upletzt, „dat is, du musst heiraden. Du musst di jichens en Stä' en Riessche söken."

„Man wonem?", fraagt Asmus.

„Ja, dat weet ik uck nich", seggt Marga. „De mehrste Lüüd, de ik in min Leven kennenlehrt heff, weer'n up jichens en Aart lütt. Du schu'st man mal Gold-kopp, de Adler fragen. De gifft dar doch ümmer mit an, dat he elkeen Barg in't heele Land kennen deit."

„Riesen sünd keen Bargen", maakt Asmus klaar.

„Nee, dat stimmt", seggt Marga. „Riesen sünd heller in'e Klöör un fründlicher. Tominnst wecken vun se sünd dat." Se kickt dal up'e Grund, de dar wied in'e Deepde verswümmt. „Man up de eene oder anner Aart sünd se sik doch liek."

Nu kickt Asmus dal up'e Grund. Jichens en Stä' dar nedden gifft dat Marlblöme un Himmelssloeteln un Vijolen. „Ja", süüfzt he, „ik weet, wat du meenst." He sett Marga ganz sachten dal un geiht los för un sö-ken Goldkopp.

De Adler sitt up sin leevste Platz. Sin eene Oog kickt Asmus in'e Mööt, un dar is nich vel Utdruck in. Dat anner is fast up wecke Bargen richt't, de sik oever de Kimm afteeknen, un dat is en bereken Oog, so'n Aart Oog, dat Tallen tohopentellt, un elkeen Mal een min-ner rutkriggt.

„Wo kickst du na mit din linke Oog?", fraagt Asmus.

„En Flock Schaap, de jüst ut Hans Hinrichsen sin Schaapstall in Krittenbüll in't Kaspel Bünderup rut-kamen", seggt Goldkopp.

„Du hest scharpe Ogen", seggt Asmus.

„Ik heff en leddige Maag", seggt de Adler. „Dat gifft en klare Blick."

„Hett din klare Blick mal up en Riessche drapen?", will Asmus weeten. „Een, de noch nich vergeven is, meen ik."

„Insel Wittoog", seggt Goldkopp foorts. „Gah man na Noorden an'e Küst lang, bet du na de Blaue Bucht kümmst. Un denn swümmst du liek na Westen."

„Man weetst du dat wiss, dat se noch nich vergeven is?", purrt Asmus na. „Dar kunn ja en Ries bi ehr we'n hebben, as du jüst nich keken hest."

„Och, dat kann ik mi nich denken", seggt de Adler deepdenkern.

„Eendoont, ik kann liekers nich na de dare Insel", seggt Asmus, „uck wenn ik so wied swümmen kunn. Min Mudder hett mi up ehr Dodenbett vermahnt, ik schull nie nich in't solte Water gahn."

„Denn musst du afweegen, de Order vun'e Doode gegen dat, wat de Lebennige nödig hett", seggt Goldkopp. „Dat is en ole Dilemma. Man nich för Adlers." He verlett sin Platz un swingt sik tohööcht in'e Richt vun'e Schaap.

Asmus weet nich recht, wat he maken schall. Man he denkt, so lang', as he sik dat noch oeverleggt, kann he jüst so guut na de Blaue Bucht gahn. Dar is he noch nie nich we'n, un dat hört sik an na en nette Stä'. Un denn weet he, wenn een trurig is, denn gifft dat nix Beteres as gahn en arig lange Stück för un kamen dar oever weg. De Trurigkeit löppt di ut'e Fööt rut rin in'e Grund; dar kümmt 'n natürlich uck her, bloots dat 'n dör din Maars in di rinkümmt, wenn du di dalsetten deist.

As he na de Blaue Bucht kümmt, föhlt he sik al vel beter. He weet, dat is de richtige Stä', denn de Bargen rundum sünd blau, un de See is blau, un de Heven is blau. Un denn is dar uck noch en lütte, vergammelte Schild an en krumme Pahl, de dar twüschen twee Steens inklemmt is, un dar steiht in blaue Bookstaven up: „Düt is de Blaue Bucht."

Dat is jüst Ebb, as he dar ankümmt. Dat Water is rein so wied buten, dat et vellicht sülven en Schild bruukt, dat et wedder t'rüggfinnen deit. T'rügglaten hett et, vellicht as Pand, en fievhunnert oder mehr Roden[1] rüffelige Sand, un merrn up düsse Sand sitt en Wallfisch fast. Un wenn du di wat anners moden büst as en Blauwallfisch, denn hest du nich richtig uppasst.

Asmus geiht vörsichtig an'e Wallfisch ran, dat heet, he blifft föftig Foot vör 'n stahn. He kann seh'n, dat 'n en Kuhl in'e Sand maakt hett, so as 'n dar rumdöscht hett. As 'n em wies ward, röppt 'n mit en lüerlütte, quäkige Stimm „Hölp!" Wallfisch hebben ja man en bannig lütte Hals.

„Wat is denn los, Wallfisch?", fraagt Asmus.

„Wat los is, Ries", seggt de Wallfisch, „dat is, ik bün inslapen up en Sandbank merrn in'e Bucht. Dat weer man noch en ganze lüerlütte Sandbank, man as ik denn wedder waak wurrn bün, do weer 'n utwussen. Ik sitt fast. Wenn ik nich bald wedder in't Water kaam, denn verschrumpelt de dare hitte, gele Sünn min zaarte Huut, de is ja bloots de köhlige, fuchtige, gröne deepe See wennt. Un denn gah ik doot. Man wat schall ik maken? Ik kann ja nich oever de Sand swümmen, un Beens to gahn oder Flünken to fleegen heff ik uck nich."

Wat 'n seggt, is wahr, dat is düütlich, denn up sin blaue Rügg kriggt 'n al twee, dree Blasen.

„Mi dücht", seggt Asmus, „I Deerten sünd uns doch nich so dull oever, as Goldkopp ümmer seggt. Ik bün

---

[1] Rood = Rute, altes Längenmaß, zwischen ca. 3,14 und 4,60 m, je nach Gegend.

ja man en Ries, man tominnst wurr ik nie nich merrn up en Stück platte Land fastsitten. Ik heff ja Beens."

„Goldkopp is en Grootsnuut", seggt de Wallfisch. „Dat kümmt darvun, wenn een ümmer bloots up'e Rest vun'e Welt dalkieken deit. Un wat Beens angeiht, wenn de nich in'e Deenst vun'e Meenheit stellt warrn, sünd se nix as private Luxus."

„Du büst ja bannig swaar", seggt Asmus, „sogar för mi. Man ik gloov, mit de Hülp vun min Beens – un Arms – krieg ik di vellicht bet an'e Kant vun't Water trocken."

He kriggt de Wallfisch faat bi de Steert un maakt sik an't Wark. Na en lange, dulle Mars kriggt he dat klaar un kriegen 'n in't leege[1] Water, un mit een Ruck vun sin gewaltige Rump deit 'n sülven de Rest. Un 'n freut sik so dull, dat 'n wedder dar is, 'nem 'n henhört, dat 'n dreemal achter'nanner ünner Water kapeuster schütt.

„Nu kiek mi an, Ries!", röppt 'n, as 'n wedder updükert. „Wat is nu mit din Beens? Kannst du uck so fein swümmen?"

„Ik bün bang', mit min Swümmen is dat nich wied her", seggt Asmus. „Wenn't anners weer, denn kunn ik ja roeverswümmen na de Insel Wittoog, denn dar wahnt en Riessche."

„Ik weet", seggt de Wallfisch.

„Hest du ehr sehn?", fraagt Asmus.

„Ik heff ehr sehn", seggt de Wallfisch. „Un uck hört."

---

[1] leeg = flach

„Ik will ehr fragen, um se mi heiraden will", vertellt Asmus em.

„Hest *du* ehr sehn?", fraagt de Wallfisch.

„Nee", seggt Asmus. „Warum?"

„Och, man so", seggt de Wallfisch. „Man ik verdank di min Leven, un wenn du würklich dar roever wullt, denn will ik di helpen. Waad man in't Water rin un hol di fast an min Steert."

„Dat is bannig nett vun di", seggt Asmus. „Man de Saak het noch en Haak. Min Mudder hett mi, jüst bevör se dootbleven is, vermahnt, ik schull nie nich in't solte Water gahn."

„Un is denn dootbleven", fraagt de Wallfisch, „ehrer se di seggen kunn, warum, wa'?" Asmus nickkoppt. „Dat is de Schiet mit'e Dood", seggt de Wallfisch, „he kümmt ümmer denn, wenn du jüst bi jichens wat bi büst, un wenn't bloots dat Atenhalen is. Na, du musst dat sülven weeten, um du dat riskeer'n wullt oder nich. Ik gev di fiev Minuten un oeverleggen di dat."

De Wallfisch maakt sik up'e Weg un swümmen eenmal langsam rund um'e Bucht – oder dat, wat dar noch vun na is. Wat is dat för'n geheemnisvulle Soltwaterschicksal, wat dar up Riesen luern deit? Is dat en Undeert ut'e deepe See? Een, dat groot nugg is un slucken sogar em oever? Un wat dat uck we'n mag, kann dat leeger we'n as dat dare Alleenwe'n?

De See süht fein ut. Dar kann doch nix allto Gresiges passeer'n, wenn he dar ringeiht? Un denn is dar ja uck noch de Riessche up ehr Insel jüst ünner de

Kimm. Se luert sachs vull Lengen up jüst so een as em. Ja, denkt he, he will dat wagen.

„Ik will roever na de Insel!", röppt he na de Wallfisch. „Ik bün nu so wied!"

Un los geiht dat, Asmus kriggt de Steert vun sin nüe Fründ tofaten un ward dör't Water slept. Dat geiht ja man langsam vöran, denn so'n Ries is nu mal en düchtige Last, sogar för en Wallfisch. Man de Sünn schient, de See is ruhig, dar kamen keen Undeerten, un een na de anner glitschen de Seemielen ünner se weg. Bi lütten geiht dat en beten gauer.

Asmus markt dat. „Du gewöhnst di an mi!", röppt he.

„Ja, dar kümmt dat sachs vun", meent de Wallfisch uck.

Wieder geiht dat een, twee Seemielen, un de See streckt sik ruhig vör se ut as en grote blaue Teppich. Dat geiht noch en beten gauer.

Asmus ward dat uck wies. „Fein!", röppt he. „Du swümmst ümmer gauer!"

„Dat gloov ik gar nich mal", seggt de Wallfisch. „Dar is wat ganz Gediegenes in'e Gang'. Ik verstah dat allens nich." Dat hört sik an, as wenn 'n sik Sorgen maakt.

Un wieder geiht dat. Gauer un ümmer gauer. Asmus markt, dat sin Hänne de Wallfisch sin Steert nich mehr so licht fastholen koenen as to Anfang. „Dat kümmt darvun, dat dat so gau geiht", seggt he sik. Man he hett dat knapp dacht, do weet he, dat stimmt nich. He hett sin Mudder ehr Wahrschuu wedder in'e Ohren: „Gah nich in't solte Water, Asmus!" Un upmal weet he, wat se meent hett. He schrumpelt bi lütten tohopen!

Wat schall he nu maken? He röppt nochmal na sin Fründ, de Wallfisch, un vertellt 'n, wat los is.

„Ja, ik heff mi all dacht, du wurrst lütter", gifft de Wallfisch to. „Ik wull man nix seggen, ik weer bang', du leetst denn vör Schreck los."

„Schoe'n wi leever umdreih'n?", fraagt Asmus.

„Wi sünd al dar", seggt de Wallfisch. Stimmt, de Insel stiggt vör se ut't Water tohööcht, en grote een mit fein vel Holt, un oever de Böme kickt de gröttste Toorn rut, de Asmus jichens sehn hett.

„Dat is ja wiss de Riessche ehr Toorn", denkt Asmus. De Insel kümmt ümmer neeger, un upmal dunnert dar en gewaltige Stimm oever't Water:

Ik bün en Fruu vun't Riesenslag,
bün stark un vör nix bang'
Klaar is min Blick, min Küül is dick,
min Arms sünd bannig lang.

Min Stimm, de dunnert in'e Ohr'n
gewaltig, dat is wahr.
Wenn 'k bölken do un tramp darto,
dat hallt en ganze Jahr.

Ik bün so hooch meist as en Toorn,
ganz dull stolt maakt mi dat.
Ik lang mit'e Kopp bet an'n Heven rup,
ut'e Wulken drink ik wat.

En Snieder wull mi Maat mal nehmen
un meen, he kreeg dat klaar.
He gung un met' toeerst min Knep.
He 's noch nich wedder dar.

Will een min Mann warrn, dat is wiss,
wat groter we'n mutt he,
ann's haal ik ut un smiet em rut,
un he fleegt in'n Bagen in'e See.

„Mit'e Grammatik harr se dat noch nie nich", seggt de Wallfisch, „man se hört sik an, as wenn se vundaag fein up'e Damm is."

Asmus hett mit en beten Bevern de gewaltige Stimm anhört un wat 'n dar an Eegenaarten uptellt hett. He hett versöcht un kriegen en beten Kraasch un hett dar en tein Perzent vun aftrocken as dat gewöhnliche Grootdoon vun en Ries. Man uck wenn se man dat Halve is vun dat, wat se dar seggt hett, mutt de dare Riessche en gewaltige Fruunsminsch we'n. He kann sik ehr nich recht bi't Strümpstoppen vörstellen. Un denn is dar ja noch dat, wat he jüst in'e See wies wurrn is. Wovel is he tohopenschrumpelt?

De Wallfisch glitt in dat leege Water vun en Bek. Asmus lett 'n los, waad't an Land un dreiht sik um na sin Fründ. „Wovel heff ik tosett?", fraagt he vull Bangen.

„Vel", seggt de Wallfisch un kickt em nipp an. „Gresig vel. Du büst um un bi um'e Hälfte inlapen."

De Stimm, de Asmus hört hett, as he na de Insel rankamen is, dunnert wedder los, ümmer luder un dichter bi. Vull Lengen ward he an sin Heimatrebeet denken un an de klare Ogen vun Goldkopp un Marga Matthiesen ehr mit de Franschen.

„Weetst wat, ik gloov ik kaam vellicht leever en anner Mal wedder", seggt he to de Wallfisch. „Ik föhl mi nich in'e rechte Verfaat un gahn up Friersfööt."

„Nu is dat to laat un witschen ut", seggt de Wall-
fisch. „Dar kümmt se!" Un 'n nickkoppt in'e Richt
vun Asmus sin rechte Schuller. „Vel Glück!", seggt 'n
noch, un mit een Steertslag is 'n weg. Asmus dreiht
sik um. De „Toorn", de he oever de Böme hett rut-
kieken sehn, kümmt nu de Strand dal up em to. Dat
is de Riessche sülven!

„Moin", seggt Asmus fründlich. In de dare Laag is
Fründlichkeit sachs bannig nödig. De Riessche seggt
nix, man se böögt sik mitmal dal un ehr gewaltige
Hand schütt na vörn. Un ehrer he markt, wat se
vörhett, hett se em in'e Mitt faatnahmen un em
hoochböhrt vör ehr Gesicht.

„Asmus Andersen heet ik", seggt Asmus gau. „Ik bün
en Ries. Tominnst bün ik vunmorrn noch een we'n.
Ik bün günt vun't Fastland her. Ik heff dar droeven
en ganze feine lütte Rebeet. En Masse Bodder un
Eier un Gröönkraam un so. Mehr as nugg för twee.
Ik gloov, ik söök en Fruu. Wullt du mi heiraden?"

De Riessche hört sik düsse Anspraak an, ahn dat se
wat seggt. As 'n to Enne is, seggt se bloots een
Woort. „Frechheit!", seggt se. De Hand, de Asmus
fastholen deit, haalt ut un schütt denn na vörn. Un
do flüggt he kapeuster rut na See in en gewaltige
Bagen, de langsam afsacken deit na de Bülgen to.

„Adjüs, Welt!", denkt he. „Adjüs!" Un platsch! sleit
he up't Water. Man ehrer he ünnergahn kann, is de
Wallfisch al blangen em.

„Du büst jüst dar dalkamen, 'nem ik mi dat dacht
harr", seggt 'n to Asmus. „Hol di fast, un ik heff di in
Null Komma nix wedder in'e Blaue Bucht."

Asmus spütt't en Mundvull Soltwater ut. „Wenn ik up'e Trüggweg jüst so vel tosetten do as up'e Henweg", seggt he, „denn is dar nix mehr na vun mi."

„Ik maak extra gau", seggt de Wallfisch em to. Un dat deit 'n uck. So flink plöögt 'n dör't Water, dat Asmus Mars hett un holen sik fast. Man liekers markt he, wo he so vel lütter ward, dat sin Tüüg anfangt un fallen af. He mutt dat vertwiefelt fastholen.

As se in'e Blaue Bucht ankamen, löppt dat wedder jüst so af as bi de Insel. „Wovel heff ik dütmal tosett?", fraagt Asmus, as he an Land waad't is.

De Wallfisch kickt em nipp an. „Na, nich ganz so vel as dat letzte Mal", seggt 'n denn. „Man liekers en ganze Masse. Du hest nu um un bi normale Grötte. Ik wurr dat nich nochmal probeern."

„Man keen Bang", seggt Asmus. „För mi gifft dat nu bloots noch dröge Land. Dröge Land un en beten mehr Respekt vör de Klook vun Mudders. Ik dank di, dat du mi rett't hest."

„Tominnst kannst du een Deel seggen", meent de Wallfisch.

„Wat denn?", fraagt Asmus.

„Du büst nich de eerste Mann, de sik vör de Hochtied dünn maakt hett", seggt de Wallfisch. Denn dükert 'n ünner Water un is weg.

Asmus geiht na Huus so gau, as he kann, un de eerste Minsch, de he upsöken deit, is Marga. Se sitt un spinnt un singt as vördem, man vel langsamer un truriger as anners.

„Ik bün't!", röppt he, as he bi ehr ankümmt. „Ik bün wedder dar!"

„Asmus?", röppt Marga. „Ik kenn din Stimm, man wonem büst du denn?" Se is so dull bi un leggen ehr Kopp in'e Nack un kieken na de Heven rup, se markt rein gar nich, dat he blangen ehr steiht.

„Ik bün hier nedden", seggt he. „Dat Soltwater hett mi inschrumpeln laten. Ik bün nu man noch um un bi jüst so groot as du."

„Stimmt", seggt se. Ehr Ogen sacken dal vun'e Wulken, blieven en korte Ogenblick an em hängen un sacken denn wieder, bet ehr Blick fast up'e Grund richt't is.

„Wullt du mi heiraden, Marga?", fraagt he.

„Ja", seggt se. Un do heiraden se denn un leven so glücklich tohopen, as twee Minschen, de sik leev hebben, dat vernünftigerwies moden we'n koenen. Se hebben dree Kinner kregen vun gewöhnliche Grötte, twee Deerns un een Jung, man keen vun se is dar jichens to to kriegen we'n un gahn an de See. Un Asmus hett sik nich mehr alleen föhlt.